イーディス・ウォートン
（1889-90年頃）

SUMMER

夏

イーディス・ウォートン

山口ヨシ子
石井幸子
〈訳〉

彩　流　社

カナダ
ヴァーモント州
メイン州
ポートランド
ニューハンプシャー州
マサチューセッツ州
ボストン
コネチカット州
ニューヨーク
ロードアイランド州
ニューイングランド

セイラム
ピッツフィールド
ボストン
レノックス
ウスター
スプリングフィールド
プリマス
マサチューセッツ州

目次

夏 …… 5

訳注 234

イーディス・ウォートンと脱出を夢見る異端者たち
――『夏』を中心に 238

訳者あとがき 266

第一章

若い娘がひとり、ノースドーマーの唯一の通り《ストリート》の外れにある、ロイヤル弁護士宅から出てきた。そして、玄関先の階段で立ちどまった。

六月の昼下がりのことだった。春のような透きとおった空は、村の家々の屋根や、村を取り囲む牧草地やカラマツの森に、銀色の陽光を降り注いでいた。丘陵《きゅうりょう》の肩にかかった丸い白雲の合間からそよ風が起こって、雲影が畑一帯やその先の草深い畦道《あぜみち》を飛ぶように流れた。ノースドーマーを通るときには通り《ストリート》という名に浴することになる畦道だ。ノースドーマーは、見通しのいい高地に位置していて、多くの樹木に囲まれたニューイングランド*の村々のような豊かな木陰には乏しかった。鴨池《かもいけ》*の周りのシダレヤナギの茂みと、ハチャード邸の門柱前にあるドイツトウヒの木々だけが、ロイヤル弁護士宅と村のもう一方の外れとのあいだの路傍《ろぼう》にもっぱら木陰を作っていた。そのもう一方の通りの外れでは、道が教会の上手《うわて》に伸びて、共同墓地の周りを取り囲む黒ツガの高垣の縁をめぐっていた。

軽快に通りをはねまわっていた六月のそよ風が、ハチャード邸のもの憂げなトウヒの木々の周辺を揺らし、ちょうどその下を通りかかった青年の麦わら帽子を直撃した。飛ばされた帽子はさっと道の反対側まで転がっていき、鴨池に落ちた。

帽子を拾いあげようと駆け寄る青年の姿を見て、ロイヤル弁護士宅の玄関前に立っていた若い娘は、彼が「都会の身なり」をしたよそ者であることに気づいた。うかつな若者がそういった災難を笑いとばすように、青年が歯をすっかり見せて笑っていることも娘の目にとまった。

娘はちょっと胸が痛くなった。楽しそうな顔をしている人を見かけると、ときどき胸が締めつけられる思いがした。こうした思いに駆られて、すでにポケットに鍵を入れたことはわかっていたが、家にとって返し、鍵を探すふりをした。廊下の壁には、金箔の鷲《わし》が上にのった、緑がかった細幅《ほそはば》の鏡がかかっていた。娘は鏡に映った自分の顔をあら探しするように見つめて、これまで何度となく思ったことだが、アナベル・バルチのように目が青かったらなあと思った。スプリングフィールド*からときどきやってきては、年老いたミス・ハチャードの家に一週間ばかり泊まっていくアナベルのような青い目が欲しいと思ったのだ。娘は小さな浅黒い顔にかぶった色褪《あ》せた帽子をまっすぐに直すと、また日差しのなかに繰り出して行った。

「ああ、何もかもうんざり！」娘はつぶやいた。

例の青年はすでにハチャード邸の門のなかに入ってしまって、通りには人っ子ひとりいなかった。ノースドーマーではいつだって人影は見あたらない。六月の午後三時といえば、数少ない村の屈強な住民たちは畑か森に出ていて、女たちは家にいて、決まりきった家事をだらだらとこなしていた。

娘は鍵を指にかけてまわしながら歩いた。見慣れた場所に見知らぬ人が現われたことで興味が募り、あたりを見渡しながら歩いた。よそからきた人には、ノースドーマーはどんなふうに見えるのだろう。五歳のときから住んでいて、自分ではずっとひとかどの所だと思っていた。ところが、一年ほど前に、ヘップバーンに着任したばかりの監督教会*の牧師マイルズ氏が、伝道への熱い思いに駆られて、若者たちをネトルトン*に連れて行くとつぜん言いだした。牧師は——荷物の輸送によって道路が掘り返されなければ——隔週の日曜日ごとに馬車でやってきて、ノースドーマー教会で礼拝を執《と》り行なっていたが、聖地についての著名な説教を若者たちに聞かせようと言うのだ。そこでノースドーマーの未来を代表する十人あまりの若い男女が一台の農業用荷馬車に積み込まれ、丘陵を越えてヘップバーンに送られ、さらに各駅停車の普通列車に乗せられてネトルトンに連れていかれた。その夢のような一日のうちに、チャリティ・ロイヤルは、生まれて初めての、そしてただ一度だけの鉄道の旅を経験し、デパートの全面ガラスのショーウィンドウをのぞき込み、ココナッツ・パイを味わった。劇場に座り、映画の前で訳のわからないことを言う紳士の話にも耳を傾けた。この映画も、もし彼の説明に邪魔されずに、自分で理解できていれば、楽しく鑑賞できたであろう。このように社会への入門を果たしたことで、彼女はノースドーマーをちっぽけなところだと思うようになった。村の図書館の管理を預かる娘が、それまでかき立てられることのなかった知識への渇望を心のうちに抱くようになったのだ。一、二か月のあいだは、興奮冷めやらぬ、心ここにあらずの状態でハチャード記念図書館の埃《ほこり》っぽい蔵書のなかに浸《つ》かっていた。やがてネトルトンの印象はうすらぎ始め、読書を続けるよりも、ノースドーマーを世界の標準とみなす方が楽だと悟った。

よそ者の姿を見たことでネトルトンの記憶がもう一度よみがえり、ノースドーマーは実物大に縮んだ。村外れにあるロイヤル弁護士の色褪せた赤い家から、もう一方の外れにある白い教会まで、ノースドーマーをくまなく見渡して、彼女は情け容赦なく村の全容を見定めた。そこには風雨に曝《さら》され、日に焼けた丘陵の村があった。人びとに見捨てられ、鉄道、路面電車《トローリー》、電信など、近代的な地域社会の生活と生活とを結ぶありとあらゆる便宜《べんぎ》から見放された村だ。デパートも、劇場も、講演会も、「ビジネス地区」もなかった。あるのは、道路の具合がよければ隔週の日曜日ごとに開く教会と、二十年間新刊書を購入していない図書館だけだった。その図書館では、古い本が湿気を帯びた書棚で利用されないまま朽ちていた。それなのに、チャリティ・ロイヤルは、運命の賽《さい》がノースドーマーに投げられたことを名誉に思うべきだ、といつも言われてきた。出身地と比べれば、ノースドーマーがきわめて洗練された文明のあらゆる恩恵を象《かたど》っていることは、自分でもわかっていた。子どもの頃に村に連れてこられてからこの方、どの村人からもそう言われてきた。年老いたミス・ハチャードからも、忌《い》まわしいことが自分の身に起こったときに諭された。「いいですか、あなたを〈山〉から引き取ることができたのは、ロイヤルさんの奥さんのお陰だってことを忘れるようなことがあってはいけませんよ」

チャリティは「〈山〉から引き取られた」のだった。イーグル山脈の低い方の斜面から不機嫌そうに岩壁を突き出し、荒涼とした谷間の村の背後にいつも陰気にそびえている、傷のある切り立った山からだ。〈山〉は、十五マイルはゆうに離れたところにあったが、低い方の丘陵からいきなりそそり立っていたので、その山影がノースドーマーをほぼ覆っているように感じられた。巨大な磁石が雲を引き寄せては嵐にして、谷間中に雲をばらまいているようでもあった。たとえ雲ひとつない澄みきった夏の空でも、ノースドーマーの上空に一条の蒸気がたなびくと、船が渦巻きに巻き込まれるように蒸気は〈山〉に巻き込まれ、岩間にとらえられると粉砕《ふんさい》され、雨と闇となって村に吹き戻された。

チャリティは、〈山〉について、あまりよく知らなかった。でも、そこがよくない場所で、そこの出であることが不名誉なことだということは、わかっていた。ノースドーマーで自分の身にどんなことが降りかかろうと、かつてミス・ハチャードに言われたように、〈山〉から引き取られてやってきたということを肝に銘じて、口をつぐんでありがたいと思っていなければならない、ということも承知していた。こんなことを考えながら〈山〉を見あげ、いつものようにありがたいと思おうとした。だが、ハチャード邸の門を入っていく青年の姿を見て、ネトルトンのきらきら輝く街路の光景がよみがえってくると、かぶっていた古い日除け帽が恥ずかしくなり、ノースドーマーに嫌気がさした。そして、スプリングフィールドのアナベル・バルチは、その青い目を見開いて、華やかに輝くネトルトンよりももっと素晴らしい、どこかはるか遠くの燦然《さんぜん》と輝く光景を見ているのだ、と妬《ねた》ましく思った。

「ああ、何もかもうんざり！」彼女はまたもや言った。

通りの中ほどの、軽く蝶番《ちょうつがい》のかかった門のところで、彼女は立ちどまった。門をくぐり、レンガ敷きの小道を歩いて、レンガ造りの風変わりな小さな殿堂へ向かった。殿堂の切妻《きりづま》は、白い木造の円柱で支えられ、切妻には色褪せた金文字で「ハノリウス・ハチャード記念図書館　一八三二年」と刻まれていた。

ハノリウス・ハチャードは年老いたミス・ハチャードの大叔父だった。けれども、彼女はなんの疑いも抱かずにその言いまわしを逆さまにして、このことだけははっきりさせたいとばかりに、自分がその人物の甥の娘であると公言していた。というのも、ハノリウス・ハチャードが十九世紀の初めにちょっとは名の知られた人物だったからだ。図書館内にある大理石の銘板が、まれにやってくる訪問者に、彼がきわだった文学的才能をそなえ、『イーグル山脈の隠遁者《いんとん》』という一連の文書を書いたということを伝えていた。ワシントン・アーヴィング*やフィッツ＝グリーン・ハレック*との親交を楽しんでいたが、イタリアでかかった熱病で人生の絶頂期に急逝したということであった。そんなところがノースドーマーと文学との唯一のつながりだったが、その栄誉は記念図書館の建設によってうやうやしく後世に伝えられてきたのである。チャリティ・ロイヤルは、毎週火曜日と木曜日の午後、その記念図書館の、ボツボツと錆《さ》びのついた、今は亡き作家の鋼板《こうはん》彫刻の肖像画の下におかれた机に座っていた。そして図書館にいる自分よりも、墓のなかの作家の方が、果たして死の閉塞感を感じているだろうかと疑わしく思っていた。

もの憂げな足どりで自分の獄舎に入ると、彼女は帽子をとり、石膏《せっこう》製のミネルヴァ*の胸像にかけた。シャッターを開けると身を乗りだして、窓の上の燕《つばめ》の巣に卵があるかどうか確かめ、それから、ようやく机に腰をおろすと、綿レース一巻きとスチール製のかぎ編み棒を取り出した。彼女は編物の達人ではなかったので、細幅のレースを半ヤードほど編むのに何週間もかかった。編んだものは、ばらばらになった『点灯夫*』を膠《にかわ》で固めた布で製本した背表紙のまわりに巻きつけていた。いくら編物が苦手でも、夏のブラウスの縁飾り用レースは自分で編む以外に手に入れるすべはなかった。村でいちばん貧しいアリィ・ホーズが妬ましいことに、両肩が透けて見える服を着て教会に姿を現わしてからというもの、チャリティのかぎ編み棒のスピードはぐんとあがった。彼女はレースのロールを解いて輪にかぎ編み棒を突き入れ、眉間にしわを寄せて編物に没頭した。とつぜん扉が開いた。顔をあげる前に、ハチャード邸の門を入るのを見かけた青年が入ってきたのだとわかった。

青年は、彼女には目もくれずに、細長い地下納骨所のような閲覧室をゆっくりと歩き始めた。両手をうしろで組み、近視の目で埃まみれの書棚の列をあちこちじっと見ていた。ついに机のところへやってきて、彼女の前に立った。

「カード目録はありますか?」とぶっきらぼうだが明るい声でたずねた。耳慣れない質問だったので、彼女は編物を落としてしまった。

「カーなんですって?」

「まあ、その――」青年の言葉は途切れた。そのとき初めて、青年が自分を見ていることに気づいた。図書館に入ってきたときは、近視の目で図書館全体を見渡し、どうも彼女を備えつけの家具の一部だと思ってしまったようだった。

青年が彼女の存在に気づいて言葉の糸口を見失ってしまったことを、彼女は見逃さなかった。目を伏せて彼女が微笑むと、青年もまた微笑んだ。

「いや、あなたはご存知じゃないと思いますが」と改めて言った。「実のところ、まあ残念なことで――」

青年の口調に見くだすような様子をかすかに感じて、彼女はきつい語調で聞いた。「どうしてですか?」

「どうしてって、こういう小さな図書館では、自分であちこち探す方がはるかに楽しいからですよ——司書の人に手伝ってもらってね」

最後の言葉は敬意をこめてつけ加えられたので、彼女も気持ちが和らぎ、ため息まじりに答えた。

「あまりお手伝いはできないと思いますけど」

「どうしてですか？」今度は青年がたずねた。とにかくあまり蔵書がなく、そのほとんどを自分は読んでいないと、彼女は答えた。「虫が食っていますし」と憂鬱《ゆううつ》そうにつけ加えて言った。

「そうですか？　それは残念だな。見たところいい本もありますからね」青年は、会話することに興味を失ったようで、またぶらっとその場を離れた。どうも彼女のことは、忘れたようだった。その無関心な様子にいらだって、彼女は編物を手にとり、手伝ってやるなんて言うものか、と心に決めた。どうやら青年は、手伝いなど必要ではなかったようだ。というのも、長いこと彼女に背を向けて、つぎからつぎへと蜘蛛《くも》の巣だらけの大きな本を、遠く離れた書棚からおろしたりしていたからだ。

「ああ！」青年が大きな叫び声をあげた。彼女が顔をあげると、青年がハンカチを取り出し、手にしている本の両端を丹念に拭《ふ》いていた。その行為が、本を管理する自分の仕事を不当に批判しているように思え、彼女はいらだって言った。「本が汚れていたとしても、あたしのせいじゃないわ」

青年は振り返り、また興味深そうに彼女を見つめた。「えっ、それじゃ、あなたは司書ではないんですか？」

「もちろん、司書です。でも、ここにある本ぜんぶの埃を払うなんて、できないです。それに、誰も本なんかに見向きもしません。今じゃ、ハチャードさんは、足が不自由で来られないですし」

「ええ、そうでしょうね」青年は埃を拭《ぬぐ》っていた本をおき、立ったまま無言でじっと彼女のことをうかがっていた。ミス・ハチャードが図書館の管理状態を探るためにこの人を送ってきたのだろうか、とチャリティは思った。そう疑ったことで、腹立たしさが募《つの》った。「ちょっと前、あの人の家に入っていくのを見かけたでしょうか？」ニューイングランド風に固有名詞を口にしないで聞いた。なぜあの人の蔵書をかぎまわっているのか、是が非でも探りだしてやる、と思っていた。

「ミス・ハチャードの家ですか？　ええ、あの人はいとこで、僕はそこに泊まっているんですよ」と青年は答えた。そして、彼女の顔に表われた不信感を払いのけるかのように、言い添えた。「僕の名前はハーニー、ルーシャス・ハーニーです。あの人から僕のことを聞いていらっしゃるかもしれませんが」

「いいえ、聞いていません」とチャリティは言ったが、「ええ、聞いています」と言うことができたらよかったのに、と思っていた。

「仕方がないなあ――」ミス・ハチャードのいとこは笑いながら言った。またちょっと間をおいて――その間にチャリティは、自分の返事が意に叶うものではなかったのだとふと思ったのだが――彼は言った。「建築には詳しくないようですね」

チャリティは完全に当惑していた。彼の言うことを理解しているふりをしたいと思えば思うほど、わけがわからなくなった。彼を見ていると、ネトルトンで映画の「説明をしていた」紳士のことを思い出した。自分が無学だという重圧感が、またも帳《とばり》のように垂れ込めた。

「つまり、このあたりの古い家々についての書物は所蔵してないようですね。同じ州でもこのあたりの古い家屋については、あまり調査されていないと思います。プリマス*やセイラム*の調査はみんな続けてやっていますがね。まぬけなことです。いとこの家は、そりゃ、すばらしいです。この場所には過去があったに違いないし――かつてはきっとなかなかの場所だったはずですよ」青年は急に話をやめた。自分の話し声をふと耳にし、しゃべりすぎを気にする内気な人のように、赤面していた。「僕は建築家ですからね。このような地方の古い家々を追跡調査しているんですよ」

彼女は目を見張った。「古い家々ですって？　ノースドーマーじゃ、何もかも古いんじゃありませんか？　とにかく、住民が古いですからね」

青年は笑った。そして、またふらっとその場を離れた。「この土地の郷土史か何かないですか？　一八四〇年ごろ書かれたものが一冊あったと思いますがね。最初の入植地についての本かパンフレットですよ」しばらくして彼は閲覧室の向こう端から言った。

チャリティはかぎ編み棒を下唇に押し当て、じっと考えた。そんな本があるのは知っていた。『ノースドーマーとイーグル郡の初期の郡区《タウンシップ》』という本だ。その本に対しては、特別の恨みをもっていた。ペーパーバックのへなへなの本で、いつも書棚から落ちたり、どっしりした本のあいだに押し込む人がいたりすると奥へすべり込んで、見えなくなってしまったりしたからだ。そういえば、このあいだも、その本を拾いあげて手にしたとき、ノースドーマーや、ドーマー、ハンブリン、クレストン、クレストンリヴァーといった近隣地域についてなんか、どうしてわざわざ書く気になったのだろう、と怪訝《けげん》に思ったばかりだった。それらの地域についてはみなよく知っていたが、荒涼とした尾根の窪《くぼ》みに、ただ廃れた家々が群がっているだけの場所だった。ドーマーは、ノースドーマーの人たちがリンゴ狩りに行くところだった。クレストンリヴァーは、かつて製紙工場があったところで、その工場の灰色の外壁が川沿いに朽ちて立っていた。ハンブリンは毎年いちばん最初に雪が降るところで、近隣地域がその名を知られるのは、そんなことのためであった。

彼女は立ちあがり、書架の前を漠然と動きまわり始めた。例の本をこの前どこにおいたのか、見当もつかなかった。本がいつものいたずらをしようとして姿を隠しているのだという気がした。その日はついていなかった。

「どこかにあると思うんですが」と熱意を示そうとして言った。しかし確信もなく言葉を発したので、熱意はまったく伝わっていないと思った。

「まあ、いいですよ――」青年はまた言った。帰ろうとしているのがわかったので、彼女はなおのことその本を探したいと思った。

「それは今度きたときにお願いします」青年はさらに言った。そして机の上においてあった分厚い本を手にとって、彼女に渡した。「ところで、これを少し日光と風に当てるといいですよ。かなり貴重な本ですから」

にっこり笑って会釈《えしゃく》して、青年は出ていった。

第二章

ハチャード記念図書館の司書の勤務時間は三時から五時までだった。だが、チャリティ・ロイヤルの仕事に対する義務感では、たいてい四時半くらいまでしか机に座っていることはできなかった。図書館に留まっていても、ノースドーマーのためにも、自分自身のためにも、なんら実質的な利益が得られないと感じていた。したがって、自分の都合で一時間早く図書館を閉めることに、なんのためらいも感じなかった。ハーニーが出ていった数分後、彼女はこの決断をくだし、手にしていたレース編みを片づけ、シャッターを閉めて知の殿堂の扉に鍵をかけた。

表に出ていくと、通りには相変わらず人っ子ひとりいなかった。彼女は通りをさっと見渡してから、家の方に向かって歩きだした。しかし家には入らずに通り過ぎ、畦道に入って丘の中腹にある牧場へと登っていった。牧場の入口の横木をはずして、崩れかけた囲い沿いの小道をずっと歩いて小高い丘へと出た。丘のカラマツの木立では、房のような新芽が風にゆれていた。彼女は丘の斜面に寝そべり、帽子を放り投げて、草のなかに顔を埋《うず》めた。

彼女は多くのことに気づきもしなければ、感じもしない性質《たち》で、そのことをおぼろげには自覚していた。けれども、光や大気、芳香《ほうこう》や色彩などに対しては、体じゅうの血が敏感に反応した。手のひらで感じる乾いた山草の荒々しい感触、顔で押しつぶしているタイムの香り、髪の毛や木綿《もめん》のブラウスをまさぐるように抜ける風のそよぎ、そしてカラマツが風に揺らぐときのギーギーという音がたまらなく好きだった。

風を感じ、草に頬をすり寄せる快感を味わうためだけに、彼女はときどき丘に登ってきてはひとり寝転んでいた。こんなときはたいてい何も考えず、ただなんともいえぬ幸せな気分に浸って横になっていた。今日は、図書館から逃げ出してきたという喜びから、至福感がいっそう強く感じられた。彼女は、勤務中に友だちが立ち寄って声をかけてくれたりするのをとてもうれしく思っていたが、本のことであれこれ聞かれるのは嫌だった。めったに借り出されることのない本のありかなど、どうして覚えていられよう。オーマ・フライはときどき小説を借り、その弟のベンは、彼が訛《なま》っていう「ぢり〔地理〕」の本や、商いや経理に関する本を好んで借りた。けれど、ときどき『アンクル・トムの小屋』*や『栗の毬《いが》を剝《む》く』*、ロングフェロー*の詩集を借りに来る人がいるぐらいで、ほかには誰も来なかった。これらの本だけは、手元において、暗がりでも出せるくらいにしていた。でも、不意に本を借りたいと来る人などほとんどいなかったので、そんなことを急にされると、彼女は不当なことをされたかのように腹が立った……

彼女は青年の容貌や近視のまなざしが気に入っていた。ぶっきらぼうだけれども穏やかな、変わったしゃべり方も好きだった。日焼けして筋張ってはいるが、女性のような滑らかな爪をした手も、同じようにいいなと思っていた。髪の毛も、日焼けしたような、あるいは霜《しも》にあたったワラビのような色をしていて、目は灰色で、近眼のせいか、訴えるような目つきをしていた。恥ずかしそうではあるが自信に満ちた微笑みは、彼女がまったく思いもしないことをたくさん知っていながら、自分の方が優れているとはけっして感じさせまいとするかのようだった。それでも、彼女は青年が優れていると感じたし、その感じが新鮮に思えて、好きだった。彼女は貧しいうえに教養がないけれど――それにノースドーマーでさえも〈山〉の出であることはこのうえなく不名誉なことで、とりわけ取るに足らぬ人間だと自覚していたけれど――それでも自分の狭い世界のなかではいつも優位にたっていた。もちろん、それにはロイヤル弁護士がノースドーマーで「いちばんの大物」だということも少しはあった。事実、弁護士は村には大物すぎる人物なので、事情を知らないよそ者は、どうして彼が村に留まっているのかと、いつも不思議に思ったものだ。いろいろあったけれど――それにミス・ハチャードがいたにもかかわらず――ロイヤル弁護士はノースドーマーでは有力者としておさまっていた。それなのに、ロイヤル弁護士の家では、チャリティが支配力をふるっていた。彼女は、その言葉どおりに考えていたわけではなかったが、自分の力を認識していたし、またどうしてそんな力をもつようになったかもよく覚えていて、そのことを嫌悪していた。図書館にやってきたあの青年によって、とまどいながらも、頼ることの心地よさがどんなものか、はじめて味わった。

彼女は立ちあがって、髪についた草のくずを払い落とし、自分が君臨している家を見おろした。家は、ちょうど眼下に、陰気臭く、手入れの届かない姿をさらしていた。色褪せた赤色の表玄関と通りとのあいだには「前庭」があった。そこには、スグリの藪で縁どられた小道やクレマティスヴィタルバが覆いかぶさった石の井戸、それにロイヤル氏がかつて彼女を喜ばせようとヘップバーンから持ち帰った、扇形《おおぎ》の支柱に這わせた元気のない真紅の蔓《つる》バラがあった。家のうしろには、わずかばかりのでこぼこの空き地が石塀まで伸びて広がり、その空き地を横切るように物干しのロープが何本か張られていた。石塀の向こうには、トウモロコシ畑と数畝《うね》ばかりのジャガイモ畑が、石ころとシダの茂った隣の荒れ地へはっきりと境目もなく入りこんでいた。

チャリティは、この家をはじめて見たときのことを、覚えていなかった。〈山〉から連れてこられたときには、熱に浮かされていたと、あとになって聞かされていた。思い出せることといったら、ある日、ロイヤル夫人のベッドの脇におかれた小さな簡易ベッドで目覚め、のちに自室となる部屋の、片づけられて寒々とした様子をじっと見つめていたことだけだった。

ロイヤル夫人は、七、八年後に亡くなった。チャリティはその頃までには、自分の周りのことをたいていは理解できるようになっていた。ロイヤル夫人は、悲しげで、おどおどしていて、気の弱い人だった。ロイヤル弁護士は、とげとげしくて粗暴ではあるが、夫人よりずっと気の弱い人だと思った。（村の反対端にある白い教会で）彼女は慈悲《チャリティ》と名づけられた。それはロイヤル夫人が清廉《せいれん》な気持ちで自分を「引き取ったこと」を称えるためであり、世話になっている者にふさわしい意識をいつも忘れずに自分にもたせ続けさせるためだとわかっていた。ロイヤル氏は後見人であり、世間では彼女のことを「チャリティ・ロイヤル」として扱っていたが、法的には養子縁組はしていないということも知っていた。ロイヤル弁護士が弁護士業を始めたネトルトンで仕事を続けずに、ノースドーマーに戻って住むようになった理由も承知していた。

ロイヤル夫人が亡くなったあと、チャリティを寄宿学校にやる話がもちあがったことがあった。ミス・ハチャードが提案し、長いことロイヤル氏と話し合った。提案を遂行《すいこう》するべく、彼はある日、推薦された学校を訪問するためにスタークフィールド*に出かけて行った。つぎの日の晩、顔に黒あざを作って戻ってきた。それまでにも何度かそういうことはあったが、チャリティが見たところ、これまで見たことのないひどい顔だった。

いつごろ出発するようになるのかと彼女がたずねると、「お前は行かん」とロイヤル氏はぶっきらぼうに答え、そのまま自身が事務所と呼んでいる部屋に引きこもってしまった。翌日、スタークフィールドの学校を経営する婦人から、「状況に鑑み」残念ながら当座のところもうひとり生徒を入学させる空きがない、という趣旨の手紙が届いた。

チャリティはがっかりしたが、状況はよく理解していた。ロイヤル氏が羽目を外したのは、スタークフィールドの誘惑ではなく、彼女を失うのではないか、という思いからだった。後見人はものすごく「孤独」な人だった。チャリティは、自分自身がとても「孤独」だったので、彼の孤独がよく理解できた。ふたりは、その悲しい家で、鼻を突き合わせて、互いの孤独の深さを探りあっていたのだ。後見人に対して特別に愛情を感じていたわけではないし、感謝の気持ちとて、微塵《みじん》もなかったけれども、チャリティは彼に同情した。後見人は周りの人たちより優れていたし、自分が彼とその孤独とのあいだに立つ、たったひとりの人間であることはわかっていたからだ。それから一日、二日して、ミス・ハチャードに呼ばれてネトルトンにある学校のことを聞き、今度は友人に「ある程度根まわししてもらう」という話を聞いたときには、ノースドーマーを離れない決心をしたと告げて、その話を急に終わらせた。

ミス・ハチャードは、優しく説得しようとしたが、無駄だった。チャリティはただ「ロイヤルさんが寂しすぎると思うので」とくり返すばかりだった。

ミス・ハチャードは、途方に暮れて、眼鏡の奥で目をパチパチさせていた。面長の華奢《きゃしゃ》な顔はしわだらけで、困惑しきっていたが、彼女は、マホガニーのひじ掛け椅子のひじ掛けに両手をおいて、言うべきことは言わなくては、という気持ちをいかにも示すように身を乗り出した。

「そうした思いは、見あげたものだとは思いますよ」

彼女は、先祖たちの銀板写真や教訓的な選集から助言は得られないものかと、居間の白っぽい壁を見まわした。だが、それらの力を借りたら、なんて言ったらよいか、いっそう難しくなってしまいそうだった。

「実は、ただ――ただ――それがあなたのためになる、というだけではないのですよ。ほかにもいろいろ理由はあります。あなたは年端《としは》もいかないので、まだ理解できないでしょうが――」

「いいえ、もう子どもじゃないです」とチャリティが無愛想に言うと、ミス・ハチャードは金髪の頭頂部の生え際まで赤くなった。彼女は、自分の説明が途中で打ち切られて、ほっとしたに違いなかった。というのも、ふたたび先祖の写真に呼びかけるようにして、話を締めくくったからだ。「もちろん、わたくしはいつでもあなたのために、できるだけ力になってあげようと思っていますよ。ですから、わかっているわね、万が一……万が一……の場合、いつでもわたくしのところへいらっしゃいね……」

ロイヤル弁護士は、チャリティがハチャード邸から帰ってくるのを玄関ポーチで待っていた。髭を剃《そ》り、ブラシのかかった黒い上着をまとった姿は、威風堂々たる記念像のようだった。そんなとき、チャリティはロイヤル弁護士が立派だと心底思った。

「それで」と彼は言った。「話はついたかね？」

「ええ、ついた。あたし、行かないから」

「ネトルトンの学校へは、行かないってことかい？」

「どこへも行かない」

咳払いして「なぜだい？」と弁護士は威厳をもってたずねた。

彼の横をさっと通り抜けて、自分の部屋に向かいながら、「行かない方がいいみたい」と彼女は言った。ロイヤル氏がヘップバーンで例の真紅の蔓バラと扇形の支柱を買って持ち帰ったのは、その翌週のことだった。それまで、彼から何かもらったことなどなかった。

彼女の人生で、つぎの目立った出来事といえば、それから二年後に起きたことで、十七歳のときのことだった。ネトルトンに行くことを嫌っていたロイヤル弁護士だったが、ある訴訟事件でお呼びがかかったのだ。ノースドーマーやその周辺の僻村《へきそん》では、訴訟の仕事も減ってきてはいたが、それでも仕事は続けていた。今回ばかりは、断る贅沢など許されないような絶好の機会がめぐってきたのだ。彼はネトルトンで三日間過ごし、訴訟に勝ち、上機嫌で帰ってきた。そんな上機嫌のことはめったになく、古くからの友人たちが「熱烈帰還歓迎」してくれたことを夕食の席で感動して話す様子から、彼の上機嫌さがよくわかった。「結局」と、弁護士は秘密を打ち明けるように言った。「ネトルトンを引きあげるなんて、わしも馬鹿なことをしたものさ。そうさせたのは、家内だがね」

チャリティは、かつて何か辛いことが彼の身に起こったが、その思い出をなんでもないことのように話そうとしているのだ、とすぐに察知した。食卓の古びたテーブル掛けの上に両ひじをついて、物思いに耽《ふけ》っている彼を残して、早めに床についた。二階にあがるとき、彼の外套《がいとう》のポケットから、ウイスキーの瓶《びん》がしまってある食器棚の鍵を取り出しておいた。

彼女は、自室のドアがガタガタいう音で目を覚まし、ベッドから飛び出した。ロイヤル氏の低く命令するような声が聞こえたので、何か事故かと思ってドアを開けた。ほかには何も考えが及ばなかった。落ち着かない表情を浮かべた顔にひと筋の秋の月の光を浴びて、戸口に立っている姿を見たとき、状況がのみ込めた。

しばらく、ふたりは押し黙って互いに見つめ合っていた。やがて彼が敷居をまたいで部屋に入ってきたとき、チャリティはとっさに片手を差し伸ばし、彼を押し留めた。

「すぐにここから出ていって」自分でもびっくりするほど甲高《かんだか》い声で、彼女は言った。「今夜はあの鍵を渡さないわよ」

「チャリティ、なかに入れてくれ。鍵が欲しいんじゃない。寂しくてたまらないんだ」ときどき彼女の心を揺さぶる、あの深い声で、彼は話し始めた。

チャリティは蔑《さげす》みつつ、ずっと彼を押しとどめていた。「それじゃ、何か勘違いしているんじゃない。ここはもう奥さんの部屋じゃないんだから」

彼女は怖くはなかった。ただ、心底から、厭《いと》わしさを感じていた。おそらく、それを察知したのか、あるいは、彼女の表情から読み取ったのか、ロイヤル氏はしばらくじっと彼女を見つめていたが、やがて引きさがり、ゆっくりと向きを変えた。彼女は鍵穴に耳を当てて、彼が暗い階段を探るようにおりて、台所の方へ歩いていく物音を聞いていた。食器棚の戸が割られるのではないかと耳を澄ましていたが、そうではなく、玄関の鍵が開く音がした。それから、夜の静寂《しじま》を縫って、小道を歩いていく彼の重い足音が聞こえてきた。彼女は窓ににじり寄って、月明かりのなか、前かがみになって、通りを大股で歩いていく彼の姿を見ていた。そのとき勝利を意識するとともに、遅まきながら襲ってきた恐怖感にとらわれた。骨の髄《ずい》まで冷え切って、彼女はベッドのなかに滑り込んだ。

・　・　・　・　・　・

その後、一日、二日して、ハチャード図書館の管理人を二十年間務めていたユードラ・スケフが気の毒にもとつぜん肺炎で死んだ。葬儀の翌日、チャリティはミス・ハチャードに会いに行き、図書館の司書として雇ってくれるように頼んだ。その申し出に、ミス・ハチャードは驚いたようで、明らかにこの新しい志願者の資格を問題にした。

「まあ、わたくしにはわかりませんね。あなたはこの仕事には若すぎやしませんか?」と、ためらいながら言った。

「お金を稼ぎたいんです」チャリティはぽつりと答えた。

「必要なものはすべて、ロイヤルさんがくださっているんじゃないの? このノースドーマーでは誰ひとりとして、お金持ちの人なんていないのよ」

「ここを出るのに必要なお金を稼ぎたいんです」

「ここを出る、ですって?」ミス・ハチャードは困惑した表情に深いしわを寄せて、困り果てたように、言葉を詰まらせた。「ロイヤルさんのところを出たいっていうこと?」

「そうです。さもなければ、誰かもうひとり女の人に一緒に住んでもらいたいの」チャリティはきっぱりと言った。

ミス・ハチャードは、椅子のひじ掛けの辺りで、神経質そうに両手を握りしめた。その目は、壁に掛けられた、色褪せた祖先たちの顔に訴えかけていたが、決めかねたように軽い咳をすると、切り出した。「その……つまり家事が辛いっていうことなのね?」

チャリティは心が凍る思いがした。今の窮状《きゅうじょう》から自分ひとりで頑張って脱出しなければならないのだと悟り、深い孤独感に襲われた。気持ちを立て直す瞬時のうちに、自分が計り知れないほど年をとったように感じた。「この人には、赤ちゃんに話しかけるみたいに話さなければ駄目なんだ」ミス・ハチャードがいつまでも乙女のままでいることに同情しながら、思った。「そ、そうなんです」と大きな声で言った。「家事がきつくて、この秋はずっと、咳がひどいんです」

この答えは、すぐに効き目があった。ミス・ハチャードは、ユードラがとつぜん亡くなったことを思い出して顔色を変え、できるだけやってみる、と約束してくれた。けれども、もちろん相談しなければならない人たちがいた。牧師やノースドーマーの都市行政委員たち*、それにスプリングフィールドにいるハチャード家の遠い親戚などだ。「あなたが、学校に行ってくれてさえしていたらね!」彼女はため息まじりに言った。チャリティを扉のところまで見送りながら、戸口の安全なところで、それとなく責任逃れをするような目つきをして言った。「ロイヤルさんは……ときどき難しいところのあるお人だっていうことはわかっていますよ。奥さんはじっと我慢をしていましたよ。でも、チャリティ、あなたを〈山〉から引き取ることができたのは、ロイヤルさんの奥さんのお陰だってことを、ずっと忘れないようにしなくては駄目よ」

チャリティは帰宅して、ロイヤル氏の「事務所」のドアを開けた。彼は暖炉のそばに座ってダニエル・ウェブスター*の演説集を読んでいた。彼がチャリティの部屋にやってきてから五日が経っていたが、そのあいだ一緒に食事をしていたし、ユードラの葬儀には肩を並べて歩いて行った。けれど、互いにひと言も言葉を交わしていなかった。

チャリティが入っていくと、彼は驚いた表情で顔をあげた。その顔は、髭を剃っていないままで、いつになく老けて見えた。でも、彼のことはいつも老人だと思っていたので、その外見的な変化については気にもとめなかった。ミス・ハチャードに会いに行ってきたことや、会いに行った理由について話した。彼は驚いた様子だったが、そのことについては何も言わなかった。

「ハチャードさんには、家事がきつすぎるから、女の子を雇うためにお金を稼ぎたいって、言っておいたわ。でも、あたしが支払うつもりはないけどね。その子にはあんたが支払うべきでしょ。あたしは自分のお金が少し欲しいのよ」

ロイヤル氏は真っ黒なゲジゲジ眉毛を寄せた渋い顔をして、インクで汚れた爪で机の端をコツコツと叩きながらじっと座っていた。

「なんのために金を稼ぎたいんだ？」とついに聞いてきた。

「そりゃあ、家を出たいときに、出られるようによ」

「なぜ家を出たいんだ？」

どっと軽蔑《けいべつ》感があふれてきた。「なんとかなるなら、ノースドーマーに留まっている人なんか、いないんじゃないの？　いるわけないって、みんな言ってるわ！」

うつむきながら、彼はたずねた。「それで、お前はどこへ行こうってんだい？」

「自分で生活費を稼げるところなら、どこへだって行くわ。ここでまずやってみて、できなかったら、どこかほかのところへ行くつもりよ。それしか道がなければ、〈山〉に帰るわ」彼女は、この脅し文句を言ったあと、しばらく無言でいたが、その脅しが功を奏したことを確かめてから、また言った。「図書館であたしを雇ってくれるように、ハチャードさんと都市行政委員の人たちに働きかけてよ。それから、この家に一緒に住んでくれる女の人が必要だわ」

ロイヤル氏の顔は蒼白《そうはく》になっていた。チャリティが話し終えると、彼は机に寄りかかりながら、重々しく立ちあがった。ふたりは、一、二秒のあいだ、じっと睨《にら》み合っていた。

「なあ、ちょっと！」ついに彼は低い声で言った。まるで発話困難に陥ったかのようだった。「お前にずっと言いたいと思っていたことがあるんだがね。もっと前に言っておくべきだった。わしと結婚してもらいたいと思っているんだ」

言われた若い娘は身動き一つせず、彼のことを睨みつけたままだった。「わしと結婚してもらいたいんだ」咳払いしながら、彼はまた言った。「牧師が今度の日曜日にこっちに来るから、そのときに式の段取りをとり決めることができる。そうでなければ、お前を馬車でヘップバーンの判事のところへ連れていってもいい。どっちでも、お前の言うとおりにするよ」じっと見据えたチャリティの冷徹なまなざしに彼は目を伏せ、不安げに一方の足からもう一方の足へと重心を移した。ロイヤル氏は、彼女の前で、取り乱し、ぶざまで惨《みじ》めな姿をさらして立ちつくしていた。机に強く押さえつけていた手は、血管が紫色になってゆがみ、雄弁家の長い顎《あご》は、やっと告白し終えて震えていた。その姿は、チャリティの目には、これまでずっと父親がわりだと思ってきた老いた男の、見るもおぞましい、滑稽《こっけい》な替え玉のように映った。

「あんたと結婚？　あたしが？」彼女は軽蔑するようにどっと笑った。「このあいだの晩、あたしのところへ頼みに来たのはこのことだったの？　急にどうしたっていうのかしら？　自分の姿を鏡に映して見たのはいつ？」傲慢《ごうまん》にも自分の若さと力を意識して、彼女は体をまっすぐに伸ばした。「女の子を雇うより、あたしと結婚した方が安あがりだと思ったんでしょ。イーグル郡でも、いちばんケチな男で通っているもんね。だけど、そんな風に二度までも、自分をとり繕《つくろ》うことはないわよ」

チャリティが話しているあいだ、ロイヤル氏はじっと動かなかった。顔は土気色で眉毛は震えていた。あたかも彼女の軽蔑の炎が、彼の目をくらませたかのようだった。彼女が話し終えると、彼は片手をあげた。

「いいだろう――まあ、いいだろう」と声の調子を変えて言った。ドアの方に向きを変え、帽子掛けから帽子をとった。戸口で立ちどまると、「世間はわしに対して公正じゃなかったよ――初めから、公正に扱っては、もらえんかった」と言って、出て行った。

数日後、ノースドーマーに驚きが広がった。チャリティがハチャード記念図書館の司書として、月八ドルの給料で採用され、クレストン救貧院からヴェリーナ・マーシュという老女が住み込みの賄《まかな》い婦としてロイヤル弁護士宅にやってきたからだ。

第三章

ロイヤル氏がめったにこない依頼人を迎えるのは、彼の「事務所」として知られている赤い家の一室ではなかった。

専門家としての威厳や男としての独立心から、別の建物に本物の事務所をもつ必要があった。ノースドーマーのただひとりの弁護士という立場からして、その建物は、村役場や郵便局が入っている建物と同じであるべきだった。

午前と午後の一日二回、この事務所に歩いて行くのが弁護士の日課だった。事務所は建物の一階にあったが、独立した入口があり、扉には変色した表札がかかっていた。彼は、事務所に入る前に——たいていは意味のない儀式にすぎなかったのだが——郵便物を受けとりに郵便局に立ち寄った。通路をはさんで暇そうに座っている村役場の事務職員にひと言、ふた言声をかけ、それから道の反対側の角にある商店へ行った。そこへ行けば、店主のキャリック・フライがいつも彼のために椅子を用意していて、ロープ、なめし革、タバコの脂《やに》、コーヒー豆が醸《かも》し出す雰囲気のなかで、長いカウンターに寄りかかっている、都市行政委員のひとりやふたりに確実に会うことができた。ロイヤル氏は、家ではそっけなかったが、気のおけない雰囲気のなかでは、村の仲間と意見を交わすのを嫌がらなかった。おそらくは、事務員もいない、することもない、埃っぽい事務所に座っているところに、めったにこない依頼人に不意打ちされるのが不本意だったのであろう。とにかく、弁護士が事務所に詰めている時間は、チャリティが図書館に勤務している時間よりもさほど長くないし、さほど定期的でもなかった。事務所に詰めていないときには、先ほどの店にいるか、代理人を務めている保険会社に関連する仕事でその地方一帯を馬車で走りまわっていた。さもなければ、家においてバンクロフトの『アメリカ合衆国史』*か、ダニエル・ウェブスターの演説集を読んでいた。

チャリティが、ユードラ・スケフの職を引き継ぎたいとロイヤル氏に申し出た日からこの方、ふたりの関係は、はっきりと説明できないが、確実に変化した。ロイヤル弁護士は約束を守った。かなり巧妙な手を使って、彼女のためにその職を確保してくれた。弁護士が策略をめぐらしたことは、張りあった候補者の数から見当がついたし、候補者のうちオーマ・フライとターガット家の長女のふたりから、その後一年近くも辛辣《しんらつ》な扱いを受けたことからも推測できた。それにロイヤル氏は、ヴェリーナ・マーシュをクレストンから呼び寄せ、料理をしてくれるよう頼んでくれた。ヴェリーナは年老いた貧しい未亡人で、よぼよぼのうえにやる気もなかった。チャリティは、この老女が食い扶《ぶ》ちを浮かせるためにやってきたのではないかと思った。ロイヤル氏はかなりの締まり屋だったので、耳の不自由な貧乏人をただで雇えるのに、気の利いた娘を雇って日給一ドルを支払うことはできなかった。だが、ともかくもヴェリーナはやってきて、チャリティの部屋の真上の屋根裏部屋に住み込んだ。老女の耳が不自由だということは、若い娘にはたいして気にならなかった。

チャリティは、あの忌まわしい夜の出来事がふたたび起こることはないと踏んでいた。その後ずっとロイヤル氏を心から軽蔑してきたけれども、彼はそれ以上に心から自分を軽蔑していると思っていた。誰か女の人に家にいてもらいたいと頼んだのは、自分自身の護身のためというよりも、むしろ後見人に屈辱感を味わわせるためだった。チャリティには護身用の人物は必要なかった。後見人のへし折られた自尊心が、いちばん確実な彼女の護衛になったからだ。彼は言い訳や情状酌量《しゃくりょう》を求める言葉をひと言も発せず、あたかもあの出来事は起こらなかったかのようであった。しかし、あの出来事の余波は、ふたりが交わす言葉や、ふたりが無意識に避ける視線のいずれにも潜んでいた。今や赤い家でチャリティの支配を揺るがすものは何もなかった。

ミス・ハチャードのいとこの青年に会った日の夜、チャリティはベッドに横になっていた。乱れた髪の下で両腕をむき出しにして組み、ずっと青年のことを考えていた。青年は察するに、しばらくノースドーマーに滞在するつもりなのだ。近隣の古い家屋を調べていると言っていたが、古い家など、どこの道端にもあって、誰でも見ることができるのに、なぜ調べなければならないのか、その目的がわからなかった。それでも、青年が本を探す手伝いを必要としていたことはわかっていたので、翌日には、見つけることができなかった例の本や、そのほか古い建物に関すると思われる本を探そうと固く心に決めていた。

自分が失策を演じたあのつかの間の光景を思い返すときほど、人生や書物について何も知らないことが重くのしかかってきたことはなかった。「この村でひとかどの人物になろうとしても無駄だわ」と彼女は枕につぶやいた。きらきら輝くネトルトンよりもっと輝かしい大都市をぼんやり想像して、身が縮む思いだった。そこでは美人のバルチよりももっと高級な服を着た若い娘たちが、ルーシャス・ハーニーのような手をした若い男たちに、建築のことを弁舌さわやかに話しているのだ。

チャリティは、それから、ハーニーが自分の机に近づいてきて初めて自分の顔を見たとき、とつぜん立ちどまったことを思い出した。自分の顔を見て、言おうとすることを忘れてしまったときのことだ。青年の顔色が変わったことを思い出すと、彼女は飛び起きて、何も敷いていない床を走って洗面台へ行った。マッチを見つけ、蝋燭《ろうそく》に火をつけ、それを漆喰《しっくい》の壁にかかった四角い鏡の方にかかげた。普段は浅黒く顔色の悪い小さな顔が、ぼんやりした光の輪のなかでバラの花のように赤味を帯びた。もつれた髪の下で、目が昼間よりも深く大きくなったように見えた。とどのつまり、目が青かったらいいのにと願うこと自体、おそらくは間違いなのだ。生成りの寝巻の喉もとで、不格好な裏当て布に、ボタンがとめられていた。彼女はボタンを外してやせた肩をむきだしにして、胸元の広くあいたサテンのドレスを着た花嫁姿の自分が教会の通路をルーシャス・ハーニーと歩く姿を思い浮かべた。教会を出るとき、彼はキスをするだろう……彼女は蝋燭を下におき、そのキスを封じ込めるかのように、両手で顔を覆った。ちょうどそのとき、ロイヤル氏が寝室にあがってくる足音が聞こえて、体中がぞっと震えるような激しい嫌悪感に襲われた。そのときまでロイヤル氏のことをたんに軽蔑していただけだったが、今や彼に対する深い嫌悪感でいっぱいになった。身の毛のよだつような老人だと思うようになった……

その翌日、ロイヤル氏が昼食に戻ってきたとき、ふたりはいつものように黙って顔を合わせた。ヴェリーナは耳が聞こえなかったので、どんな内緒話もできたが、老女がいることが、ふたりが口を閉ざしていることの言い訳になった。食事が終わって立ちあがると、ロイヤル氏は振り返って、老女を手伝って座ったまま皿を片づけていたチャリティを見やった。

「ちょっと話したいことがあるんだが」と彼は言った。それでチャリティは、なんの話だろうと思いながら、廊下を横切ってロイヤル氏のあとをついて行った。

ロイヤル氏が背もたれの高いひじ掛け椅子に座ったので、チャリティは関心なさそうに窓に寄りかかっていた。彼女は、ノースドーマーについての本を探しに、早く図書館へ行きたくて仕方がなかった。

「おい、聞くがね」と彼は言った。「図書館にいるはずの日にどうしていないんだね？」

その質問は、楽しいうわの空の気分に割り込んできたので、彼女はぐうの音《ね》も出なかった。返答もせず、ロイヤル氏をじっと見つめていた。

「あたしがいなかったって、誰が言ってるの？」

「どうも苦情を言う人があったらしいんだ。今朝、ハチャードさんに呼ばれたんだよ――」

チャリティのくすぶっていた怒りが、ぱっと燃えたった。「わかった！　オーマ・フライよ。それにあのいけすかないターガット家の娘だわ――それにベン・フライよ、たぶん。あの子たちはつき合ってるもの。告げ口するなんて、卑怯者だわ――あたしを追い出そうとしていたことぐらい、ずっとわかってたわよ！　どっちにしても、誰かが図書館に行ったわけじゃあるまいし！」

「その誰かが、行ったんだよ、昨日。それなのに、お前はいなかったんだ」

「昨日って？」彼女は楽しかった数々のことを思い出して笑った。「昨日、何時にいなかったか知りたいわね」

「四時頃だ」

チャリティは口をつぐんだ。ハーニー青年の夢のような訪問の思い出にどっぷりと浸っていたので、彼が図書館を去ったすぐあとに、職場放棄していたことを忘れていた。

「四時に誰が行ったっていうの？」

「ハチャードさんだ」

「ハチャードさんですって？　だって、あの人は足が不自由になってから図書館には寄りつかなくなったのよ。階段をあがろうとしても、あがれないしね」

「手伝ってもらえば、あがれると思うがね。ともかくも、あの人は昨日、図書館に行ったんだよ。お客に来ている青年と一緒にね。青年は、昨日午後早くに図書館に行って、お前も会ったと思うがね。彼が帰ってハチャードさんに蔵書の状態が悪く、手当てが必要だって言ったんだ。わしが思うに、あの人は気が動転して、車椅子を押してもらって図書館に直行したけど、着いたら閉まっていた、っていうわけさ。それで使いを寄こしてわしを呼び寄せ、閉まっていたことや、ほかにもあれこれ不満をぶちまけたんだ。お前が怠けているから、ちゃんとした資格のある司書を雇うって、言い張っているよ」

チャリティは、ロイヤル氏が話しているあいだ、じっと動かなかった。窓枠に頭をのけぞらせ、両腕を脇にさげて突っ立っていた。手をぎゅっと固く握りしめていたので、どうして痛いのかわからないまま、手のひらに押しつけた爪先の鋭い痛みを感じていた。

ロイヤル氏が言ったことで、チャリティが覚えていたのは、「青年が蔵書の状態が悪いとハチャードさんに言った」というくだりだけだった。自分に対するほかの非難など、どうでもよかった。悪意にしろ、真実にしろ、中傷する人と同じくらい、その中傷を見くだしていたからだ。けれど、不思議なほどに心惹かれたと思ったあのよそ者が、自分を裏切っていたということだ！　青年のことをもっと楽しく思いめぐらそうと、丘へ逃れて登っていたまさにそのとき、あの人は彼女の落ち度を告発するために家路を急いでいたのだ！　彼女は自室の暗がりで、青年にキスされることを想像して、自分の顔をどんな風に覆ってキスに近づけようとしたかを思い出した。そんな彼に無礼なことをされたと思い込んで、彼女は荒れ狂った。

「それじゃ、行きます」と彼女はとつぜん言った。「すぐに出て行きます」

「出て行くって、どこへ？」その声の調子からロイヤル氏が驚いている様子が伝わった。

「もちろん、あの人たちの図書館からです。出て行ったら、金輪際《こんりんざい》、足を踏み入れたりしません。あたしは、首だと言われるのを、ただ待っているような人間じゃないんだから！」

「チャリティ――チャリティ・ロイヤルよ、いいか、よく聞きなさいよ――」椅子から重そうに身を乗りだして、彼は話し始めた。だが、チャリティは彼を払いのけ、部屋を出ていった。

二階にあがり、いつも隠しておく針刺しの下から図書館の鍵を取り出した――あたしに注意が足りなかったなんて、誰が言ったのだ？――帽子をかぶり、また階段を駆けおり、通りに出て行った。ロイヤル氏は、彼女が出て行く物音を聞きつけても、引き留めようとするしぐさを見せることはなかった。おそらくは彼も急に腹が立って、彼女の怒りを収めようとしても無駄だと悟ったのだ。

彼女はレンガ造りの殿堂に着くと扉の鍵を開けて、冷たい夕明かりのなかへ入っていった。「ほかのみんなが外で太陽の光を浴びているときに、こんな古い地下納骨所に二度と座っていなくてもよくなるなんて、うれしいったらないわ！」館内のいつもの冷気に包まれながら、彼女は声を出して言った。虫酸《むしず》が走る思いで、細長く薄汚れた書棚の列や黒い台座の上の羊鼻のミネルヴァ像を見つめた。机の上方に釘留めされた、幅広の巻きネクタイ姿の穏やかな顔をした青年の肖像にも目をやった。引き出しからレース糸と図書館利用者名簿を取り出し、まっすぐにミス・ハチャードのところへ行って、辞めると宣言しようという心づもりでいた。しかし、とつぜん強い失望感に襲われ、椅子に座ると机の上に顔を伏せた。人生でもっとも残酷な仕打ちに遭って心臓が張り裂けそうだった。荒野から自分のもとへやってきた初めての人が、喜びではなく、苦しみをもたらしたのだ。彼女は泣き声をあげなかったが、涙がどっとあふれてきた。心のうちで起こっていた数々の嵐は、ひそかに勢いが収まっていた。そこに座ったまま、声に出せない悲しみに暮れながら、人生はなんと侘《わび》しく、醜く、耐え難いものであるかと思った。

「こんなに人生が辛いなんて、あたしが何をしたっていうの？」彼女はうめき声をあげ、両手の拳を両瞼《まぶた》に押しあてた。瞼には涙が込みあげていた。

「あたし、行かないわ――こんなひどい顔をしてあそこへは行かない！」とつぶやいた。そしてぱっと立ちあがり、まるで髪で息がつまるかのように、髪をかきあげた。机の引き出しをあけて利用者名簿を取り出し、扉の方へ目を向けた。すると扉が開き、ハチャード邸に滞在している青年が口笛を吹きながら入ってきた。

　青年は立ちどまり、恥ずかしそうな笑みを浮かべて帽子をちょっとあげると、「申し訳ありません」と言った。「ここには誰もいらっしゃらないと思ったんですよ」

　チャリティは彼の前に立ちはだかり、行く手を遮《さえぎ》った。「入館できませんよ。水曜日は、図書館の一般公開はしていないんです」

「知っています。でも、いとこが鍵を貸してくれたものですから」

「ハチャードさんは、あたしもそうですが、他人に鍵を渡す権利はないはずです。あたしは司書で、規則を心得ています。ここはあたしが勤めている図書館ですから」

　青年はいたく驚いた様子だった。「ええ、それはわかっています。僕が来たことがご迷惑だったら、謝ります」

「ハチャードさんにあたしのことを告げ口する種がほかにもっとないか、探しに来たのね。でも、わざわざそんなことをする必要は、もうないわ。今日は、あたしが勤めている図書館でも、明日の今頃は、もうそうじゃないですから。鍵と利用者名簿をこれからあの人のところへ返しに行くところよ」

　ハーニー青年の顔はだんだん深刻味を帯びてきた。だが、その顔には、彼女が期待していたような罪の意識はなんら見られなかった。

「よくわかりませんが、何か間違いがあったようですね」と彼は言った。「ミス・ハチャードに――またはほかの誰にでもですが、僕があなたのことを悪く言う訳ないでしょう」

この返答が言い訳がましく思われ、チャリティの怒りが爆発した。「あなたが言う訳がないなんて、わからないわ。オーマ・フライが言ったのなら、納得だわ。だって、あの娘は、あたしが勤め始めた最初の日からずっと追い出したかったんだから。自分の家があって、自分のために働いてくれるお父さんがいるのに、なんであたしを追い出したいのか、わからない。アイダ・ターガットだって、そうよ。去年、お義兄さんからの遺産が入ったばかりなのに。ともかく、あたしたち、みんな同じ場所に住んでいて、それにノースドーマーみたいなところでは、ただ毎日同じ道を歩かなければならないってだけで、お互いのことを大嫌いになるのよ。でも、あなたはここには住んでいないし、あたしたちのことは何もわかっていないのに、なんで余計なおせっかいを焼かなければならなかったの？　誰かほかの娘だったら、あたしよりずっとましな本の管理ができるとでも思ったの？まあ、オーマ・フライなんて、本とコテの区別もつかないくらいよ！　教会の鐘が五時を打つまで、あたしが何もしないで、ここにずっと座っていないからって、なんだっていうの？　図書館が開いていようが、閉まっていようが、誰もかまいやしないでしょ？　本を借りに来る人なんか、いると思います？　来るとしたら、せいぜいデートの相手と落ち合うために、来るぐらいよ――それもあたしが許可したらだけどね。あの丘に住むビル・ソラスが、ターガット家の末娘を待ちかまえて、この辺をうろうろするなんて、許さないわ。彼のこと、よく知っているから……それだけよ……本のことなんか、あたしが知らなくても、あたしのするべきことはただ……」

チャリティは喉が詰まり、言葉に窮してしまった。怒りで全身が震えていたが、弱みを見せまいとして、机の端で必死に体を支えていた。

この様子を見て、青年は深く心を動かされたようだった。日焼けした顔が紅潮《こうちょう》し、口ごもりながら言った。「でも、ミス・ロイヤル、僕は断じて……断じて……」

その狼狽《ろうばい》ぶりが、チャリティの怒りに油を注ぎ、ふたたび言葉が出るようになると、彼女は応酬した。「もしあたしがあなただったら、自分の言ったことに責任をもつくらいの神経はもちあわせているわ！」

その非難の言葉で、青年は心の平静を取り戻したようだった。「もしどういうことかわかれば、僕は責任をもちたいと思います。でも、なんのことだかわかりません。どうも、何か不愉快なことが起こったようですね。それに対して、あなたは、僕が責めを負うべきだ、と思っていらっしゃる。だけど、僕にはなんのことだかわかりません。僕は朝早くからずっとイーグルリッジに行っていましたから」

「あなたが、今朝どこへ行っていたかは知りません。でも、昨日、この図書館へ来ていたことはたしかですよね。帰ってから、いとこのハチャードさんに本の状態が悪いって話して、いかにあたしが管理を怠ったか、見に連れてこられたのは、あなたでしょ」

ハーニー青年は、ほんとうに心配そうな顔をしていた。「そんなふうに話を聞かれたんですか？そうだとしたら、怒るのも無理はないです。本の状態が悪く、なかには興味深い本もありますから、残念なことです。湿気が多く、通気が悪いので、本が傷んでいると話して、簡単に換気する方法があると教えてあげようと、僕はミス・ハチャードをここへ連れてきました。それから、誰かひとり、あなたに助手をつけて、定期的に埃を拭ったり、換気したりしてもらったらどうか、って言ったんです。もし僕の言ったことが間違って伝わっていたとしたら、許してください。僕は古い本が大好きなので、こんな風に、朽ちるままに放置されているのを見るくらいなら、焚き火にされるのを見る方が、どれほどましか、わかりません」

チャリティは、胸に嗚咽《おえつ》が込みあげてくるのを感じたが、ぐっとこらえて話した。「あなたがハチャードさんに何を話されたかは、どうでもいいです。わかっているのは、あの人がみんなあたしのせいだと思っていて、あたしが仕事を失う、っていうことだけです。あたしには、みんなみたいに家族がいないので、村の誰よりも、この仕事をしたかったんです。いつかこの村を出て行けるように、お金を貯めることだけを、望んでいたんです。そんな望みでもなければ、来る日も来る日も、こんな古い地下納骨所みたいなところに、ずっと座っているなんて、できなかったと思いませんか?」

聞き手は、この訴えの最後の問いだけに、反応した。「たしかにここは、古い地下納骨所みたいです。でも、そのままにしておかなくちゃならないのでしょうか? そこが肝心なところなんですよ。困ったことになったのは、その問題を僕がいとこにもちだしたからだと思います」そう言いながら、その視線は、細長い部屋のうっそうとしたところをじっと探り、しみだらけになった壁や、色褪せた本の列、がっしりした紫檀《したん》の机、その上方に飾られた若き日のハノリウスの肖像画にとまった。「もちろん、丘を背にして押しつけられるように建てられた、こんな馬鹿げた霊廟《れいびょう》のような建物に何かしようとしても、うまくいきません。〈山〉に穴でも開けないかぎり、いい風など望めないでしょう。しかしですよ、なんとか換気はできますし、太陽光を入れることもできます。どうすればよいか、もしよければ、お見せしますよ……」改善しようという建築家の情熱に駆られて、彼女の苦情などもう眼中になくなり、教え示すようにステッキを天井と壁《コーニス》の境の方に向けて振りあげた。だが、彼女が黙っているので、図書館の換気に興味がないと思ったのか、急に彼女の方をふり向いて、両手を差し出した。「ねえ——さっきおっしゃったことは本気ではないですよね？　あなたを傷つけるようなことを僕がしたなんて、本気で思っていないですよね？」

　声の調子が変わったのを感じて、チャリティは気持ちがやわらいだ。今までそんな風に彼女に話しかけてくれた人はいなかった。

「それじゃ、昨日、どうしてあんなことをしたんですか？」彼女は大きな声で言った。青年に両手を握られていたので、前日に丘の斜面で空想していた滑らかな手触りを感じていた。

　青年は、彼女の両手をそっと握ってから、離した。「まあ、ここで働くあなたのために、環境をもっと快適に整えるためです。それが本のためにも、いっそう望ましいと思ってのことです。僕の言ったことを、いとこが曲解して伝えていたとしたら、許してください。いとこは興奮しやすく、小さなことを気にする性質《たち》なんですよ。そのことを、心に留めておくべきでした。どうかいとこの言ったことを真に受けて、僕を罰しないでください」

　青年がミス・ハチャードのことを、まるで気難しい赤ん坊であるかのように話すのを聞いて、いい気分だった。恥ずかしがり屋ではあるが、彼にはおそらくは都会の生活で身につけた、威厳のようなものがあった。ロイヤル弁護士だって、いくつもの欠点があるにもかかわらず、ノースドーマーでいちばんの有力者としておさまっているのは、ネトルトンで暮らしていたことがあるからだ。この青年はきっと、ネトルトンよりももっと大きな都市からやってきたのだ、とチャリティは思った。もし非難めいた調子を崩さなければ、自分もひそかにミス・ハチャードと同類だとみなされてしまうだろう、と思った。そう思うと、チャリティは、急に素直な気持ちになった。

「ハチャードさんのことを、あたしがどう思おうと、あの人には大した問題じゃないのよ。ロイヤルさんの話では、ハチャードさんは、ちゃんと訓練を受けた司書を雇うそうです。なので、あたしは、村の人たちに首になったとうわさされる前に、さっさと辞めたいんです」

「当然ですよ。でも、いとこはあなたを首にするつもりはありませんよ。まず、真相をたしかめてお知らせしますので、僕にチャンスをくださいませんか？　僕が間違えていたら、辞める、っていうのでも遅くはないでしょう」

青年がこの件に介入するという話に、彼女の自負心は燃えあがり、頬が紅潮した。「あたしがふさわしくないのなら、引き留めるよう、とりなして欲しくはありません」

彼の顔も赤くなった。「言っておきますが、僕はとりなそうなんて、思っていません。とにかく、明日まで待ってくださいませんか？」青年は、内気そうな灰色の目をまっすぐ彼女に向けた。「どうか、僕を信じてください――ほんとうに信じてくれますよね」

心に凍りついていた年来の苦しい思いの数々が、彼女のうちで溶けていくように思えた。青年から目をそらして、彼女はぎこちなくつぶやいた。「では、待ちます」

第五章

イーグル郡では、こんな六月はいまだかつてなかった。六月といえば、気まぐれの月で、いつもは、遅霜《おそじも》と真夏の暑さがとつぜん交互にやってきた。それが今年は、来る日も来る日もうららかな好天の日が続いた。毎朝、そよ風が間断なく丘陵から吹き寄せた。昼近くには、その風が白い巨大な雲の天蓋《てんがい》をつくって、畑一帯や森に涼しい影を投げかけた。そして日没前には、雲はまた消えてなくなり、さえぎられることのない西日が、光の雨を谷間の村に降り注いだ。

そんな日の午後、チャリティ・ロイヤルは、太陽に照らされた谷間の村を見おろす尾根に寝転んでいた。大地に顔を押しつけていたので、草の温かい脈動が体中をめぐっていた。視線のまっすぐ前には、空を背にして、一本のブラックベリーの枝が、華奢な白い花と青緑色の葉をつけて伸びていた。その向こうでは、ニセヤマモモの茂みが、玉露《ぎょくろ》をあびた草の新芽のあいだで、その巻き毛を伸ばしていた。その上空では、小さな黄色い蝶が一頭、日光の斑点《はんてん》のようにひらひらと飛んでいた。目に見えるものはこれだけだった。だが、チャリティは、頭上や周囲で、尾根をおおうブナの木々が力強く伸びゆくのを感じ、数えきれないほどのトウヒの枝で薄緑色の実が丸くなるのを感じた。森の下手《しもて》にある石の勾配《こうばい》の裂け目では、無数のニセヤマモモの葉が芽吹くのを感じ、その向こうの牧草地でシモツケソウウやキショウブがぞくぞくと芽吹いているのを感じた。樹液のあぶくや葉鞘《ようしょう》のすべり、蕚《がく》のほころびの様子はみな、かぐわしい香りの混じりあった気流に乗って彼女のもとに伝わってきた。葉、芽、葉身の一つひとつが発するものが、あたりに漂う甘い香りの源となっているようだった。とりわけ、松の樹液のツンとした匂いが、タイムのピリッとした匂いやシダのかすかな匂いを圧倒していた。すべての匂いは、太陽熱で温められた、何かとてつもなく大きな動物が吐く息のような、湿った土の匂いに吸収されていた。

チャリティは、長いことそこに寝そべっていた。寝そべっている勾配のままに身を任せ、太陽のぬくもりを感じていた。すると、目と、視線の先でひらひら舞う蝶とのあいだに、赤土にまみれた、履き古した大きな長靴を履いた男の足が飛び込んできた。

「あ、だめ！」と大声をあげると、片ひじをついて身を起こし、注意をうながそうと手を差し伸べた。

「だめって、何がだめなんだ」頭上からしわがれた声がたずねた。

「そのブラックベリーの花を踏みつけちゃだめよ、馬鹿！」ぱっと両ひざをついて身を起こして、彼女は言い返した。問題の足はいったん止まったが、つぎにブラックベリーのか弱い枝をぶざまに踏みしめていた。彼女が目をあげると、前かがみになった男の困った顔が頭上に見えた。男は、日に焼けた顎鬚《ひげ》を少したくわえ、ぼろぼろのシャツから白い腕をのぞかせていた。

「あんたには、ほんとに何も見えないの、リフ・ハイアット？」彼女は激しく責めたてた。男は、スズメバチの巣をかきまわしてしまったような顔をして、目の前に立っていた。

男は、にやっと歯を見せて笑った。「あんたの姿が見えたからさ！　だから、おりてきたんだよ」

「おりてきたって、どこから？」男の足がまきちらしたブラックベリーの花びらをかがんでかき集めながら、彼女は聞いた。

男は丘の上の方に向けて親指をぐいっと動かした。「ダン・ターガットの手伝いで伐採《ばっさい》してたんだ」

チャリティは腰をおろして正座し、しげしげと男を見つめた。男は「〈山〉の出身者」で、若い娘のなかにはその姿を見かけると逃げ出すものもいたけれども、チャリティは哀れなリフ・ハイアットのことを、少しも恐れてはいなかった。道理をわきまえた人たちのあいだでは、彼は無害な人間で通っていて、〈山〉と、丘陵で文明の恩恵を受けて暮らす人たちとをつなぐような人物だと思われていた。人手が足りないときには、ときおり〈山〉をおりてきて、農夫を手伝ってちょっとした伐採などをしていた。彼女は、それに〈山〉の人間がけっして自分には危害を加えないことも、承知していた。かつて、リフ自身が、そう言っていた。幼かった日のことで、ロイヤル弁護士の牧場の外れで会ったときのことだった。「〈山〉の人間は、誰もあんたに手を出さねえよ。いつあんたが登ってくることになってもな……でも、あんたは、登っちゃあ、来ねえと思うけどな」彼女の新品の靴や、ロイヤル夫人が髪に結んでくれた赤いリボンを見ると、リフは達観したように言った。

チャリティは、実のところ、出生地を訪ねたいと思ったことなど、一度もなかった。〈山〉の出であることを人に知られたくなかったので、リフ・ハイアットと話しているのを人に見られないように用心していた。でも、今日は、彼が目の前に現われても残念に思うことはなかった。ルーシャス・ハーニー青年がハチャード記念館の扉をくぐって以来、きわめて多くのことがその身に起きていたが、リフ・ハイアットと仲が良いということがとつぜん都合よくなることは、まったく予期しないことであった。彼女は、日焼けしたそばかすだらけの男の顔を、ものめずらしそうにずっと見あげていた。左右の頰骨の下には熱病によるあばたがあり、無害な動物のような薄黄色の目をしていた。

「この人はあたしと血がつながっているのかしら」と思うと、見くだす思いが募って身が震えた。

「あのポーキュパイン山のふもとの、沼地のそばにある茶色の家には誰か住んでいるの？」ほどなくして何気ない口調で、彼女はたずねた。

リフ・ハイアットは、驚いて詮索《せんさく》するように、しばらく彼女を見つめていた。それから、頭をかきつつ、底がぼろぼろの靴の一方からもう一方へと重心を移した。

「あの茶色の家には、ずっと同じやつらがいるさ」独特の煮え切らないニヤニヤ笑いを浮かべながら、言った。

「あの人たちは、あんたと同じところの出身よね？」

「名前はおらとおんなじだけどよ」確信なさそうに答えた。

チャリティは相変わらず、きりっとリフを見据えていた。「ねえ、あたし、いつかそこへ行きたいの。家に食事に来る男の人を連れて行きたいのよ。その人、この辺でよく古い家のスケッチをしているわ」

こういった難解なことについて、彼女はあえて説明しようとは思わなかった。説明しようとしてみたところで、リフ・ハイアットが理解できる限界をはるかに超えていて、説明するだけの価値がなかった。「その人は茶色の家を見て、いろいろ調べたいんだって」と続けた。

リフは当惑した様子で、麦わら色のもじゃもじゃ頭をずっと手で梳《と》かしていた。タバコを無意識に手探るのを断念してしまっていて、「それって、都会から来たやつかね？」と聞いた。

「そうよ。その人はいろいろな絵を描くの。今はそこをくだったところでボナーの家をスケッチしているわ」森の下手の牧草地の窪みの真上にちょうど見えている煙突を、彼女は指さした。

「ボナーの家だって？」リフは力なく笑いながら、鸚鵡《おうむ》返しに言った。

「そうよ。あんたにはわからないわ。でも、そんなことはどうでもよくて、言いたいのは、その人がこの一日、二日のうちにハイアットの家へ行くってことよ」

リフはますます当惑している様子だった。「バッシュは昼過ぎると、ときどき機嫌が悪いことがあるぞ」

「わかってる。でも、その人があたしを困らせることはないと思うわ」ハイアットの目をしっかりと見据えて、彼女は顔をのけぞらせた。「あたしも行くから。その人に言っておいて」

「やつらは誰も、あんたを困らせはしねえよ――ハイアットの家の者はな。だけど、なんでよそ者なんか、いっしょに連れていきてえんだ？」

「さっき言ったでしょ。バッシュ・ハイアットに話しておいてね」

リフは目をそらして、地平線上の青い山々を見た。それから牧草地の下の方にある煙突の先端に視線を落とし、じっと見つめていた。

「そのやつは、今、あそこにいるんか？」

「そうよ」

リフ・ハイアットはまた体重を移動し、腕を組んで遠くの景色をずっと見渡していた。「それじゃ、またな」と結局、話が中途半端なまま言うと、向きを変え、丘の斜面をよろよろと登って行った。上手の尾根で立ちどまり、そこから「おら、日曜にはそこへ行かねえよ」と大声で言った。それからどんどん斜面を登っていき、やがてその姿は木々のなかに埋もれてしまった。ほどなくすると、ずっと高いところから、カーンと響きわたる彼の斧の音が聞こえてきた。

チャリティは、この樵《きこり》が現われて思い浮かんだことをあれこれ考えながら、暖かい尾根に寝そべっていた。幼い頃のことは何もわからなかったが、知りたいと思ったこともなかった。ぼんやりとした印象がかすかに残っている記憶の隅をほじくりだすことは、気が進まず心が重いだけだった。けれども、この数週間、自分の身に起こったことにかき立てられて、眠っている心の深淵を覗くことになった。自分自身のことをだんぜん興味深いと思うようになって、このとつぜん湧いてきた好奇心によって、生い立ちに関するあらゆることが浮かびあがってきた。

彼女は、〈山〉の出であることを以前にも増して嫌悪していたが、その事実にもはや無関心ではいられなくなった。どんなかたちであれ、自分に影響を及ぼしたものすべてが、生き生きと鮮やかになった。きわめて嫌な事柄でさえも、自分自身の一部であるという理由で、興味深くなっていた。「リフ・ハイアットは、あたしの母親が誰か、知っているのかしら?」とじっと物思いに耽った。かつて若くてほっそりしたどこかの女の人が、自分が受け継いでいるような、すばやい動作で自分を胸に抱き、その寝姿を見つめていたことを想像すると、不意にぞっと身が震える思いがした。母親はとうの昔に死んでしまって、もうただの名もないわずかな土くれになっているとずっと思ってきた。でも、今や、かつて若かったその女の人が生きているかもしれず、ルーシャス・ハーニーがスケッチしたがっている茶色の家の玄関口でときどき見かける、醜い老婆のような、もつれ髪のしわくちゃ女かもしれないと思った。

こんなことを考えているうちに、ルーシャス・ハーニーが心の中心に引き戻され、リフ・ハイアットの姿を見てかき立てられたさまざまな心当てから抜け出た。現在が濃厚で未来がバラ色であるというのに、過去のことについて、長々と思いをめぐらしてはいられなかった。ルーシャス・ハーニーが目と鼻の先にいて、スケッチ・ブックに身をかがめ、眉をひそめつつ、計算したり、測定したり、顔をうしろにそらしたりして、すべてに明るい光を投げかける、あの思いがけない微笑みを浮かべているというのに、過去のことなんかに思いをめぐらしてはいられなかった。

チャリティはすばやく立ちあがった。立ちあがりながら、ハーニーが牧場を登ってくるのが見えたので、草の上に腰をおろして待った。「彼の家々」と自ら呼んでいる家の一つを、彼がスケッチしたり、測定したりしているとき、彼女はよくひとり離れて森へ入ったり、丘の中腹に登ったりしていた。そうしたのは、多少、物怖じしていたからでもあった。一緒に来た人が自分の仕事に夢中になり、ちょっと仄《ほの》めかしたことを彼女が無知で理解できないことも忘れて、芸術と人生についてのひとり芝居に没入しているとき、きわめて辛い無能感に襲われるためでもあった。ぽかんとした顔で、彼の話を聞くきまり悪さを避けたかったし、彼がスケッチしようとする家の前で不意に馬をとめ、スケッチ・ブックを広げると、驚きの視線を向ける住民の目からも逃れたかったので、彼女はひっそりと姿を消した。人に見られずに仕事中の彼の姿を観察することができ、少なくとも彼がスケッチしている家を見おろすことができる場所に姿を消したのだ。ロイヤル弁護士からミス・ハチャードのいとこが借りた一頭立て馬車《バギー》で、いとこをあちこち案内していることが、ノースドーマーやその近隣地区に知れわたっても、彼女は当初は不快に思わなかった。不名誉な生まれだという意識によって強烈な自尊心をもつようになったのか、それとも、もっと華々しい運命のために蓄えておいたためかははっきりとわからなかったが、彼女は、人とはずっと交流しないできたし、村の恋愛沙汰には軽蔑して寄りつかなかった。ときどきは、ほかの娘たちが恋愛ごっこに夢中になり、まだ村に留まっている数少ない若者と、わけのわからない恋愛遊戯に長時間耽っているのを、うらやましくも思った。でも、ベン・フライとか、ソラス家の息子のために、髪をカールし、帽子に新しいリボンをつける自分の姿を思い描くと、うらやましいという熱い思いは冷め、どうでもよくなってしまうのだった。

今になると、チャリティは、なぜ村の恋愛ごっこに軽蔑感を抱き、乗り気になれなかったのか、その理由がわかった。ルーシャス・ハーニーが初めて自分を見て話の脈絡を失い、赤面して机に寄りかかったとき、自分にどんな値打ちがあるのかを悟ったのだ。だが、心のうちには、物怖じする気持ちが生じてもいた。幸せという神聖な宝を、俗悪な危険にさらす恐怖だった。都会出身の若い男性と「つき合っている」のではないかと、近所の人たちに思わせたことは悔やんではいなかったが、日が長い六月の日々、何時間くらい青年と一緒に過ごしたのかを、地域一帯の人びとには知られたくはなかった。いちばん恐れたのは、お決まりのうわさがロイヤル氏の耳に入ることだった。自分のことで、同じ屋根の下に住んでいるこの寡黙《かもく》な男の目を逃れるものはほぼないと、本能的にわかっていた。ノースドーマーは求愛中の男女に寛容ではあったけれども、それでも相手に対する好意をあからさまに示しすぎたあかつきには、ロイヤル氏は、文字どおり「つけを支払わせ」かねないとずっと感じていた。どうやって支払わせるのか、彼女にはわからなかったが、はっきりわからないので、いっそう恐怖が募った。もし誰か村の若者の好意を受け入れていたとしたら、彼女の心配はもっと少なかったであろう。ロイヤル氏は、彼女が結婚する決意をすれば、妨害することはできないだろう。しかし「都会の男とつき合うこと」は別問題で、そう簡単にすんなりゆくことではないことは、誰の目にも明らかだった。そのような危険な冒険の犠牲者の例を、ほとんどどの村でも、指し示すことができた。彼女は、ロイヤル氏の干渉を恐れるがゆえに、若いハーニーとともに過ごす時間の喜びを強く感じたが、同時にその干渉を恐れるがゆえに、ハーニーと一緒にいるのを、あまり多くの人に見られないように用心した。

ハーニーが近づいてくると彼女は両ひざをついて身を起こし、両手を頭上高く伸ばした。このような怠惰《たいだ》なしぐさは、すこぶる幸せであることを示す彼女らしい表現方法だった。

「ポーキュパイン山のふもとの例の家に案内するわ」ときっぱりと言った。

「どの家？　ああ、沼地の近くの、今にもこわれそうなあの家ね。ジプシーみたいな人たちがあたりをうろついていたりする家だよね。本格建築の痕跡《こんせき》を残している家が、あんな場所に建てられたなんて、不思議なことだよ。不愛想な感じの人たちだけど――僕たちを家に入らせてくれると思う？」

「あたしが言えば、あの人たちはなんでもしてくれるわ」と自信をもって言った。

青年は、彼女のかたわらに体を伸ばして横になった。「ほんとう?」とにっこりして応じた。「じゃ、僕、家のなかに何が残っているか、見たいな。それに住んでいる人たちと話もしたいし。あの人たち、〈山〉からおりてきた人たちだって、このあいだ僕に教えてくれたのは誰だったかな?」

チャリティは横目で彼を見た。風景の特徴としてではないことで、〈山〉のことを彼が話すのはそれが初めてだった。〈山〉について、〈山〉と自分との関係について、この人はほかに何を知っているのだろう? 他人が心に抱くどんな軽蔑の念にも本能的に歯向かう、凄《すさ》まじい反抗の衝動にとらわれ、心臓が激しく鼓動し始めた。

「〈山〉のこと? あたし、〈山〉なんか、怖くないわ!」

その挑戦的な口調に、青年は気づかない様子だった。彼は草の上に腹ばいになり、タイムの小枝を折って唇にあてた。はるか彼方、連なる丘陵の手前の窪みの上の方に、〈山〉がその黒い肩を黄色い夕日に突き刺していた。

「いつかあそこへ登らなくちゃ、僕、〈山〉を見てみたいんだ」物思いに耽りつつ、彼は言葉を続けた。

動悸《どうき》も弱まり、チャリティはまた横を向いて、彼の横顔をしげしげと見つめた。その顔からは、友好を損なうような意図はなんら汲みとれなかった。

「どうして〈山〉に登りたいの?」

「そりゃ、かなり不思議な場所に違いないからさ。あの上には、奇妙な居住地があるんだよね。社会から追放された人たちの、小さな独立王国のようなものがね。もちろん、君もあの人たちのうわさは聞いたことがあるよね。谷間に住む人たちとは関係がないそうだけど——実際には、かなりあの人たちのことを軽蔑しているね。荒っぽいやつらだとは思うけど、きっとかなり個性的に違いないさ」

かなり個性的というのをどういう意味で彼が言ったのか、チャリティにははっきりわからなかった。だが、声の調子に賞賛が表われていたので、抱き始めた好奇心がさらに深まった。自分が〈山〉のことをあまりに知らないのは奇妙なことだと、今になって思った。彼女はたずねなかったし、教えてくれると申し出る人もいなかったのだ。ノースドーマーは、〈山〉を当然のこととみなして、あからさまに批判するというより、言葉の抑揚でそれとなく軽蔑感をほのめかしていた。

「奇妙なんだよね」と彼は話を続けた。「ちょうどあの向こう、あの山のてっぺんに、他人のことなんか、まったく気にかけていない人たちの小さな集団が存在しているってことがね」

この発言にチャリティは戦慄《せんりつ》を覚えた。これがきっかけとなって、彼女自身の反感や反抗心が頭をもたげたようだった。青年にはもっと話してもらいたいと、彼女は思った。

「あの人たちのことについては、あまり知らないのよ。あの人たち、ずっとあそこにいたの？」

「どのくらい前からいるのか、正確には誰も知らないみたいだね。クレストンで聞いたところでは、最初の入植者は、四、五十年ほど前にスプリングフィールドとネトルトン間の鉄道工事に従事した男たちだったそうだけど。そのうち飲酒癖がついたり、警察沙汰《ざた》を起こしたりする者や、逃亡する者が出てきて——森のなかへ消えた。一、二年後、その者たちが〈山〉に登って暮らしているというわさが伝わった。それから、僕が思うには、あとから加わる者たちもいて——子どもたちが生まれた。今ではあそこには百人以上もいるそうだ。谷間の司法権がまったく及ばないらしいし、学校もなければ、教会もない――あの人たちの様子を見に登っていく保安官もいないんだ。でもノースドーマージャ、あの人たちのことをみんな話さないだろう？」

「わからない。悪い人たちだっていううわさだけど」

彼は笑った。「ほんとう？　僕たちが行って確かめてみない？」

この提案にチャリティはぱっと赤くなったが、くるりと向きを変えて青年の顔を見た。「うわさは聞いていないでしょうけど――あたし、そこの出身なの。小さいとき、村に連れてこられたの」

「君が？」片ひじをついて身を起こし、青年は急に関心を示して彼女を見つめた。「〈山〉の出身なの？　とても好奇心をそそられるね！　だから君はとても個性的なんだと思うよ……」

幸せな血潮が髪の毛の生え際までみなぎった。彼がほめている――〈山〉の出身者だという理由で自分をほめてくれている！

「あたしって……個性的かしら？」驚いたふりをして、彼女は勝利感に酔った。

「そりゃ、ものすごく！」彼はチャリティの手をとり、その日焼けした手の関節に軽くキスをした。

「おいで」と彼は言った。「さあ、帰ろう」彼は立ちあがり、着ていた灰色のゆったりとした服から草を払い落とした。「とても楽しい一日だった！　明日はどこへ僕を連れて行ってくれるの？」

第六章

その夜、夕食がすむとチャリティは台所にひとり残り、ポーチで話しているロイヤル氏とハーニー青年の話にじっと耳を傾けていた。

テーブルの片づけを終えたあとも、彼女は台所に留まっていた。老いたヴェリーナは足を引きずって寝室へあがってしまっていた。チャリティは、台所の窓を開け放しにしたまま、所在なさそうに両手をひざの上におき、窓の近くに座っていた。その夜は涼しく、静かだった。暗くなった丘陵のかなたの西の空が琥珀《こはく》色から薄い緑色に変わり、さらに濃紺になると、そこに大きな星が一つ出た。コキンメフクロウの柔らかい鳴き声が暗がりから聞こえてきて、その合間を縫って、男たちの話し声が大きくなったり、小さくなったりしていた。

ロイヤル氏の声は、満足気で朗々と響いていた。彼がルーシャス・ハーニーほどの話し相手にめぐり会えたのは、久しぶりのことだった。青年は、ロイヤル氏にとって、夢破れ、今も忘れられない、過去のすべてを象徴する存在なのではないか、とチャリティは思った。ミス・ハチャードは、寡婦《かふ》の義妹が病気になってスプリングフィールドに呼ばれて行ったが、その頃までにハーニー青年は、ネトルトンとニューハンプシャー州境とのあいだにある古い家屋をすべてスケッチし、測定する仕事に本腰をいれて取り組み始めていた。青年が、いとこの留守のあいだ、ロイヤル氏の赤い家に下宿させてもらえないかとそれとなく言ってきたとき、チャリティはロイヤル氏が断らないかと気をもんだ。青年を泊めること自体に問題はなかったが、泊まれる部屋がなかった。だが、もしロイヤル氏が食事だけ赤い家でさせてやれば、青年はそのままハチャード邸に滞在できるようであった。ロイヤル氏は一日よく考えた末に承諾した。

ロイヤル氏は小金が入ってくるのを喜んでいるのでないか、とチャリティは思った。強欲な男だと評判だったが、おそらく世間が勘ぐるほどお金がないのではないか、と思い始めていた。弁護士の仕事も、つかみどころのない伝説に近いものになっていて、ほんのたまに思い出したようにヘップバーンかネトルトンへのお呼びがあるだけだった。生活はおもに自分の農場からのわずかな上がりと、代理人を務めている近隣のいくつかの保険会社からの顧問料に頼っているようだった。いずれにしても、ロイヤル氏は、一日につき一ドル半で馬車を借りたいというハーニーの申し出を、すぐに受け入れた。初めの週の終わりに、チャリティが帽子の飾りをつけ直しているところへやって来て、まったく思いがけずに、彼女のひざに十ドル紙幣をポンと投げてよこした。これは、ハーニーとの取引にロイヤル氏が大いに満足している証拠だった。

「さあ――これでほかの娘たちみんなを悔しがらせるような、よそゆきのボンネットを買っておいで」ロイヤル氏は、奥深い目を気恥ずかしそうに輝かせて、彼女を見つめながら言った。いつにないその贈物は――彼からもらう初めてのお金の贈物だったが――ハーニーの最初の支払いだろう、とすぐに察しがついた。

青年がやってきたことは、金銭的な報酬以外のものをロイヤル氏にもたらした。何年かぶりに、男の話し相手を得たということだ。チャリティは、後見人が何を求めているのか、胸の内はよくわからなかった。ロイヤル氏自身が周囲の人たちよりも優れていると思っていることは知っていたが、ルーシャス・ハーニーもロイヤル氏のことをそのように思っていることがわかった。話を理解してくれる聞き手ができ、ロイヤル氏がどうやら話し上手らしいとわかって、彼女は驚いた。ハーニー青年がロイヤル氏に敬意をもって好意的に接する態度にも、同じように心打たれた。

男たちの会話は、たいていは政治問題についてで、彼女には理解できない内容だった。しかし今夜の会話は、彼女にもことのほか興味があることだった。というのも、彼らが〈山〉のことについて話し始めたからだ。彼女は、聞こえるところにいると悟られないように、少し身をうしろに引いた。

「〈山〉って？　あの〈山〉のことかね？」とロイヤル氏が言うのが聞こえた。「ああ、あの〈山〉は汚点ですよ――それが現実でね。まさに汚点だ。あの〈山〉のならず者は、ずっと前に追放されるべきだったんですよ――ここの連中がやつらをそんなに怖がらなければ、とうに追放されていましたよ。〈山〉はこの地区の管轄《かんかつ》下でね。あそこに住んでいる盗人や乱暴狼藉《ろうぜき》者の集団が、我われの見えるところで、国の法律を平然と無視するようなら、ノースドーマーの責任ですよ。だけど、あそこまであえて登っていく保安官も、収税吏《り》も、検視官もいやしない。何か厄介《やっかい》なことが〈山〉で起こったと聞いても、都市行政委員たちはそっぽをむいて、町の水道ポンプ浄化のための支出を決めたりしている。〈山〉に登っていくのはただひとり、牧師だけだ。牧師だけは、誰か死ぬとやつらの方から迎えに来て、連れて行くんですよ。〈山〉でも、埋葬はキリスト教式を重んじるが――結婚するときに牧師を呼んだという話は、聞いたことがない。それに家庭裁判所の判事を呼ぶっていうこともない。やつらは、ただ異教徒のように、自分たちだけで群れているんですよ」

ロイヤル氏はさらに続けて、やや専門的な言葉を使って、あの違法居住者たちの小集団がいかに法を無視してきたかを説明した。チャリティは、胸が熱くなる思いで、ハーニーの感想を待っていた。だが、青年は自分の意見を言うよりは、ロイヤル氏の見解をもっと聞きたいと思っているようだった。

「あなたご自身は、〈山〉へいらしたことはないのでしょうね？」しばらくして、青年が聞いた。

「ありますよ」蔑むように笑って、ロイヤル氏は答えた。「ここのわけ知りの人たちは、わしが殺されて戻れないだろうと言ったが、誰も手をあげてわしを傷つけるものはいなかった。やつらの仲間ひとりを、七年の刑務所送りにしたばかりだったけどね」

「刑務所送りにした直後にいらしたんですか？」

「そう。そのすぐあとにね。捕《つか》まったやつはネトルトンへやって来て、大暴れしたんですよ。やつらがよくやるようにね。木の伐採の仕事がすむと〈山〉をおりてきて、金を湯水のように使う。その男もその挙げ句の果てが、人殺しだったんですよ。ネトルトンの人たちでさえ、〈山〉のことは恐れていたが、わしはあえてやつを有罪にしたんだ。すると奇妙なことが起こった。その男がわしを刑務所に呼び寄せたので、会いに行った。やつは、『おれを弁護するなんざあ、肝っ玉の小さいやろうだぜ――そのほかにもいろいろあるが』と切り出して、『実はあの〈山〉におれに代わってやってもらいたいことがある、それで裁判所で出会った人であんたひとりが、それをやってくれそうだと見込んで頼みたいんだ』って、言うんですよ。あそこには子どもがいる――いると思っている――小さな女の子だがね、それで、その子を引き取ってクリスチャンのように育てて欲しい、ってね。わしはその男が気の毒になって、〈山〉に登って子どもを連れてきましたよ」ロイヤル氏はひと息ついたが、チャリティは心臓が高鳴るのを覚えながら、じっと耳を傾けていた。「〈山〉へ登ったのは、そのとき一回こっきりですよ」と言って、ロイヤル氏は話を締めくくった。

しばらく沈黙が流れたが、やがてハーニーが口を開いた。「それでその子ですが――母親はいなかったんですか?」

「もちろん、いましたよ。でも、母親は子どもを手放すことを、むしろ喜んでいましたよ。誰にだって、渡したでしょうよ。あそこの連中は、まったく人でなしですよ。あの母親も、ああいう生活をしていたわけですから、とっくに死んだでしょう。とにかく、あの日から今日まで、母親のことはいっさい耳にはしていませんがね」

「なんてことだ、ぞっとする」とハーニーはつぶやいた。チャリティは、恥ずかしさで胸が苦しくなり、さっと立って二階へ駆けあがった。ついにわかった。自分は、酔いどれの罪人と、子どもを喜んで手放してしまう「人でなし」の母親との子どもなのだと。しかも、よりによって、周囲の人たちより秀でていると思わせたかったその人に、出生の秘密が語られるのを聞いてしまったとは! ロイヤル氏は、子どもの名前も言わなかったし、〈山〉から連れてきた子どもが、自分だとわかるような言い方は避けていたことには気づいていた。ロイヤル氏が口をつぐんでいたのは、自分への思いやりからだということも、察しがついた。けれど、無法者の集落に対するハーニーの関心に惑わされて、午後、あの〈山〉の出身であることを自慢げに話してしまったからには、ロイヤル氏の思いやりなど、なんの役に立つというのだ。男たちが交わした会話のひと言ひとことから、あんなところの生まれである自分と、青年との隔たりが、大きくなってしまうことは明らかだった。

ノースドーマーに十日間滞在しているあいだ、ルーシャス・ハーニーはチャリティにひと言たりとも、愛の告白をすることはなかった。彼は、いとこのミス・ハチャードにとりなして、チャリティが図書館の司書として優秀であると説得してくれた。でも、彼女の真価が問われたのは、もともと彼のせいだったのだから、それぐらいのことをしても当然だった。スケッチ旅行に出かけるためにロイヤル氏の馬車を借り、一緒に乗って丘陵地帯をまわって欲しいと頼んできたが、その地域のことを知らないのだから、それもしごく当然のことだった。いとこのミス・ハチャードがスプリングフィールドへ呼ばれて行ったとき、ロイヤル氏に下宿人としておいてくれるように頼んできたことにしても、ノースドーマーではほかに泊まれるような家があっただろうか？　キャリック・フライにしても、妻は体が麻痺《まひ》していて、おまけに家族が多くて食卓はいつも満杯状態でとても無理だった。ターガットの家も、通りから一マイル離れていて遠いし、あの気の毒なホーズ老夫人といえば、長女が家を出て行ってから、アリィが裁縫して生計を支えているが、彼女自身は弱って自分の食事すら満足に作れない状態なのでとても無理だった。青年にまずまずのもてなしができるのは、唯一ロイヤル氏のところだけだった。したがって、一連の表面的な出来事のなかには、胸をときめかすような希望をチャリティの胸のうちに抱かせることは何もなかった。だが、ルーシャス・ハーニーがやってきたことによって起こった目に見える出来事の底には、池の氷が解け始める前にとつぜん森の木々を芽吹かせる妖気のように、何か不可思議で、強力な暗流が流れていたのだ。

ハーニーが村にやってきたのは、れっきとした仕事のためであった。ニューイングランド地方で、あまり知られていない地域に残っている十八世紀に建てられた家々の調査を依頼するニューヨークの出版社からの手紙を、チャリティは見たことがあった。彼女には、その仕事の全容がわからなかったし、地元の建築業者によって改築、あるいは「改善」された建物には目もくれず、放置されたまま、ペンキのはがれた家々の前で、なぜ彼が悦に入っているのか、理解し難かった。だが、彼が主張するほどイーグル郡には建物が豊富でもなく、彼の滞在期間は（彼自身は一か月と踏んでいたが）、図書館で初めて彼女の前で立ち止まったときの、あの眼差しと関係なくもないと思うしかなかった。あれ以後の出来事はすべて、あの眼差しから始まったように思えた。彼女に対する話し方、彼女の意図を汲みとるすばやさ、外出を長引かせて彼女と一緒にいられるどんな機会も逃すまいとするあからさまな熱意など、すべてはあの眼差しから始まっていたように思えた。

彼女のことを気に入っているという兆しは、十分に見てとれた。しかし、ハーニーの振る舞いは、ノースドーマーの人たちが彼女に示すものとはあまりにも異なっていたので、そうした兆しがどの程度の意味をもっているのか、推し測れなかった。彼は、チャリティが知っている誰よりも率直で、それでいて礼儀正しかったが、ふたりのあいだの距離をいちばん感じるのは、彼がもっとも率直なときだった。教育と機会という点で、ふたりのあいだには彼女がどうあがいても埋められない隔たりがあった。ハーニーの若さや熱い思いによって、彼がそれまでになく近い存在になったときでさえも、ちょっとした言葉や、無意識に仄めかすことで、また大きな隔たりの向こう側へと引き戻される気がした。

ロイヤル氏の話の余韻を耳に残したまま、自室に駆けあがったときほど、ふたりのあいだの隔たりが大きく感じられたことはなかった。動揺して、まず心に浮かんだのは、ハーニー青年には二度と会いませんように、という祈りの言葉だった。あの話を何食わぬ顔で冷静に聞いている彼の姿を想像することは、とても辛かった。「あの人なんか、帰ってくれたらいいのに。明日、出て行って、もう戻って来なければいいのに！」と枕に顔を埋めてうめき声をあげた。服を脱ぐことも忘れて、くしゃくしゃの服のままで、夜遅くまで横になっていた。彼女の魂は惨《みじ》めさに完全に打ちのめされ、夢も希望も溺れる藁《わら》のようにぐるぐると空回りしていた。

翌朝、目覚めてみると、あの激しい心の動揺も、ぼんやりとした心の痛みだけになっていた。最初に気になったのは、天気のことだった。ハーニーから、ポーキュパイン山のふもとの茶色の家と、ハンブリン方面へ案内するように頼まれていたからだ。遠出になるので、九時には出発する予定だった。雲一つなく晴れていて、彼女はいつもより早く台所に立ち、チーズサンドウィッチを作り、バターミルクを瓶に詰め、アップルパイをいく切れか包んだ。そして、持っていこうとしたバスケットが、いつもは廊下の釘にかけてあるはずなのにどこかへやってしまった、とヴェリーナを責めていた。洗いざらして少し色が褪せてはいるが、それでも彼女の浅黒い肌を引き立てるには十分鮮やかなピンク色のキャラコの服を着てポーチに出てきたときには、自分が太陽の光と朝の一部であるという勝ち誇った気分になり、前夜の惨めな気持ちは跡形もなく消えていた。恋する気持ちで血管のすみずみまで気分が浮き立ち、近づいてくるハーニー青年の姿を通りに見たときには、自分がどこの出身で、誰の子どもであるかということなど、どうでもよくなっていた。

ロイヤル氏もポーチに現われた。朝食のときには何も言わなかったが、彼女がピンク色の服を着て、バスケットを手にして出てきたときには、驚いた様子で彼女を見つめ、「どこへ行くんだい？」と聞いてきた。

「ええとね――ハーニーさんが、今日はいつもより早く出発するのよ」と答えた。

「ハーニーさん、ハーニーさんだと？ ハーニーさんはまだ馬車の乗り方を知らないのかい？」

彼女はそれには答えなかった。ロイヤル氏は椅子のうしろにもたれかかって座り、ポーチの手すりをコンコンと鳴らしていた。彼が青年のことについてそんな語調で話したのは初めてだったので、チャリティはかすかに不安を感じて身震いした。しばらくすると、彼はすっと立って、雇い人が農作業をしている家の裏手の小さな畑の方へ歩いていってしまった。

初夏によく吹く北風が丘陵地帯に秋のような輝きをもたらし、空気はひんやりとして、澄みきっていた。夜じゅう風もなく穏やかだったので、湿気が辺りに立ち込めるのではなく、あらゆるものに露がおりた。シダや草には一粒ずつビーズ状におりて、ダイヤモンドのようにきらきら光っていた。ポーキュパイン山のふもとまでの道のりは遠かった。まず青々とした丘陵が広々とした斜面を跳ねるように続いている谷を越え、滑らかな岩肌を茶褐色の水が飛び跳ねているクレストン川に沿って進んでブナ林へとおりた。それからふたたびクレストン湖の周りにある農地に出て、ゆっくりとイーグル山脈の尾根へと登っていった。ようやく峰の頂に到達すると、目の前にはまたも緑の荒々しく生い茂った谷が開けていた。その谷を越えたところには、さらに青々とした丘陵が、まるで引き潮の波が空に向かって引いていくように連なっていた。

ハーニーが木の切り株に馬をつなぎ、ふたりはクルミの老木の下で、バスケットから弁当を取り出した。クルミの木の裂けた幹からマルハナバチの群れが勢いよく飛びだしてきた。太陽が照りつけてきて、ふたりの背後からは、昼時の森のざわめきが聞こえてきた。夏の虫があたりを飛び交い、白い蝶の群れが、揺れ動く赤い雑草の葉先を扇《あお》ぐように舞っていた。眼下の谷間には家は一軒も見えなかった。天と地との巨大なる空間に、チャリティ・ロイヤルとハーニー青年だけが、唯一生きている生物であるかのようだった。

チャリティの気持ちは揺らぎ、またも不安な思いに駆られていた。ハーニー青年が黙りこくっていたからだ。両腕を頭のうしろで組んで彼女のかたわらに寝転び、上に広がる木の葉の網目にじっと目を据えていた。前夜ロイヤル氏が話したことを考えているのだろうか、そのことを考えて自分に対する評価を実際にさげているのだろうか、とチャリティは不安だった。その翌日に、茶色の家へ案内することなど頼まれていなければよかったのに、と思った。自分の出生にまつわる話が生々しく彼の心に残っているうちは、自分の出身地の人たちに会って欲しくなかった。一度ならず、峰に沿ってまっすぐ馬車を進め、彼が見たがっているもう一つの家があるハンブリンへ向かってはどうか、と言いだしそうになった。けれど、恥ずかしさと自尊心から、そう言うことはできなかった。「あたしの親族がどんな類の人たちなのか、わかった方がいいんじゃないかしら」と心のうちで思った。いくぶん肩ひじを張って、挑戦的な気持ちにもなっていた。しかし現実には、恥ずかしくてそう口に出すことはできなかった。

嵐に向かって、白い葉の裏を見せてざわめくハンノキを背にして立つその家は、奇妙にうらびれ馬の首に手綱を打ちながら、彼はいくぶん不快感に身を震わせて、言った。「長居はできないぞ」れでも、それまで見てきたのは、はるかに「典型的な」（これはハーニーの言葉だが）家々だった。そたのか、まだ理由がわからないゆえに、それらは賞賛に値し、記録すべきものなのだと思った。の装飾的な縦溝《フルーティング》、切妻壁に作られた丸窓などが目にとまった。どうしてそのようなものが作られ解するようになった。扉の上の壊れたランプの扇形の網目細工、部屋の四隅の塗料の剝げた付柱《ピラスター》

チャリティは、連れの博識をたっぷり聞かされて、どうして彼がその家に関心をもったのか、理ころに、初めの入植者が住みついたのか、見当もつかなかった。

かたわらに、ポツンとあった。ほかに家らしいものは一軒も見えず、どうしてこんな条件の悪いといただけだったからだ。茶色の家は、ハンノキの雑木林や背の高いガマにその縁を覆われた沼地の草がうっそうと茂った山腹のふもとの道に出て、茶色の家に着くまでに、ほんの少しの雨がぱらつ

彼の言ったことも、あながち間違いだったわけではなかった。というのも、ポーキュパイン山の

雨が降り始める前に、茶色の家にたどり着けるね」

「ああ、僕は、あの〈山〉について、みんなが言う悪口の半分も信じてはいないよ！　でも、どうにか、

「〈山〉の上空にある雲です。〈山〉の上空に起こる雲は、いつも面倒を引き起こすんです」

える筋雲のこと？」

彼女の視線の先に目を向けて、彼は微笑んだ。「君が心配しているのは、あの松林のあいだに見

とつぜん、チャリティは片手をあげ、空を指した。「嵐になるわ」

て見えた。羽目板の塗料はほとんど剝げ落ち、窓ガラスは壊れて、ところどころぼろ切れが継ぎ当てられていた。庭にはイラクサやゴボウ、背の高い沼地の雑草類がぼうぼうと絡まりあって生え、その上を大きなアオバエがぶんぶんうなって飛んでいた。

馬車の音を聞きつけて、リフ・ハイアットと同じような亜麻色の髪と淡い色の目をした子どもが垣根越しに覗いたが、やがてこっそりと屋外便所の裏に隠れた。

ハーニーは馬車から飛び降り、手を貸してチャリティをおろした。そうするあいだも、容赦なく雨が降り続けた。猛烈な風にあおられ、雨は横なぐりに降りつけていた。秋の嵐のように灌木《かんぼく》や若木をなぎ倒し、葉を引きちぎった。道路は川のように水があふれ、窪みという窪みは水たまりとなって雨音をたてていた。激しい雨音をついて雷鳴がひっきりなしに轟《とどろ》き、次第に暗くなっていくなかで、稲妻の異様な光が地を這うように走った。

「とにかく、ここにたどり着けて運がよかったよ」とハーニーは笑った。彼は半分屋根がない小屋に馬をつなぎ、チャリティを自分のコートに包んで、ともに家に向かって走った。さっきの少年は二度と現われなかった。ノックしたが返事がないので、ハーニーが取手をまわして、ふたりは家に入った。

入ったところが台所で、そこには三人の家族がいた。頭にハンカチを被った老女が、窓際に座っていた。ひざには、具合が悪そうな子猫が乗っていたが、それが飛び降りて逃げ出そうとするたびに、その老いた、無表情な顔をこわばらせたまま、かがんで猫を拾いあげていた。もうひとりの女は、かつてチャリティが馬車で通りかかったとき見かけたことがある、髪がもじゃもじゃの人だったが、窓枠に寄りかかって立ち、来訪者をじっと見つめていた。かまどのそばには、ぼろぼろのシャツを着た、髭ぼうぼうの男が樽《たる》に腰かけて眠っていた。

家のなかには何もなく、貧窮した様子で、汚物やタバコのむっとした匂いが立ち込め、息がつまるようだった。チャリティは、気分が沈んだ。昔から語り草になっている、〈山〉の人たちを嘲笑《ちょうしょう》する話がよみがえってきた。女の凝視は非常にどぎまぎさせるもので、しかも眠っている男は、かなり酔って野獣のような表情をしていたので、チャリティは嫌悪感を覚え、漠とした恐怖感さえ抱いた。自分自身のことを考えて恐れたのではない。ハイアット一族が自分を困らせるようなことは、しそうもないことはわかっていた。この「都会の人」をどう扱うか読めなかったのだ。ルーシャス・ハーニーは、彼女が恐怖感を抱いていたと聞けば、きっと笑ったであろう。彼は部屋をちらっと見渡してから、「初めまして」と普通の挨拶《あいさつ》をしたが、これに対して誰からも返事はなかった。それで、嵐がやむまで雨宿りをさせてもらえないかと、若い女に聞いた。

女は彼から目をそらし、チャリティを見た。

「あんた、ロイヤルのとこの娘じゃないかい?」

チャリティは、顔を真っ赤にして「チャリティ・ロイヤルです」と答えた。その名前に真っ向うから疑義を差し挟まれる恐れのある場所で、あたかもその権利を主張するかのようであった。

女は、そのことには気がつかなかったようで、「ああ、いいよ」とだけ言った。それから向きを変えて、作りかけの料理の上にかがみ込み、何かをかき混ぜていた。

ハーニーとチャリティは、澱粉《でんぷん》食品の箱二つに板を渡しただけのベンチに腰をおろした。目の前に、壊れた蝶番に引っかかっている戸があり、そのすき間から、さきほどの亜麻色の髪の男の子と、頬に傷のある青白い顔をした小さな女の子の目が見えた。チャリティは微笑みかけ、子どもたちに入ってくるように合図したが、見つかったことがわかると、子どもたちはさっと裸足で逃げた。子どもたちは、眠っている男を起こすのを恐れているのではないか、とチャリティは思った。どうやら、さっきの女も、子どもたちと同じように恐れているらしく、音を立てないようにそっと動きまわり、かまどのそばに近寄らないようにしていた。

雨はまだ家にたたきつけるように降り続けていた。一、二か所、ぼろ切れが継ぎ当てされた窓ガラスから雨が流れ込み、床に水たまりができていた。ときどき、子猫がニャーニャー泣いてはもがいて下におりるが、老女はかがみ込んで捕まえ、痩せこけた両手でしっかりと抱いていた。樽の上に座った男は、一、二度は、半ば目覚めて体の位置を変えていたが、毛むくじゃらの胸あたりまで頭を落とし、ふたたび眠りこけていた。しばらくたっても、雨はまだ窓に叩きつけるように降っていた。チャリティは、その家やその家の人たちに対する嫌悪感に襲われていた。惚《ほう》けた老女、怯《おび》えた子どもたち、泥酔して眠りこけるボロ着の男の姿を見ていると、現在の自分の生活環境が、平和と富の象徴のように思えた。彼女は、赤い家の台所を思い浮かべた。磨かれた床に、食器が詰まった食器棚がおかれ、彼女がいつも嫌っていた、イースト菌やコーヒー、カリ石鹸《せっけん》が混じりあった独特の匂いがする台所だ。今はこの台所こそ、家庭の秩序を象徴するものに思えた。ロイヤル氏の部屋も目に浮かんだ。背もたれの高い、馬毛張りの椅子、色褪せた布製のカーペット、棚に並べられた本の数々、暖炉の上方にかけられた《バーゴインの降伏》*の彫版画、暖炉の前に敷かれたマットのモスグリーンの飾り縁には、茶と白のスパニエル犬が寝そべっている部屋だ。それからチャリティは、ミス・ハチャードの家へ思いを馳せた。ロイヤル氏の赤い家がいつも地味で質素なのに比べると、ミス・ハチャードの家はすべてがすがすがしく清らかで、かぐわしい匂いに満ちていた。

「ここがあたしの居《い》るべき場所なんだ——ここがあたしの居るべき場所なんだ」と彼女はくり返し心のうちで言い続けた。しかし、そのような言葉は、なんら意味をもたなかった。あらゆる本能と習慣からしても、ねぐらに虫けらのように住む、これら貧しい沼地の人びとのなかでは、彼女はよそ者だった。ハーニーの好奇心に屈して、こんなところへ連れて来なければよかった、と心底から思った。

雨でずぶ濡れになったので、彼女は服の薄いひだの下でぶるぶる震え始めた。若い女がそれに気づいたのか、部屋から出て行くと、欠けた湯飲みをもって戻ってきて、チャリティに差し出した。半分ばかりウイスキーが入っていたが、チャリティは首を横に振った。するとハーニーがその湯飲みをとって、自分の口にもっていった。湯飲みを下におくと、彼はポケットを探り一ドル紙幣を取り出した。この様子をチャリティは見ていたが、彼は一瞬ためらって、その紙幣をまたしまった。チャリティは、自分の縁者だと話していた人たちに金銭を差し出すのを、彼はたぶん見られたくなかったのだと思った。

それまで眠っていたその家の主がもぞもぞと動いて、頭をあげ、目を開けた。しばらくチャリティとハーニーにうつろな目を向けていたが、ふたたび目を閉じて、頭をだらりと落とした。女の顔に不安の表情が浮かんだ。女は窓から外を見やり、ハーニーのところへやってきて、「たぶん、今帰った方がいいよ」と言った。青年は事情を察して立ちあがり、「どうもありがとう」と手を出しながら言った。女はそれに気づかなかったらしく、ハーニーとチャリティが戸を開けたときには、もううしろを向いていた。

雨はまだ少し落ちていたが、ほとんど気にならない程度だった。雨で清められた空気が香油のように、顔にかかった。雲はだんだん高くなって切れつつあった。雲の切れ間の、はるか彼方の青空の深みから、日の光が差し込んできた。ハーニーが馬の手綱をほどき、チャリティを馬衣《うまぎぬ》で包んだ。そしてふたりは、わずかに降りそそぐ雨のなか、馬車で出発した。雨は陽の光に照らされて、もうビーズ玉のようになっていた。

チャリティはしばらく押し黙っていた。連れも話しかけなかったが、彼女は恐る恐るハーニーの横顔をうかがっていた。先ほど目にしてきた光景に圧倒されたかのように、彼もいつもよりは重々しい表情を見せていた。とつぜん、彼女の方から口火をきった。「さっきの人たちは、あたしの出身地の人たちなの。もしかしたら、あたしの親戚かもしれないわ」チャリティは、身の上話をしたことを悔いていると思われたくなかった。

「気の毒な人たちだね」と彼は返した。「どうしてあんな熱気のこもる窪地におりてきたのかな」

彼女は皮肉っぽく笑った。「もっといい暮らしがしたかったからよ！ 〈山〉の上はもっとひどいもの。バッシュ・ハイアットは、あの茶色の家の持ち主だった農家の娘と結婚したのよ。かまどのそばにいたのが、おそらく本人だと思うけど」

ハーニーは言葉を探しあぐねているようだったので、彼女は話し続けた。「さっき、一ドル出して、女の人にあげようとしてたわね。でも、どうしてまた引っ込めたの？」

彼は真っ赤になって、馬の首にたかった沼地のハエを振り払おうと前かがみになった。「ちょっと、よくわからなかったんだ――」

「あの人たちがあたしの親戚だとわかったから、お金なんかやるのを見たら、あたしが恥ずかしい思いをするだろうと思ってたの？」

ハーニーは非難するような目を彼女に向けた。「ねえ、チャリティ――」

名前で呼ばれたのは、それが初めてだった。胸の内に惨めな気持ちが込みあげてきた。「あたし、あたし、恥ずかしくなんかないわ。あの人たちがあたしの親戚でも、あの人たちのこと、あたし、恥ずかしいなんて、思っていないもの」彼女はすすり泣いた。

「ねえ、君……」と彼はささやくと、片腕でチャリティを抱いた。彼女はハーニーに寄りかかって、苦痛のあまりに嗚咽した。

もう遅くなってしまって、ハンブリン方面まで足を延ばす時間がなかった。ノースドーマーの谷に着いて赤い家に向かったときには、晴れあがった空は、満点の星空になっていた。

第七章

ミス・ハチャードの計らいで職場復帰してからというもの、チャリティは図書館の勤務時間を一瞬たりとも短縮するようなことはなかった。かならず時間前に着くようにさえしていた。清掃や本の並べ替えを手伝うために雇われていたターガット家の末娘がだらだらと遅れてやってきて、仕事そっちのけで窓越しにソラス青年をじっと見ていたりすると、チャリティは、見あげたことに、腹立ちをあらわにした。それでも、あの鮮烈な時間を過ごしたあとでは、「図書館勤務日」はそれまで以上に退屈に思われた。もしルーシャス・ハーニーがミス・ハチャードから「記念館」のもっとも効果的な換気法を地元の大工と検討するように、彼女が義妹のところへ発つ前に頼まれていなかったら、チャリティは部下によい手本を示すことは難しかったであろう。

ハーニーは、図書館の開館日に、この調査を実行するべく配慮した。したがって、チャリティは、午後はきっといくぶんか彼と一緒に過ごせると思っていた。ターガット家の娘がいたり、とつぜん文学への渇望に襲われた通りがかりの人に邪魔される危険があったりしたので、ふたりの会話はたわいない日常茶飯事のことに限られていた。けれど、このような表向きの礼儀正しさと、ひそやかな親密さとの対比が魅惑的で、チャリティはうっとりしていた。

茶色の家へ馬車で行った翌日は、「図書館勤務日」だった。チャリティは机に座って改訂版のカタログに取り組んでいた。ターガット家の娘は、窓の方にも関心を払うことを忘れずに、山と積みあげられた本の題目を読みあげていた。チャリティの心は遠く離れたところにあった。沼地のそばの陰気くさい家や、ルーシャス・ハーニーが優しい言葉で慰めてくれた、馬車で帰る長い道すがらの薄暮れの空の下をさまよっていた。その日、ハーニーは、チャリティたちと食事をするようになってから初めて、いつものように昼食に顔を見せなかった。現われない理由を説明する伝言は何も届けられていなかった。ロイヤル氏は、並大抵の無口ではなかったが、驚きも見せず、なんの説明もしなかった。このように無頓着《むとんちゃく》を装ったこと自体に、とくに深い意味はなかった。というのも、たいていの村民がそうであるように、起こったことを逆らわずに受けとめるのが、ロイヤル氏の流儀だったからだ。それは、ノースドーマーに住んでいる者は誰であれ、起こったこととの修正を望むことなどできない、という結論に、ロイヤル氏がずっと前に達してしまっていたかのようであった。しかしチャリティは、情熱的な気分が高まっていたこともあって、後見人の沈黙には何か不安を感じた。ルーシャス・ハーニーが、あたかもロイヤル氏やチャリティの生活とはまったく関わりなかったかのようであった。ロイヤル氏の少しも動じるところのない無関心は、ハーニーを非現実の領域に追いやろうとしているかのようであった。

席に着いて仕事をしながら、彼女はハーニーが現われない失望感を払いのけようとした。おそらくは、何かささいなことが起きて昼食を一緒に食べられなくなったのだろう。けれども、自分にまた会いたがっているに違いないし、夕食時にロイヤル氏とヴェリーナにはさまれて顔を合わせるまで待っていたいとは思わないだろうと確信していた。最初にどんなことを言うのだろうと思い、ハーニーがやって来る前に、ターガット家の娘をどうやって追い出そうかと考えていた。そのとき、外で足音がして、彼がマイルズ氏と一緒に小道を歩いてやってきた。

ヘップバーンの牧師がノースドーマーに来ることはめったになく、馬車を駆ってやって来るのは、監督派の宗派に奇《く》しくも属している、古い白い教会で儀式を司《つかさど》るときだけだった。牧師はきびきびとした愛想のよい男であったが、「熱心な信者」の小さな細胞核が宗派争いの激しい荒野で生き残ったことを最大限に活用しようと一生懸命で、村の反対側の外れにある、生姜《しょうが》パン色のバプティスト教会*の影響力を弱めさせようと意を決していた。だが、製紙工場や酒場のあるヘップバーン教会区での仕事が忙しく、彼がノースドーマーのために時間を割くことができる機会は、そうたびたびはなかった。

チャリティは（ノースドーマーの生まれのよい人たちがみなそうであるように）、白い教会へ礼拝に行っていて、マイルズ氏のことを崇拝していた。忘れることのできないネトルトンへの旅行中、彼女は、マイルズ氏のように鼻筋が通って、ほれぼれする話しぶりで、アメリカヅタの絡まる褐色砂岩《ブラウンストーン》造りの牧師館に住んでいる男性と結婚している自分の姿すら心に思い描いていた。牧師の妻になるというその恩恵が、大きな赤ん坊を抱えた、縮れ髪の女性にすでに享受されていることがわかって、ずっとショックを受けていた。けれども、ルーシャス・ハーニーがやって来たので、マイルズ氏はチャリティの夢の世界からとっくの昔に追い出されてしまっていた。牧師がハーニーと並んで小道を歩いて来たとき、彼女はそのありのままの姿を目の当たりにした。牧師帽の下からはげ頭をのぞかせ、ギリシャ鼻に眼鏡をかけている、太った中年男の姿だ。牧師が平日にノースドーマーにやって来るなんて、どんな用事があるのだろう、と彼女は怪訝に思った。また、ハーニーが牧師を図書館に連れて来たことに、少し心の痛みを感じていた。

しばらく様子を見ていると、牧師がやって来たのは、どうやらミス・ハチャードに依頼されてのことらしかった。牧師は友人の教会で説教の代役を務めるためにスプリングフィールドに数日滞在していたが、ミス・ハチャードからハーニー青年の「記念館」換気計画について相談を受けていたのだ。ハチャード家の箱船に手を入れることは由々しきことであり、ミス・ハチャードはいつも思い悩むことが多く、（ハーニーの言によれば）自分が思い悩むことすら思い悩んでいて、決定をくだす前にマイルズ氏の意見を聞きたいと思ったのだ。

「ハチャードさんのお話をお伺いしても、あなたがどんなふうに改築なさりたいのか、よくわからなかったのです」とマイルズ氏が説明した。「ほかの理事のみなさんもおわかりにならなかったので、わたしが馬車をひと走りさせて見た方がいいと思ったのです」愛想のよい眼鏡を青年に向けて、牧師はさらに言った。「もっともわたしは確信していますけどね。あなたより有能な人なんて、誰もいないってね――でも、もちろん、この場所には、ここ特有の神聖さがありますけどね！」

「ちょっと新鮮な空気を入れたくらいで、その神聖さを冒瀆《ぼうとく》しないと思いますが」とハーニーは笑いながら答えた。そして、換気計画を教区牧師に説明しながら、ともに図書館の向こう端へと歩いて行った。

マイルズ氏は、図書館で働く娘ふたりに、いつもどおり愛想よく挨拶していた。けれど、チャリティには、牧師がほかのことに気をとられているのが見てとれた。会話の断片が耳に入ってきて、しだいに牧師がまだスプリングフィールド訪問の魔力に心奪われているのがわかった。スプリングフィールドには、楽しい出来事がたくさんあった様子だった。

「ええ、クーパーソン家のみなさん……そうです、もちろん、あの方たちのこと、ご存知ですよね」という声が聞こえた。「あちらはご立派な由緒あるご一族です！ それにネッド・クーパーソンさんは、実に素晴らしい印象派の絵画を収集なさってこられましたから……」牧師が言及した名前は、チャリティには馴染みのないものだった。「ええ、そうです、そうです。シェーファー四重奏団が、土曜日の晩にリリックホールで演奏しました。月曜日には、タワー家でまた彼らの演奏を聴く恩恵に浴しました。お見事な演奏でした……バッハとベートーヴェンで……最初は園遊会で……ところで、ミス・バルチには何度かお目にかかりました……ものすごく凛々《りり》しいお姿でした……」

チャリティは鉛筆を落としてしまい、ターガット家の娘が読みあげる一本調子の本の題名を聞きもらした。どうしてマイルズ氏はアナベル・バルチの名前をとつぜん持ち出したのだろう？

「まあ、そうですか？」というハーニーの返事が聞こえた。ステッキをかかげ、彼は話を続けた。「いいですか、僕の計画はですね。この書棚を移動して、この壁に丸い窓を開けるというものです。切妻の下の壁の中心にね」

「あのお嬢さん、いずれはこちらにいらっしゃって、ハチャードさんのところに滞在なさるのでしょう？」マイルズ氏は次つぎに思いをめぐらして話し続けた。それから、頭をまわしたり、うしろに傾けたりして、さらに続けた。「はい、はい、わかりました──よくわかりました。それで物理的な外観を変えずに通気できるでしょう。反対する理由は見当たりませんね」

話し合いは何分間か続いたが、男たちふたりは徐々にチャリティの机の方に戻ってきた。マイルズ氏はまた立ちどまり、深い思いやりをもってチャリティを見つめた。「ねえ、少し顔色が悪いんじゃありませんか？　働きすぎていないですか？　ハーニーさんがおっしゃっていますよ。あなたとマミーとで図書館を総点検してくださっているってね」牧師はいつも教区民の洗礼名を忘れないように気をつけていたが、ここぞというときに、慈悲深い眼鏡をターガット家の娘に向けていた。

それから牧師はチャリティの方を向いた。「ものごとを深刻に考えないでくださいね。いいですか、深刻に考えないでね。いつかヘップバーンのわたしたち夫婦のところへ遊びに来てくださいね」と言い、彼女の手をかたく握りしめ、マミー・ターガットに手を振って別れを告げた。牧師が図書館を出て行くと、ハーニーはそのあとからついて行った。

チャリティは、ハーニーの目に気まずい感じが表われていたと思った。自分とふたりだけになりたくないのだと思った。激しい苦痛にとつぜん見舞われ、前夜に優しい言葉をかけたことを後悔しているのだろうかと勘ぐった。ハーニーの言葉は恋人というよりも、兄のような感じのものだったが、愛撫《あいぶ》するような声の温かさに、彼女はその言葉の正確な意味をとらえ損なっていた。ハーニーがきつく抱きしめて、慰めの言葉をささやいてくれたのは、彼女が〈山〉出身の浮浪児であるからだけではなく、もっと別の理由があると思い込んでしまったのだ。遠出から帰ってきて、馬車から降りるとき、彼女は、疲れて寒く、心は動揺してうずいていたが、まるで地面が光を浴びた波で、自分が波頭の水しぶきであるかのように、足を踏み出した。

それなら、どうしてあの人の態度が急に変わってしまったのだろう？　どうしてあの人は、マイルズ氏と一緒に図書館から出て行ってしまったのだろう？　あれこれと絶え間なくめぐらしていた思いは、アナベル・バルチという名前に、じっと注がれた。その名前が口に出されたときから、ハーニーの表情が変わったように思えた。スプリングフィールドの園遊会で、アナベル・バルチは「ものすごく凛々しかった」……おそらくマイルズ氏は、そこでその娘に会っていたのだ。チャリティとハーニーが、ハイアットの取り散らかした汚い家で、酔っ払いと惚けた老女のあいだに座っていた、まさにそのときにだ！　チャリティは、園遊会がどういうものか正確なところはわからなかったが、花で縁取りした芝生の庭をネトルトンでそれとなく見たことがあって、園遊会の光景を思い浮かべることができた。ミス・バルチがノースドーマーにやって来て、「着古しなの」と公然と言い放つその「使い古した品々」を妬ましく思い返せば、華麗に輝いているその姿を思い描くことは、いとも簡単だった。チャリティは、アナベル・バルチなる名前によって思い起こされる交友関係が、どのようなものかを理解し、ハーニーの生活に及ぼす、目に見えないバルチの影響と闘っても、無駄だと思った。

チャリティが夕食を食べに自室から階下におりて行くと、ハーニーはいなかった。ポーチで待っているあいだ、その前日ハーニーと朝早く出かけるとき、ロイヤル氏があれこれ言った声の調子を思い出した。ロイヤル氏は、椅子をうしろに傾け、脇が伸び縮みする幅広の黒ブーツを手すりの下段の横棒にのせて、かたわらに座っていた。くしゃくしゃに乱れた白髪頭が、怒った鳥のとさかのように額の上で逆立ち、血管の浮き出た、なめし革のような褐色の頬には、赤いしみがぽつぽつと出ていた。チャリティは、それらの赤い斑点が、やがて起こる爆発の兆しだとわかっていた。

とつぜん彼が言った。「夕飯はどうしたんだ？　ヴェリーナ・マーシュがまたソーダビスケット*を作り損なったのか？」

チャリティは、驚いてちらっと彼を見た。「たぶん、ヴェリーナは、ハーニーさんを待っているんだと思うけど」

「ハーニーさんを？　そうか。それじゃヴェリーナは料理を出したほうがいいな。やつは来ないからな」彼は立ちあがり、玄関の方に歩いて行って、老女の鼓膜《こまく》をつんざくほどの大声で叫んだ。「さあ夕食にしよう、ヴェリーナ」

チャリティは不安で震えていた。何かが起こったのだ——今や絶対に何かあったと思った——それにロイヤル氏は何が起こったか、知っているのだ。でも、不安を顔に出して、彼を喜ばせることなど、断じてするものか。彼女はいつもの席についた。ロイヤル氏は向かいの席に座って、ティーポットを彼女にまわす前に、濃い紅茶を一杯そそいだ。ヴェリーナがいり卵をもってくると、彼はそれを自分の皿にたくさん盛った。「食べないのかい？」と彼は聞いてきた。チャリティは自分を奮《ふる》い立たせて食べ始めた。

ロイヤル氏が「やつは来ないから」と言ったときの声の調子が、不吉な満足感に満ちているように思えた。彼がにわかにルーシャス・ハーニーを憎み始めたことがわかり、彼の気持ちがこのように変わったのは、自分に原因があるのではないか、とチャリティは思った。ロイヤル氏がなんらかの敵対行為に及んだので、ハーニーが近寄らなくなったのか。それとも茶色の家から馬車で戻ったあと、ハーニーがただ自分にふたたび会うのを避けたいと思っているだけなのか。現われない理由を突きとめるすべがなかった。わざと無関心をよそおって夕食を食べたが、ロイヤル氏にじっと見られていたことも、彼が自分の心の動揺を見逃すはずがないということも、承知していた。

夕食後、彼女は自室にあがって行った。ロイヤル氏が廊下を横切る音が聞こえ、やがて自室の窓の下で音がして、彼はポーチに戻ったということがわかった。彼女はベッドに腰をおろしたが、おりていって何が起こったのか、彼に聞きたいという気持ちと闘い始めた。「そんなことをするぐらいなら、死んだ方がましだわ」とひとりつぶやいた。ひと言、彼に聞きさえすれば、不安は解消されたであろう。しかし、そのひと言を発して、彼を満足させたくはなかった。

彼女は立ちあがり、窓から身を乗り出した。たそがれが深まって夜となり、新月の華奢な曲線が丘陵の果てに沈んでいくのをじっと見つめていた。闇のなかにぽつり、ぽつりと道を歩いて行く人影が見えた。その夜はそぞろ歩きをするのには寒すぎたので、歩いている人影も、ほどなく見えなくなり、あちこちの窓に明かりが灯り始めた。棒状の門灯が、ホーズ宅の庭にかたまって咲いているユリの白さを際立たせていた。道をずっと下ったところにあるキャリック・フライ宅のロチェスター製ランプ*が、芝生の真ん中にある丸太造りの花桶に強烈な光を投げかけていた。

彼女は長いことずっと窓に寄りかかっていた。激しい不安にさいなまれ、ついに階下におりていくと、帽子掛けから帽子をとってさっと家を出ていった。ロイヤル氏は、ポーチに座っていて、かたわらには、継ぎ当てをしたスカートの上に老いた手を重ねて、ヴェリーナが座っていた。チャリティが階段をおりていくと、ロイヤル氏がうしろから「どこへ行くんだ?」と声をかけてきた。彼女は苦もなく「オーマのところ」とか、「ターガットさん家《ち》まで」と答えることはできたし、そのいずれの返事も、真実だったかもしれなかった。行く当てなどなかったからだ。けれど、彼女は黙ってさっと出ていった。ロイヤル氏に行先をたずねる権利など認めない、とかたく心で思っていた。

門のところで立ちどまり、道の左右を見た。闇に引き込まれ、丘を登って牧草地の上方のカラマツの森の奥深くへ入っていこうかと思った。決めかねて、やがて通りの方をちらっと見渡した。そうすると、ハチャード邸の門前にあるトウヒの木々から、かすかな明かりがもれているのが見えた。

それじゃ、ルーシャス・ハーニーはハチャードさん家《ち》にいるのだ――マイルズ氏とヘップバーンへ行ったのではないかと当初は思い込んでいたが、そうではなかったのだ。でも、どこで夕食を食べたのだろう？　どういうわけでロイヤル家に近づかないのだろう？　明かりは、あの人はハチャードさん家《ち》にいる、というはっきりした証拠だった。というのも、ハチャード家の使用人たちは休暇をとって不在だったが、小作人の妻が朝だけやって来てハーニーのベッドを整えたり、コーヒーを淹《い》れたりしていたからだ。この瞬間に、あの人はおそらくあのランプのそばに座っている。ほんとうのことを知りたければ、チャリティは村の中ほどまで歩いて行き、明かりが灯った窓を叩きさえすればよかった。しばらくためらっていたが、やがてハチャード邸へ向かった。

チャリティは、足早に歩いた。通りを歩いてくる人がいたら誰だか見極めようと、目を凝らしていた。フライ宅にたどり着く前に、その窓明かりを避けて道の反対側に渡った。気分がふさいでいるときはいつも、無慈悲な世界に追い詰められている感じがして、身をひそめる動物のような気分になった。だが、通りには人気《ひとけ》がなく、彼女は誰にも気づかれることなくハチャード邸の門を通過し、家屋に続く小道をあがっていった。白い玄関が、木々の合間からぼんやりと現われ、一階にひと筋の細長い明かりだけが見えた。明かりは、ハチャード邸の居間のものだと思っていたけれども、今や家のいちばん端の窓からもれているのだとわかった。窓に明かりの灯っているのがどんな部屋なのかはわからなかったが、何か変だと感じて、木々の下で立ちどまった。それからまた歩き出し、短く刈り込んだ芝生の上をそっと進んでいった。建物のすぐ近くを歩いていたので、部屋にいる人が誰であれ、彼女の気配で目覚めたとしても、その姿を見ることはできなかったであろう。

窓は、蔓を這わせるためのアーチ型の格子垣を配した、幅のせまいベランダに面していた。彼女はその格子垣にぴったり寄りかかり、格子いっぱいに広がっているクレマティスの小枝をかき分けて、部屋の片隅をのぞき込んだ。マホガニーのベッドの足、壁にかかった銅版画、タオルが投げかけてある洗面台、ランプがのっている緑色のカバーをかけたテーブルの片端が見えた。ランプの笠の半分ほどが視界に飛び込んできて、そのランプの真下では、日焼けしたすべすべの二つの手が、一方には鉛筆をもち、もう一方には定規をもって、製図板上をあちこちへと動いていた。

心臓がどきっとしたが、やがてそれもおさまった。彼はそこにいた。数フィート先に。彼女の心は悲しみの海で木の葉のように弄《もてあそ》ばれていたというのに、そのあいだ彼は静かに製図板に向かっていたのだ。いつものように巧みに正確に動いているその二つの手を見て、彼女は夢から覚めた。それまで自分が感じてきたことと、心の動揺の原因になっているものとの落差を、目の当たりにしていた。窓から目をそらそうとすると、とつぜん彼の片方の手が製図板を押しのけ、もう片方の手が鉛筆をたたきつけた。

チャリティは、ハーニーが自分のスケッチに愛情をそそぎ、大切にしているのをたびたび目にしてきた。どの仕事もきちんと順序だてて進め、やり遂げた。いらいらして製図板を払いのけたりするのは、かつてない感情を見せているように思えた。その仕草からすれば、とつぜん自分の作品に対して落胆したか、嫌気がさしたのだろう。チャリティは、彼もまた、口にできない悩みに心をかき乱されているのだろうと思った。逃げたいと思う衝動は急に失せ、ベランダにあがって部屋のなかをのぞき込んだ。

ハーニーは両ひじをテーブルにつき、両手の指を絡み合わせてその上に顎をのせていた。上着とチョッキを脱いでいて、胸の広く開いたフランネルのシャツの襟《えり》ボタンをはずしていた。若い喉元のたくましい線や、胸部で合流する筋肉のつけねが見えた。疲労と自己嫌悪の表情を顔に浮かべ、座ったままますぐ目の前を見つめていた。まるで自身の顔のゆがんだ影をじっと見つめているかのようであった。チャリティは、恐怖にも似た気持ちで、見覚えある人相をした見知らぬ人であるかのように、しばらくその顔を見つめていた。それから彼の後方にちらっと目をやると、床には、衣類が半ば詰められ、ふたの閉められていない旅行カバンが見えた。彼は帰る準備をしていて、おそらく自分に会わずに発つことにしたのだと思った。たとえどんな理由で発つ決心をしたとしても、そう決断したことで彼が深く動揺していることが見てとれた。それで、彼が計画を変更したのは、ロイヤル氏が何か陰でこっそり口出ししたせいだ、とすぐに決めつけた。昔からの憤りや反抗心が一挙に燃えあがり、ハーニーが近くにいることでかき立てられた思慕の情と一緒くたになった。たった数時間前には、ハーニーの理解ある同情心に包まれて安心感を抱いていたが、今や、また自分ひとり投げ戻されてしまった。あの聖なる一体感の瞬間を味わったあとで、二倍の孤独感を感じていた。

ハーニーはいまだ彼女がそこにいることに気づいていなかった。彼は身じろぎもせず座り、目の前の壁紙の同じ箇所を不機嫌そうにじっと見つめていた。荷造りをすませる気力さえなく、衣類や書類が旅行カバンの周りの床に散らばっていた。ほどなくすると、彼は組み合わせていた手をほどき、立ちあがった。チャリティは慌てて後ずさりし、ベランダの踏み段に身をかがめた。その夜は闇がたいそう深かったので、彼が窓を開けることがなければ、姿を見られる心配はなかった。それに窓を開ける前に、彼女にはこっそりとその場所を離れ、庭木の陰に身を隠す間もあったであろう。彼はしばらくのあいだ、先ほどと同じ自己嫌悪の表情を浮かべて立ちつくし、部屋を見まわしていた。まるで自分自身と自分に関するあらゆるものを、嫌悪しているかのようだった。それからまたテーブルに座って、二、三の線を描き入れたが、鉛筆をわきにさっと投げ捨てた。ついに、通路をふさいでいた旅行カバンをけとばし、部屋の向こう側に歩いていった。そして両腕を枕にしてベッドに横になり、気難しそうに天井を見つめた。チャリティは、今とまったく同じように横になっている彼の姿を、それまでにも見たことがあった。彼女のかたわらで草や松葉の上に寝転び、彼は目を凝らして空を見つめていた。そのときの顔は喜びであふれ、木々の枝が投げかける日差しの揺らめきのようにきらきら輝いていた。それなのに、今や、その顔は、あまりに変わってしまい、知らない人の顔のようだった。彼の悲しみに対する悲しみでチャリティの喉は詰まり、それが目に込みあげてきて流れ出した。

彼女は踏み段にずっとうずくまっていた。息をこらし、体をこわばらせて、完全なる不動の姿勢でいた。手をちょっと動かし、窓ガラスを一度たたきさえすれば、彼の顔がたちまち変化するのは、手に取るようにわかっていた。硬直した体が脈打つたびに、ハーニーがどんな目や唇をして迎え入れてくれるのか、思い浮かべることができた。しかし、何かに阻《はば》まれて、動くことができなかった。人間による、あるいは神による制裁を恐れて動けなかったわけではない。生まれてこの方、そういうものを恐れたことはなかった。もし入っていけば、何が起こるのかを、突如として理解しただけのことだ。若い男女のあいだで起こることであり、ノースドーマーが公には無視し、ひそかに嘲笑する類《たぐい》のことだ。それはミス・ハチャードがいまだに知らないことではあるが、チャリティのクラスのどの娘も卒業する前には知ることだ。アリィ・ホーズの姉のジュリアに起こったことであり、彼女がネトルトンに行き、人びとがその名前を口にしなくなったことで決着がついたことだ。

もちろん、そういったことが、必ずしもそんなに世間を騒がせる結果になるとは限らなかったが、おそらく、全体としては、そんなに悲劇的な結果にならないわけでもなかった。チャリティは、幽閉されたジュリアの運命にもその代償があるかもしれないと、ずっと思ってはきた。村民たちが知っているもので、卑劣で、惨めで、告白されないまま、もっと悲惨な結末を迎えた例はほかにもあった。目に見える変化もなく、相も変わらず同じ窮屈な偽善的な状態で、退屈な人生を送り続ける人たちもいた。けれども、そういった理由で、チャリティがたじろいだわけではなかった。その前日から、もしハーニーの腕に抱かれることがあれば、自分がどう感じるか、はっきりとわかっていた。手と手、口と口とが溶けて一体となり、大きな炎で頭のてっぺんから足の爪先まで身を焦がすだろう。だが、この感情には、別の感情も混じっていた。彼が自分に好意を寄せてくれていることを不思議に思いつつも感じる誇りであり、彼の思いやりが自分の心に注ぎ込んでくれた、はっとするような優しさである。ときどき、若い血潮が体内にほとばしるときなど、他の若い娘たちのように、薄明かりで人目を忍んで愛撫に身を任せる自分を想像してはいたが、ハーニーに対してそんなに自分を安売りすることはできなかった。なぜ彼が帰るのかわからなかったが、帰るのだから、彼が持ち帰る自分のイメージを損なうようなことは、何もすべきでないと思った。もし自分を手に入れたいなら、彼が自分のところへ来るべきだ。ジュリア・ホーズのような娘たちみたいに、こちらから不意に自分を手に入れさせてはいけないのだ……

村は眠りについていて、なんの物音も聞こえなかった。庭の深い闇のなかで、ときおり、何かの夜鳥《やちょう》がかすかに触れたかのように、木々の枝がひそやかにたてるカサカサという音が聞こえた。一度、人の足音が門の外を通りすぎていったので、彼女はそれまで隠れていたところへ身を退いた。足音はしだいに聞こえなくなり、その後はいっそう深い静寂に包まれた。彼女は依然としてハーニーの苦悩する顔にじっと視線を注いでいた。彼が動くまでは、自分も動けないと感じていた。不自然な姿勢をしていたのでだんだん体がしびれ始めていた。ときどき頭がぼんやりして、漠然とした疲労の重みだけで、そこに釘づけになっているように思えた。

この奇妙な徹夜の座り込みの状態のまま、長い時間が経過した。ハーニーはいまだベッドに横になっていた。身じろぎもせず、じっと目を凝らし、まるで自らの視覚の悲痛な終局まで見極めようとしているかのようだった。その彼もついに動き、体勢を少し変えたので、チャリティの心臓はドキドキし始めた。だが、彼は両腕をぐっと伸ばしただけで、またもとの体勢にもどった。深いため息をつき、頭をぐっとそらして額の髪をうしろに払った。それから体全体の緊張がほぐれていき、枕に横たえた頭が斜めになった。彼が眠りについたことが見てとれた。甘い表情が彼の唇に戻ってきて、少年の顔のような初々しさを残したまま、顔の険しさがうすらいでいった。

彼女は立ちあがり、こっそりと立ち去った。

第八章

彼女は時間の感覚を失っていた。通りに出て、ハチャード邸と自分の家とのあいだの家々の窓がどれも真っ暗なのを見て、いかに夜が更けたのかをやっと実感した。

トウヒの木々の黒いとばりの下を通り過ぎたとき、鴨池の周りの暗がりに二つの人影が見えたような気がした。引き返して、目を凝らして見たが、何も動かなかった。明かりの灯った部屋を長いことじっと見つめていたので、暗がりで目が眩《くら》んでしまい、幻影を見たに違いないと思った。ロイヤル氏はまだポーチにいるのだろうか、と思いながら、歩き続けた。気持ちが高ぶっていたので、彼が待っていようがいまいが、たいして気にはならなかった。自分が不幸という大きな雲に乗り、空高くに浮いているような気分で、下界にある日常の現実は、宇宙の小さな点に縮小されていた。ポーチには誰の姿も見えず、ロイヤル氏の帽子は廊下の釘にかけられたままだった。台所のランプは、彼女が寝室へあがれるように、灯されたままになっていた。それをもって、彼女は二階へあがった。

翌朝、午前中は何ごともなく、だらだらと時間が過ぎていった。チャリティは、ハーニーがすでに立ち去ったかどうかは、なんらかの形でわかるだろうと思っていた。だが、ヴェリーナは耳が不自由で情報源にはなり得ず、家にやって来て知らせてくれる人も誰もいなかった。

ロイヤル氏は早くに出かけ、ヴェリーナが昼食の配膳《はいぜん》をする頃まで戻らなかった。帰るなり台所へまっすぐ行って、老女に「食事の支度はできたか――」と叫び、それから、食堂に入ってきた。チャリティはすでに席についていた。ハーニーの皿は、いつものところに用意されていたが、ロイヤル氏はなぜ彼がいないのか、その理由を説明しなかった。チャリティも何もたずねなかった。前夜の熱に浮かされたような高揚《こうよう》した気分はすでに落ち着いていて、ハーニーは冷淡にも何も感じもせず、帰ってしまったのだ、と心のうちで思っていた。今や自分の生活は、彼が持ちあげてくれる前の、決まりきった以前の味気ない生活へまた戻ってしまうのだ、と自分に言い聞かせてもいた。しばし、彼を引きとめる策を講じなかった自分を、嘲《あざけ》りたい気持ちにもなった。

席を立てばロイヤル氏に何か言われるだろうと思い、彼女は食事が終わるまで席に着いていた。だが、彼が席を立つと、ヴェリーナの手伝いもせずに、彼女も立ちあがった。階段に足をかけたとき、戻ってくるようにと、ロイヤル氏が声をかけた。

「頭が痛いので、二階にあがって横になりたいの」

「その前に、ここに来なさい。お前に話がある」

その声の調子から、あらゆる神経が疼《うず》くようなことを言われるだろう、とすぐに確信した。だが、振り向いたときには、冷静を装う覚悟ができていた。

ロイヤル氏は、事務所の中央に立って、分厚い眉毛をぴくぴくさせ、下顎を少し震わせていた。初めは酒を飲んでいるのではないか、と思ったが、やがて素面《しらふ》だとわかった。いつもの一過性の怒りとはまったく異なる、深く、厳正な感情に動揺している様子だった。とつぜん、彼女はそれまで、ロイヤル氏のことを目に留めもしなければ、考えもしなかったことに気がついた。一度だけ無礼なことをされたとき以外、ロイヤル氏は、ただいつもそこにいる人にすぎなかった。ノースドーマーという場所や、運命によって降りかかってきたその他諸々の状況のように、避けられないうえに、面白くもない、日常生活の疑いのない中心的事実でしかなかった。無礼なことをされたときでさえも、自分自身との関係においてしかロイヤル氏のことを考えてはいなかった。同じことをしてまた自分を困らせることはないだろう、と本能的に決めてかかっているくらいで、彼自身の胸の内について憶測することなど、けっしてなかった。だが、今、この人は、ほんとうはどういう人なのだろう、と思い始めていた。

ロイヤル氏は、両手で椅子の背を摑《つか》んで立ち、彼女にじっと目を据えた。そしてついに口を開いた。「チャリティ、一度、友人のように忌憚《きたん》なく、お前とわしとでしっかり話し合っておこう」

とっさに、何かが起こったと思ったが、やがて、ロイヤル氏に片手で抱かれていることに気づいた。

「ハーニーさんはどこにいるの？　なぜ戻って来ないの？　どうして追い払ってしまったの？」何を口走っているのか、自分でもわからず、彼女はとつぜん叫んだ。

ロイヤル氏の顔色が変わったので、彼女はぞっとした。彼の血管からすべての血液がさっと引いたかのようで、浅黒い顔に深く刻まれたしわが、黒ずんで見えた。

「やつはゆうべ、そういった質問に答える時間がなかったのかい？　お前は十分に長いこと一緒にいたじゃないか！」と言った。

チャリティは言葉もなく、立ちつくしていた。なじられたことが、心のなかで起こっていることとあまりに食い違っていたので、なんでなじられているのか、理解できなかった。だが、自己防衛本能が頭をもたげた。

「ゆうべ、あたしがあの人と一緒にいたって、誰が言ってるの？」

「もう村中でうわさになっているよ」

「そんな嘘をみんなに吹き込んだのは、あんたでしょ――あんたなんかずっと嫌いだったわよ！」と大声で叫んだ。

同じように言い返されると思っていたが、驚いたことに、沈黙を縫《ぬ》って響き渡る自分の声が聞こえただけだった。

「嫌われていることは、わかっている」ロイヤル氏はゆっくり言った。「だが、今は、そんなこと、たいして解決の助けにはなるまいね」

「あたしのことで、どんな嘘をあんたが言っても、ちっとも気にしない助けになるわ！」

「もし嘘だとしても、わしが言った嘘じゃないよ。聖書に誓って言っておくがね、チャリティ。お前がどこにいたかは知らん。ゆうべ、わしはこの家から外へは出なかったからね」

チャリティが黙っていると、彼は話を続けた。「お前が真夜中に、ハチャードさん家あたりから出てくるのを見た人がいるというのは、嘘なのかね？」

生意気で尊大な態度がすっかり戻り、彼女は笑いながら、姿勢をただした。「何時だったかなんて、確かめもしなかったわ」

「お前というやつは……なんていうあばずれなんだ……おお、なんてことだ、やっぱりそうだったのか？」と急に叫んだ。そして椅子にがっくり座り込み、老人のように深く頭を垂れた。チャリティは、危機感を感じて冷静さを取り戻した。「あたしが、わざわざあんたに嘘をつくと思う？　とにかく、夜、あたしが外出するからって、行く先をたずねるなんて、何様のつもりなの？」

ロイヤル氏は顔をあげて、彼女を見やった。その表情は、静かで、穏やかともいえるものになっていた。思い出すに、ロイヤル夫人がまだ存命中で、チャリティが幼かった頃、ときどき見せたような表情だった。

「こんなふうに争いを続けたくないね、チャリティ。わしら、どっちにとっても、いいことじゃない。お前は、あいつの家に入って行くのを人に見られ……出てくるのを見られている……こんなことになるんじゃないか、って警戒してきたし、それを止めようともしてきた。神に誓って、わしはそうしようと……」

「あ、それじゃ、やっぱり、あんただったんだ。あの人を追い出したのはあんただって、わかっていたわよ！」

ロイヤル氏は、驚いた表情をして彼女を見つめた。「あいつがそう言わなかったかい？　あいつは理解した、って思ってたけどね」彼は言葉を探すように、ゆっくりと話した。「わしは、お前のことなんか、やつには言わなかったよ。もっと早くに手を切っておくべきだった。ただ、もうこれ以上、馬を都合することはできないし、食事作りもヴェリーナには荷が重くなった、って言っただけだ。やつは今までも、同じようなことを言われたことがあるのだろう。とにかく、冷静に受けとめてくれたよ。ここでの仕事もどのみち、ほぼ片づいたって、言っていた。それ以上のことは、ひと言も、やつと話していない……もし違うことを聞いているとしたら、あいつが嘘をついたことになる」

チャリティは、凍るような、冷たい怒りを感じながら、聞いていた。村の人たちがなんと言おうと一向にかまわないが……こんなふうに、自分の夢がいじくりまわされるなんて！

「言ったでしょ。あの人はあたしには何も話してはいない、って。ゆうべ、あたしは、あの人とは話をしていません」

「やつと話していないだと？」

「話していません……人がなんてうわさしても、ちっともかまわないけど……でも、あんたは知っておいた方がいいわ。あんたが思っているような……それに村のえげつない人たちが思っているようなことは、あたしたちには、ありません。あの人はあたしに親切にしてくれて、友だちでした。でも、急に家に来なくなって、それがあんたの仕業だってわかっていたから――あ、い、あんたの仕業だって！」折り合いをつけることができない過去の記憶が一挙にどっと噴き出てきて、彼に向けられた。「だから、ゆうべは、あんたがあの人に何を言ったのか、確かめにあそこへ行ったのよ。それだけよ」

ロイヤル氏は、大きくため息をついた。「けど、それじゃあ――あいつがいなかったんだったら、お前はあんな時間まで、あそこで何をしていたんだね？――チャリティ、後生《ごしょう》だから、話してくれよ。みんなのうわさ話をやめさせるためにも、知っておく必要があるんだよ」

これまでの権威をかなぐり捨て、哀願するように言われても、彼女には通じなかった。後見人の邪魔だてに、怒りしか感じなかった。

「誰がなんと言おうと、あたしは気にしないってことが、わからないの？　たしかに、あの人に会いにあそこへ行ったわよ。あの人は自分の部屋にいたから、あたしは長いことずっと外にいて、あの人のことを、じっと見てたのよ。でも、追いかけてきたって思われたくなくて、中に入れなかったのよ……」声が途切れつつあると感じて気を取り直し、最後の反抗心を振り絞って叫んだ。「生きているかぎり、あんたのことを絶対許さないから！」

ロイヤル氏は何も答えなかった。血管の浮きあがった手で、椅子のひじ掛けを摑んで座り込み、頭を深く垂れてじっと考え込んでいた。嵐のあと、丘陵に冬がやってくるように、老いが彼のところへやってきたようだった。ついに、彼は顔をあげた。

「チャリティ、お前は気にしないと言っているが、わしが知るかぎり、お前ほど気位の高い子はいないし、妬みをもったやつらに絶対悪く言われたくない性分だ。人の目がいつもお前に向いていることは承知してるだろう。お前はほかの誰よりも凜々しくて、頭がいい。それだけで十分なんだよ。でも、つい最近まで、お前はやつらに隙《すき》を見せなかった。今度は、やつらが尻尾を捕まえた。やつらがそれを利用しない、っていう手はないだろう。わしはお前の言ったことを信じるが、やつらは信じないよ……お前があの家に入っていくのを見たのはトム・フライの奥さん……そしてまた出てくるのを二、三人の人が見たんだよ……それにお前は、やつがここに来てから毎日、日がな一日一緒にいた……わしは弁護士だから、人の中傷はなかなか消えないことを知っている」彼はここでひと息ついた。彼女は同意するでもなければ、関心すら示さず、直立不動のまま立っていた。「やつは話していても好感のもてる青年だ——わしだって、やつがここに来てくれて、うれしかった。ここの若者は、やつほど恵まれていないからね。だが、天地が開けてからこの方、ずっと変わらず、火を見るより明らかなことが一つある。もしやつが、まともにお前を欲しいと思ったら、そう言っただろう、ってことだ」

チャリティは黙っていた。後見人のあんな唇から、そんなことを言われるのは、このうえなく辛いことだった。

ロイヤル氏は、椅子から立ちあがった。「いいかい、チャリティ・ロイヤル、わしは一回だけ、恥ずべき考えをもったが、お前はその償《つぐな》いをわしにさせてきた。それでほとんど帳消しになりはしないかい……わしには、自分ではどうすることもできない性分があってね。だが、あの一回を除けば、お前に対していつもまともに接してきた。それに、お前はわかっていた、わしが——つまり、お前はずっとわしのことを信頼してきた。お前は、軽蔑し馬鹿にしてきたが、それでも、男がしかるべき女性を愛するようにお前を愛してきたことを、ずっとわかっていたはずだ。お前よりはずいぶん年上だが、わしはこの地域やここに住む人たちのなかでは、ずっと抜きん出ている。そのことはお前もわかっているな。一度しくじってしまったが、だからといって、もう一度、初めからやり直せない理由にはならんだろう。わしと一緒に来るなら、やり直そう。わしと結婚してくれるなら、ここを出て、人も仕事も、することもある、どこかの大きな町へ引っ越そう。わしが働き口を見つけるのに遅すぎるとは、言えんだろう……ヘップバーンやネトルトンへ行ったときのみんなの応対からしても、大丈夫だと思うよ……」

チャリティは、微動だにしなかった。後見人の懇願は、まったく心に響かなかった。彼女は、ただ傷つけ、萎《な》えていく言葉のことだけを考えていた。倦怠感《けんたい》がしだいに増し、逆らう気も起きなかった。彼の言っていることが、なんだっていうのか。これまでどおりの生活が目の前に迫ってくるのを見ているようで、彼が描いて見せた、やり直す生活の夢なんて、少しも耳に響かなかった。

「チャリティ――チャリティよ――そうすると言ってくれ」これまでの失われた歳月、無駄にしてきた情熱のすべてをその声に注ぎ込み、彼が熱心に口説くのを、チャリティは聞いていた。

「ああ、そんなこと、あれこれ言っても、無駄よ。あたしがここを出て行くときには、あんたとではないから」

そう言いながら、チャリティが入口の方へ向かうと、ロイヤル氏がさっと立ちあがって、彼女と敷居とのあいだに立ちはだかった。屈辱感が頂点に達して、新たな活力を得たかのように、突如として、彼が背の高い、強い男であるかのように思えた。

「それだけなのかい？　それだけじゃないだろう」彼はドアに寄りかかった。その姿は、とても居《い》丈高《たけだか》で、力強かったので、狭い部屋をいっぱいに覆いつくすかのようだった。「じゃあ――いいさ……お前の言うとおりだ。わしはお前に無理をいえた義理じゃない――わしのようなポンコツ男に、お前が見向きをするはずもないさ。やつの方が好きなんだな……お前を責めたりしないよ。お前は、出会ったなかでいちばん上等なやつを選んだだけだ……それこそ、わしがいつもやってきたことだ」彼は厳しい目つきでじっとチャリティを見た。彼の心のうちで葛藤が最高潮に達している感じが見てとれた。「あの男に結婚してもらいたいって、思っているのかい？」と聞いてきた。

ふたりは、長いこと目と目を合わせ、じっと睨み合って立ちつくしていた。どちらも引けを取らない勇気を互いに奮い立たせていて、彼女はときおり、彼の血が自分の血管を流れているかのように感じていた。

「あの男と結婚したいか——そうか。もしそれが本心なら、やつを一時間のうちにここに連れてきてやる。だてに三十年も法律に携わってきたわけじゃないさ。やつはヘップバーンへ行くのにキャリック・フライの馬車を借りたが、出発までにはあと一時間はある。事情を説明すれば、そう時間をかけずにやつは決断するだろうさ……やつは情にもろい方だ、わしはそう見ていたがね。あとでお前が後悔するかもしれんが——でも、まあ、お前がそう言うなら、いいさ、後悔の機会も与えてやろう」

チャリティは、黙ってロイヤル氏の話を最後まで聞いた。彼が感じていることや言っていることのどれもが、あまりにも自分の気持ちとかけ離れていて、軽蔑感をもってどんな逆襲に出たところで、気持ちを和らげることはできなかった。話を聞いているとき、リフ・ハイアットの泥だらけの長靴が、白いブラックベリーの花を踏みつぶしている光景がふと心をよぎった。今、同じことが起こったのだ。はかなく、美しいものが彼女のうちで開花したが、無残にも踏みつぶされてしまうのを、彼女はただかたわらに立って見過ごすしか、すべがなかった。そうした思いが心をよぎっていたあいだも、気づくと、ロイヤル氏はまだドアに寄りかかって立っていた。しかし、彼女の沈黙がいちばん恐れていた答えであるかのように、彼は意気消沈して、小さく縮んでしまっていた。

「あんたがくれるチャンスなんて、いらないわよ。あの人が出て行くのを喜んでいるわ」と彼女は言った。

ロイヤル氏は、ドアの取手に手をかけたまま、しばらくそこに立ち止まっていたが、「チャリティ！」と懇願するように言った。チャリティが返事をしないでいると、彼は取手をまわして、出て行った。玄関の鍵をガチャガチャする音がして、玄関前の階段をおりていく姿が見えた。その姿は、前かがみで、どっしり重たそうだったが、門を出るとゆっくり通りに消えていった。

しばらくのあいだ、チャリティは、彼が立ち去った場所にそのまま残っていた。最後に言われた屈辱的な言葉のせいで、震えがずっと止まらなかった。その言葉は耳の中で大きく鳴り響いていたので、あたかも村中にこだまし、彼女が卑しい誘惑に屈しやすい娘だとこれ見よがしに言い放っているかのようだった。その恥ずかしさは、肉体に受けている虐待のように、重くのしかかってきた。屋根や壁が迫ってくるようで、彼女は呼吸できる空間のある、広い空の下に逃げ出したいという衝動に駆られた。玄関まで行って、ドアを開けると、ルーシャス・ハーニーがちょうど外から開けたところだった。

彼はいつもより深刻な表情で、自信なさそうに見えた。しばらくは、どちらも、切り出す言葉がなかった。それから、彼の方が手を差し出して、「出かけるところなの？」と問いかけてきた。「入ってもいいですか？」

心臓があまりに激しく鼓動していたので、彼女は怖くて話すことができなかった。じっと見つめて立ちつくしていたが、目から涙があふれそうになった。黙っていれば、自分の気持ちがわかってしまうとようやく気づいて、慌てて言った。「はい、どうぞ入ってください」

食堂に招き入れて、テーブルを挟んでふたりは向き合い、薬味立てや漆《うるし》塗りのパン籠《かご》を前にして座った。ハーニーは、麦わら帽子をテーブルの上においた。ラフな感じの夏服を着て、フランネルのシャツの襟元に茶色のネクタイを結んでいた。滑らかな茶色の髪は額からうしろに撫であげられていた。目の前に座ったその姿を見ながら、チャリティは前夜に見た姿を思い浮かべていた。前髪を目元ぎりぎりまでおろし、ボタンをはずしたシャツから、隆起した喉元をあらわにみせて、ベッドに横たわっている姿だ。そんな姿が脳裏をよぎって、目の前の彼の存在がこれまでになく、遠いものに感じられた。

「お別れしなければならないのは残念です。僕がここを引きあげることはご存知ですよね」彼は唐突にぎこちなく話し始めた。村を離れる理由を、どの程度知っているのか、探っているのではないかと思った。

「お仕事が予定より早く終わったのですね」と彼女は言った。

「まあ、そうですね――いえ、違います。やりたかったことはたくさんあります。でも、休暇にも限度があって、それにロイヤルさんがご自身で馬を必要とされるとなっては、歩き回る手段を見つけるのも、かなり難しいですからね」

「このあたりでは、借りられる馬車は、あまり多くないですから」彼女は相槌《あいづち》をうち、また黙っていた。

「ここで過ごした日々は――ほんとうに楽しかった。楽しかったのはあなたのお陰で、そのお礼を言いたいと思っていました」顔を赤らめながら、彼は話し続けた。

チャリティが返す言葉を思いつかないでいると、彼はさらに続けた。「ものすごく親切にしてもらったので、僕はあなたにお話したいと思ったんです……あなたのことを思うとき、もっとうれしそうで、寂しそうじゃない姿を思い浮かべることができたらいいなって……きっといろいろなことが、やがてあなたの望むように変わっていくと思います……」

「ノースドーマーでは何も変わりません。人はただそれに慣れるだけです」

その返答が、言おうと準備していた慰めの言葉の順序を狂わせてしまったらしく、彼は自信なさそうにチャリティを見つめて座っていた。それから、優しい笑みを浮かべて、言った。「そういったことは、あなたには当てはまらないでしょう。そんなはずがありません」

その笑みは、彼女の心臓をぐさりと突き刺すナイフのようだった。彼女のなかですべてのものが震えて、解き放たれ始めた。涙があふれてこぼれ落ちたのを感じていたが、そのまま立ちつくしていた。

「それでは、さようなら」

彼に片手を取られたことはわかったが、その感触に生気はなかった。

「さようなら」彼女は言った。

彼は向きを変えたが、敷居のところで立ちどまった。「ヴェリーナさんにも、あなたからよろしく伝えてください」

チャリティは、玄関の扉が閉まる音や、彼が足早に前庭の小道を歩き去る足音を聞いていた。彼が門を出たあと、門の掛け金がカチッと鳴った。

翌朝、チャリティは冷え込んだ明け方に起きた。雨戸を開けると、道路の反対側にそばかす顔の少年が立っていて、こちらをじっと見あげていた。クレストン街道を三、四マイル行ったところの農家の子だった。こんな時間に何をしているのだろう、なぜ自分の部屋の窓をじっと見つめているのだろう、といぶかしく思った。少年は彼女に気づくと、道を渡ってやってきて、無頓着に門に寄りかかった。家ではまだ誰も起きていなかったので、彼女は寝巻の上にショールをはおって、急いで駆けおり、外に出た。門のところへ着いたときには、少年はのんきに口笛を吹きながら、ぶらぶらと帰りつつあったが、門の細長い薄板と閂《かんぬき》とのあいだに手紙が挟まれているのが見えた。彼女は急いでその手紙をとって部屋に駆けもどった。

封筒には彼女の名前が書いてあり、なかには手帳のページを引きちぎった紙切れが一枚入っていた。「親愛なるチャリティ様、僕はこんなふうにお別れできません。クレストンリヴァーに二、三日滞在するつもりです。クレストン池に会いに来てくださいませんか？　夕方まで待っています」

第九章

チャリティは鏡の前に座り、アリィ・ホーズが極秘に飾りをつけてくれた帽子を試着していた。白い麦わら帽子だったが、つばが垂れさがり、サクランボ色の裏当てがついていたので、それをかぶった彼女の顔は、客間のマントルピースの上に飾ってある貝殻の置物の内側のように光り輝いていた。

チャリティは、真四角の鏡をロイヤル氏の黒革張りの聖書にもたせかけ、その前にブルックリン橋の風景が描かれた白い石をおいて、鏡を固定させた。そして、自分の姿が映った鏡の前に座って、帽子のつばをあちこちへ曲げていた。その肩越しにアリィ・ホーズの青白い顔が、逸《いっ》してしまった好機の亡霊のように覗いていた。

「顔映りがひどいでしょ?」うれしそうにため息をついて、チャリティはついに声を発した。

アリィは微笑み、帽子を取り戻した。「ここに、バラをいくつか縫いつけるから、すぐにしまっておいてね」

チャリティは笑って、乱れた黒髪に手櫛《てぐし》を入れた。その赤みがかった毛先がもつれて額にかかり、うなじの小さな巻毛に流れていくのを、ハーニーが見るのが好きなことはわかっていた。ベッドに腰をおろし、アリィが顔をしかめて慎重に帽子に身をかがめているのをじっと見ていた。

「ネトルトンに日帰りで行きたいって思うことないの?」と聞いた。

アリィは顔をあげずに首をふった。「ええ、思わない。いつも思い出すの。ジュリアと一緒に行って、たいへんだったときのこと――あのお医者さんのところへ行ったときのことをね」

「まあ、アリィ――」

「しかたがないわ。医院は、ウィング通りとレイク街の角にあってね。駅からの路面電車《トローリー》がそのすぐそばを走っていて、牧師さんがあの映画を見に連れて行ってくれた日には、すぐにその場所に気づいたわ。あたし、ほかのものは何も目に入らない感じだったの。正面玄関いっぱいに黒い大きな看板が出ていてね――金文字で『内密診察』って。お姉ちゃん、ほんとにもう少しで死ぬところだった……」

「かわいそうなジュリア！」チャリティは、自分が立っている純潔で安全な高みから、ため息をついた。チャリティには信用でき、敬意を払ってくれる友だちがいた。その友だちと一緒に、翌日の独立記念日の休日をネトルトンで過ごすことになっていた。それにどんな不都合があるというのだ？　それは彼女の問題で、ほかの人に関係ないことだ。気の毒だったのは、ジュリアのような娘が男の選び方を知らず、悪い男を遠ざけておくすべを知らなかったことだ……チャリティはベッドから滑りおり、両手を伸ばした。

「縫えた？　もう一度、試しにかぶらせて」彼女は帽子をかぶり、鏡に映った自分の姿に微笑みかけた。ジュリアのことは心から消え去っていた……

翌朝、チャリティは夜明け前に起きた。黄色い日の出が丘陵の背後に広がり、暑くなる日には見られる銀色の光彩が、眠っている畑一帯に揺れているのが見えた。

計画は入念に練られた。彼女はヘップバーンで行なわれる少年禁酒団*のピクニックに行くと表明していた。ノースドーマーからは、ほかには誰もわざわざそんな遠くに行こうとしないので、その催しに行かなくても言いつけられる心配はなかった。それに、もし言いつけられたとしても、たいして気にかけることもなかったであろう。彼女は自分の独立を主張する覚悟でいた。ヘップバーンへピクニックに行くと、ささいな嘘をつくまでに成りさがったとしても、それはおもに自分の幸せが冒瀆されるのを恐れるひそかな本能ゆえであった。ルーシャス・ハーニーと一緒にいるときはいつも、いくらか見通せない山霧で自分を隠したかったのだ。

手はずは整えられていた。彼女がクレストン街道のある地点まで歩いて行き、そこでハーニーが彼女を馬車に乗せて丘陵を越え、九時三十分発のネトルトン行きの列車に間に合うようにヘップバーンへ行くことになっていた。どちらかといえば、ハーニーは当初、この小旅行に乗り気ではなかった。ネトルトンにいつでも彼女を連れて行きたいとは言ってはいたが、七月四日の独立記念日は避けようとしきりに勧めていた。人出が多く混雑し、おそらくは列車が遅れて、日没前に帰宅するのが難しいというのが、その理由だった。しかし彼女があからさまに落胆したのを見て譲歩し、その冒険旅行にかたちばかりの熱意を見せるふりさえするようになった。彼がなぜもっと真剣にならないのか、チャリティはわかっていた。ネトルトンの七月四日の独立記念日でさえも、退屈だと思えるような光景を、彼はほかに見たことがあるに違いなかった。でも、彼女は何も見たことがなかった。休日に、彼の腕にしがみつき、着飾ってぶらぶらしている群衆に押されたりしながら、大都市の通りを歩きたいという大いなる憧れにとりつかれていた。この展望に唯一かかっていた暗雲は、デパートなど店が閉まっているだろうということだけだったが、彼女は、店が開いている別の日に、また連れて行ってもらいたいと思っていた。

彼女は、夜明けの日差しのなか、誰にも気づかれずに出発した。ヴェリーナが焜炉《こんろ》に身をかがめているあいだに、こっそりと台所を通りぬけた。人目を引かないように、帽子をハンカチに包んで持ち、ロイヤル夫人の灰色の長いヴェールを羽織って、手先の器用なアリィが縫ってくれた新しい白モスリンの服を覆い隠した。手持ちの衣装を一新するのに、ロイヤル氏がくれた十ドル全部と自分の貯金の一部もはたいた。ハーニーが馬車から飛び降りて出迎えてくれたとき、その目を見て、努力が報われたと思った。

二週間前に短い手紙をもってきたそばかす少年は、ふたりが戻ってくるまで馬車と一緒にヘップバーンで待っていることになっていた。少年は、チャリティの足もとにちょこんと腰をかけ、車輪と車輪とのあいだに足をぶらぶらさせていた。少年がいるので、ふたりはあまり話すことができなかったが、それは大して問題ではなかった。ふたりの歴史も今や豊かになり、自分たちだけの秘密の言葉をもつほどになっていたからだ。ふたりの前には、丘陵のかなたに広がる青い遠景のように、長い一日が広がっていて、おしゃべりを先のばしにすることにも、なんともいえない喜びがあった。

チャリティは、ハーニーから連絡をもらってクレストン池に行ったとき、悔しさと怒りで胸がいっぱいになっていたので、彼がまずどう切り出すかで、簡単に仲違《なかたが》いするかもしれなかった。けれども、ハーニーははからずも言うべき適切な言葉を見つけていて、普通の友人のように話した。その話しぶりで、彼女が正しく、後見人が間違っていたことがすぐにわかった。ロイヤル氏とのあいだで何があったのか、ハーニーは仄めかしもしなかった。ただ単に、立ち去ったのは、ノースドーマーでは交通手段を見つけるのが難しく、クレストンリヴァーの方が足の便がいいからだ、と匂わせていた。週決めで、そばかす少年の父親の馬車を借りたと言った。この父親は、クレストン湖畔《こはん》の夏用の陰気な宿泊施設の一つ、二つに、貸馬車屋として出入りしていて、馬車で行ける距離のところに、ハーニーが鉛筆を走らせるに適した家をいくつか見つけていた。ハーニーは、その近隣地区に滞在しているあいだに、できるだけ頻繁《ひんぱん》にチャリティに会いたいし、その楽しみを断念できないと言った。

別れを告げるとき、チャリティは引き続き案内をすると約束した。その後の二週間、ふたりは幸せな同志の関係で丘陵を駆けめぐった。村の若者と娘とのつき合いでは、ほとんどの場合、会話不足はおずおずと触れ合って埋め合わせをした。だが、ハーニーは、ハイアットの茶色い家からの帰り道、落ち込んでいたチャリティを慰めようとしたときを除いて、けっして彼女に腕をまわしたりしなかった。彼女のすきをついて、とつぜん愛撫しようとすることもなかった。花のように、近くにいて呼吸をしているだけで満足しているようだった。彼女と一緒にいることを喜び、その若さや魅力を感じてたえず目を輝かせ、声の調子が優しくなっていたので、彼が控え目で感情をあまり示さなくても、冷たい感じはなかった。同じ階級の娘に払うような敬意がうかがえただけだった。

馬車は老いた馬が速足で引いていた。たいそう威勢よく引きまわしたので、その速度ゆえに少し涼しい風が感じられた。だが、ヘップバーンに着いたときには、むっとする昼前の強烈な暑さに見舞われた。駅のプラットホームはうだるような群衆ですし詰め状態だった。ふたりは待合室に避難したが、そこにはまた別の群衆がいて、暑さに加え、遅れていた汽車を長いこと待っていたので、すでにぐったりしていた。青ざめた母親たちは、むずかる赤ん坊を必死であやしたり、年長の子どもが線路に魅了されて近づかないように注意したりしていた。若い娘たちとその「ボーイフレンドたち」は、くすくす笑って押したり、べとついた袋入りの飴《あめ》を回したりしていた。彼らより年嵩《としかさ》の男たちは、襟なしのシャツを着て汗をかきかき、重い子どもを一方の腕からもう一方の腕に移したり、そこここに散らばっている家族に、疲れて落ち窪んだ目を注いだりしていた。

ついに列車がガタンガタンと音を立てて入ってきて、待っていた群衆を呑みこんだ。ハーニーはチャリティを最初の車両にさっと押しあげて乗せた。ふたり掛けの座席を確保し、列車が肥沃《ひよく》な畑や元気のない木立を縫ってガタゴト揺れ、エンジン音をたてて走っているあいだ、ふたりは離れて座っていたが、心は満ち足りていた。朝にたち込めていた靄《もや》は、炎の周りの無彩色のゆらめきのように、あたり一面を覆う透明な震えのようなものになっていた。その下で、絢爛《けんらん》たる風景は意気消沈しているように見えた。けれども、チャリティにとっては、暑さは興奮剤だった。暑さは、心のうちで燃えているのとまったく同じ灼熱《しゃくねつ》の光で全世界を包み込んでいた。ときおり列車が急に傾いてハーニーにぶつかり、着ている薄い綿モスリン越しに彼のシャツの袖の肌ざわりが感じられた。体勢を立て直して、互いの目があうと、暑い日の燃えるような吐息がふたりを包んだように思われた。

列車は、ネトルトン駅へ轟音《ごうおん》をたてて入っていった。ふたりは、下車する群衆の流れに呑み込まれ、よく知らない、埃っぽい広場にはじきだされた。広場は、みすぼらしい「貸馬車」と、カーテン付きの長い乗合馬車《オムニバス》でごった返していた。乗合馬車を引く馬は、鬐甲《きこう》*に房のついたハエ取り網をつけて、意気消沈して頭を佗しそうに左右にふっていた。

乗合馬車や貸馬車の御者《ぎょしゃ》の一群は、「イーグルハウス行きだよ」「ワシントンハウス行きだ」「湖行きはこっちへ」「グレイトップ行きがちょうど出発だよ」などと、大声で呼びかけていた。その怒鳴り声をぬって、爆竹のパンという音、かんしゃく玉の爆発音、おもちゃの拳銃のバーンという音、さらには、祝祭用の垂れ布をひるがえした小さな遊覧馬車《ワゴネット》に詰め込まれた消防隊が「陽気な《メリー・》未亡人《ウィドウ》*」を演奏しようとする凄まじい音などが聞こえた。

広場の周りのガタがきている木造のホテルは、みな一様に国旗を掲げ、紙提灯《ちょうちん》をつるしていた。ハーニーとチャリティが本通りへ出ていくと、レンガ造りや御影石造りのビジネス街が、低層の古い商店街を締め出しつつあった。高くそびえる電柱には無数の電線がはりめぐらされていて、暑さのなかで振動して、ぶんぶんうなっているようだった。国旗と紙提灯の二つの列は、視界の限界にある公園までしだいに小さくなりつつ、華やかに続いていた。独立記念日の祝祭の光景が生み出す音と色によって、ネトルトンは大都市へと変貌を遂げたかのようであった。チャリティには、スプリングフィールド、あるいはボストンでさえ、これより華麗な見ものがあるとは思えなかった。アナベル・バルチだって、まさにこの瞬間、これほどに素晴らしい若い男性の腕に寄りかかって、これほどにきらきら輝く光景のなかを歩いているとは思えなかった。

「まずどこへ行こうか？」とハーニーが聞いてきた。彼女がうれしそうに目を向けると、返事を推し測って、言った。「まあ、ぶらぶら見てまわろうか？」

本通りは、あふれかえっていた。ふたりと同じような旅行客や、反対方面からやってきた行楽客、ネトルトンにもともと住んでいる人たち、クレストン川沿いの工場群からぞろぞろやってきた職工たちなどでいっぱいだった。デパートは閉まっていたが、ほとんど誰もそのことに気づかなかった。酒場やレストラン、ドラッグストア、果物屋や菓子屋などの、多くのガラス戸が揺れて開いていたからだ。ドラッグストアでは、どの蛇口からもソーダ水がほとばしり出ていて、果物屋や菓子屋では、苺ケーキ、ココナッツ菓子、きらきらした糖蜜キャンディのお盆、キャラメルやガムの箱、水に濡れた苺の籠がどっさり積まれ、バナナの枝がぶら下がっていた。戸板を外に出して、山盛りにしたオレンジやリンゴ、斑点のある梨や埃まみれのラズベリーを載せている店もあった。あたりには、果物や、煮詰まったコーヒー、ビール、サルサパリラ炭酸水*、フライドポテトの匂いが充満していた。

閉店しているデパートでさえも、間口いっぱいの大きなショーウィンドウ越しに、財宝を隠しもっていることを仄めかしていた。なかには、絹やリボンの波が作り物の苔の岸にあたって砕け、そこから魅惑的な帽子が、熱帯のランの花のように立ちあがる装飾を施している店があった。いくつもの蓄音機が、音をださずにいっせいにそのピンク色の巨大な渦巻き状の喉を開けている店や、ピカピカの自転車がきちんと整列し、目には見えないスターターの合図を待っているかのような店、または、段々に並べられた、模造革製や、鉛ガラス製、セルロイド製の「装身具」が、それぞれの隠れた魅力をちらつかせて気を引こうとしている店もあった。来客と楽しく交流するために突き出していると思われる大きな張り出し窓もあり、そこでは、大胆な服を着た蝋製の貴婦人たちが優雅におしゃべりをしたり、親しそうではあるが非難の余地のない身ぶりで、自分たちのピンク色のコルセットや透けた靴下を指したりしていた。

ほどなくすると、ハーニーは自分の時計がとまっていることに気づき、たまたま通常どおりに開いていた小さな貴金属店に立ち寄った。時計を点検してもらっているあいだ、チャリティは、ガラスのカウンターに身を乗り出していた。カウンターのなかには、濃紺のビロード生地の上に、飾りピン、指輪、ブローチが、月や星々のように光り輝いていた。これほど近くで宝石を見たことがなかったので、ガラスのふたを開け、そのきらきら輝く貴重品のなかに手を入れたかった。だが、すでに時計の修理が終わり、ハーニーに腕をとられて、彼女は夢から引き戻された。

「いちばん好きなのはどれ？」並んでカウンターに身を乗り出しながら、彼が聞いてきた。

「そうねえ……」彼女は白い花のついた金色のスズランを指さした。

「青いピンの方がいいと思わない？」それとなく彼が言った。それで即座に、スズランはその小さく丸い宝石に比べたら、安ピカものにすぎないのだとわかった。山の湖のように青いその宝石は、その周囲に小さな光の火花を放っていた。自分の眼識のなさに、彼女は赤面した。「とてもきれいなので、あたし、怖くて見られなかったんだと思う」と言った。

彼は笑い、ふたりは店を出た。だが、二、三歩、歩くと、彼は「あ、しまった、忘れものをしちゃった」と大声で言い、人混みのなかに彼女を残して、引き返して行った。彼女は一列に並んだピンク色の蓄音機の喉をじっと見つめていた。やがて彼が戻り、すっと腕を組んできた。

「もう青いピンを見るのを怖がっちゃいけないよ。だって、これは君のものだから」と言った。小さな箱が手に押し込まれる感触があった。喜びで心が躍ったが、その喜びが口にたどり着いたときには、おずおずと口ごもるばかりとなった。「男友だち」から贈物をもらおうと企む娘たちの話を聞いたことを思い出して、とつぜん恐怖に襲われた。一つもらえないかと、身を乗り出してガラスケースの美しいものを見ていた、とハーニーが思ったのではないかと恐れたのだ……

通りを少し先に行ったところで、ふたりは、まばゆく輝くホールに通じるガラスの出入り口を入って行った。ホールには、マホガニーの階段があり、両隅には真鍮《しんちゅう》製のエレベーターの箱があった。「何か食べなくちゃ」とハーニーが言った。つぎの瞬間、チャリティは気がつけば、総ガラス張りのピカピカの化粧室にいた。けばけばしい若い娘たちの一団が、おしろい粉をパタパタたたき、巨大な羽飾りのついた帽子をまっすぐに直していた。その一団が行ってしまうと、大理石の洗面器で思い切ってほてった顔を洗い、それから、人混みで日傘がぶつかってへこんでしまっていた帽子のつばをまっすぐに直した。デパートに飾ってあったドレスがあまりにも素晴らしかったので、鏡に映った自分の姿をとても見る勇気がなかった。でも、いざ目をやれば、サクランボ色の帽子の下の顔の輝きや、透けたモスリン地の服から若々しい肩の曲線が見え、また勇気が湧いてきた。箱から青いブローチを取り出し、胸にピンでとめると、顔を高くあげてレストランへ歩いて行った。その姿は、フランネルの服を着た青年と連れ立って、モザイク模様を施したホールをしょっちゅう歩いているといわんばかりだった。

彼女は、ウエイトレスたちが、人を見くびるような感じでテーブルのあいだを回っているのを見て、少し気分が落ち込んだ。ウエイトレスたちは、つんとそらした頭に魅惑的な、モブキャップ*をかぶり、ウエストの細い黒い制服を着ていた。ひとりのウエイトレスが「あと一時間はだめね」と、通りがかりにハーニーにそれとなく声をかけた。彼は突っ立ったまま、いぶかしげに周りを見まわしていた。

「それじゃ、しかたがない、僕たち、汗だくでここにいられないからね」彼は決断をくだした。「どこかほかのところをあたってみよう――」チャリティは、ほっと胸をなでおろし、彼のあとをついて、客あしらいの悪いその豪華な店を出た。

その「どこかほかのところ」は――暑いなかをさらに歩き、いくつかの店に断わられたのち――こともあろうに、裏通りの小さな屋外の店になった。フランス料理のレストランを自称していて、一本のベニバナインゲンの下にガタがきているテーブルが二、三あるだけの店だった。ベニバナインゲンの脇には、百日草《ジニア》とペチュニアが植えてある区画があり、もう一方の脇には、隣家の「中庭」から覆いかぶさっている大きなニレの木があった。ふたりはここで風変わりな味付けの昼食を食べた。ハーニーはガタがきている揺り椅子に寄りかかり、食事の合間に紙巻タバコ《シガレット》を吸った。チャリティのグラスに淡い黄色のワインを注ぎ、フランスでは、まさにこのような楽しい場所で飲まれると言った。

チャリティは、サルサパリラ炭酸水ほどにワインをおいしいとは思わなかった。しかしハーニーと同じことをする喜びを味わい、彼とふたりだけで外国にいる自分を幻想する喜びを味わいたかったので、ひと口飲んだ。この幻想は、給仕してくれたのが、胸の広く開いた服を着た、心地よく笑う、なめらかな髪の女性だったので、いっそう増した。この女性は、わけのわからない言葉でハーニーに話しかけていたが、彼が同じ言葉で返事をしたので驚き、とてもうれしそうだった。ほかのテーブルに座っていたのは、おそらくは工場労働者たちで、やぼったかったが、楽しそうな様子で、同じわけのわからない言葉を話し、ハーニーとチャリティを好意的な目で見ていた。テーブルの足のあいだを、ところどころ毛が禿げた、結膜炎を患《わずら》ったプードル犬が残飯を求めてかぎまわり、不格好にうしろ足で立って「ちょうだい」のポーズをしていた。

ハーニーは、動く気配をみせなかった。ふたりが座っていた一角は暑かったけれど、少なくとも木陰になっていて、静かだったからだ。本通りからは、ガチャンという路面電車《トローリー》の接続音や、パンパンとひっきりなしになるかんしゃく玉の破裂音、大道オルガンのチリンチリンという音、拡声器をもった男たちのわめき声、次第に増える人混みの大きなざわめきなどが聞こえてきた。ハーニーはうしろに寄りかかって、葉巻《シガー》タバコをふかしながら、犬を撫でたり、縁の欠けたカップで湯気を立てているコーヒーをかき混ぜたりしていた。「これ、本物だね」と彼が明かした。この説明で、チャリティは、以前からもっていたコーヒーという飲物の概念を急いで修正した。

そのあとの時間をどう過ごすか、計画は立てていなかった。ハーニーにつぎに何をしたいか聞かれて、チャリティはやりたいことが多くて戸惑ってしまい、一つの答えを見つけることができなかった。最終的には、この前ネトルトンに来たときには、連れて行ってもらえなかった湖へ行きたいと打ち明けた。「うん、その時間はあるし――遅くなれば、もっと楽しくなるだろうしね」とハーニーが答えたので、彼女は、マイルズ氏が連れて行ってくれたような映画を見に行ってはどうかと提案をした。ハーニーは、少し当惑した顔をしたように思えたが、ほてった眉のあたりをハンカチで拭うと、楽しそうに「それじゃ、ついておいでよ」と言った。そして、充血した目をした犬を、最後にもう一度撫でて、立ちあがった。

マイルズ氏が連れていってくれたような映画は、白壁にオルガンが一台あるだけの、質素なYMCAホール*で上映されていた。けれども、ハーニーは、チャリティをきらきら輝く場所に連れて行った――彼女が見たものはすべてきらきら輝いているように思えたが――ふたりは、黄色い髪の美人たちが礼装の悪漢たちを突き刺している巨大な画面の合間を縫って、立錐《りっすい》の余地がないほど詰めるだけ詰めた、ビロードの幕が下がった講堂へと入っていった。その後しばらく、暑さが循環して漂い、光と闇とが交錯して目がくらむ状況のなかで、すべてのことが彼女の頭のなかで一緒くたに混ざりあっていた。この世のありとあらゆる見世物が、シュロと光塔《ミナレット》、突撃する騎兵連隊、吠えるライオン、滑稽な警察官、睨む殺人犯の混乱状態となって、彼女の前を通り過ぎるかのようであった。彼女の周りの、青白い肌を上気させてキャンディをむさぼっている多くの群衆の面々は、老いも若きも中年もいたが、みな同じ伝染しやすい興奮に煽られてその壮大な見世物ショーと一緒くたになってしまい、スクリーン上でほかの人たちと揺れていた。

やがて湖まで涼しい路面電車《トローリー》の旅をしたいという思いが抗し難いものになり、ふたりはやっとの思いで映画会場を出た。ハーニーは暑さで顔が青ざめ、チャリティでさえも暑さに少し面食らって歩道に佇んでいると、若い男が「湖まで十ドルでお連れします」という布帯《ぬのおび》を付けた電気小型《ラナ》自動車《バウト》で通りかかった。何が起きているのかチャリティが理解する間もなく、ハーニーが手を振り、ふたりは乗り込んでいた。「ねえ、二十五ドルだせば、野球の試合見物に行って、帰ってこられますよ」と、運転手は意味ありげにニヤニヤ笑って、もちかけた。「いいえ、それよりも、ボートをこぎに湖に行きたいわ」とチャリティはすばやく言った。通りはごった返していて、なかなか進めなかったが、自動車に座っているという晴れがましい気持ちでいっぱいで、満員の乗合馬車《オムニバス》や路面電車のあいだを縫ってのろのろ進んでいてもその時間が短すぎるように感じられた。「つぎの角がレイク街です」と若い運転手が肩越しに大きな声で言った。そして、ふたりは、三角帽や剣で盛装した秘密結社ピシアスの騎士たち*でギシギシうなっている大きな乗合馬車が行ったすぐあとに降り立った。

チャリティが見あげると、目立つ黒と金の横看板を正面に掲げたレンガ造りの建物が角に見えた。「マークル医師、随時内密診察。婦人の助手あり」と書いてあり、チャリティはふいにアリィ・ホーズの言葉を思い出した。「医院は、ウィング通りとレイク街の角にあってね……正面玄関いっぱいに黒い大きな看板が出ていてね」暑さと有頂天の気分とを突き破って、悪寒《おかん》が体中に走った。

第十章

ついにやってきた湖――きらきら輝く一枚の金属板のような水面には、周りからの木々が垂れ込めていた。チャリティとハーニーは、ボートを借りて、桟橋《さんばし》や模擬店が並ぶところから離れて、岸の木陰をゆっくりと漂っていた。太陽が水面にあたるところでは、幾筋もの陽光が目のくらむほどに燃えたち、炎暑のヴェールで覆われた空に反射していた。それとは対照的に、わずかばかりの木陰では、水が真っ黒に見えた。湖はとても滑らかで、木々の影が、固い表面に施した光沢あるエナメル細工のように水際に映っていた。太陽がしだいに低くなるにしたがって、水は透明になった。チャリティはかがみ込んで、引きつけられるように水の深みに目をやった。水はとても透きとおっていたので、逆さに映った木々の梢《こずえ》と、水底に生えた緑の水草とが、絡み合っているように見えた。

ふたりは、湖のいちばん遠い先端をまわって入江に入り、船の舳先《へさき》を突き出た木の幹につけた。緑色の柳のヴェールが、頭上にふりかかってきた。木々の向こうには、麦畑が太陽の光をあびて輝いていた。地平線沿いには、くっきりとした丘陵が、明るい光に照らされて躍動していた。チャリティは船尾に寄りかかり、ハーニーはオールをはずして船底に黙って寝そべっていた。

クレストン池で落ち合ってから、彼はこのように黙りこくることがよくあった。ふたりのあいだには言葉が必要ではないので黙るというのとは、かなり違っていた。暗がりで顔をのぞき込んだときに目にする表情をしていて、そんなときには、ふたりのあいだに不可解な距離があるのを彼女は感じた。だが、ハーニーのうわの空の発作も、たいていは彼女が不安になる前に、その影を吹き飛ばすような、はじけるような陽気な気分へと変わっていった。

彼女は、いまなおハーニーが小型自動車の運転手に渡した十ドルのことを考えていた。それで二十分間の楽しみを味わうことができたのだが、楽しむためにそんなにお金を払うなんて、考えられなかった。十ドルあれば、ハーニーは婚約指輪だって自分に買えたかもしれなかった。トム・フライの奥さんの指輪は、スプリングフィールドで買ったものだが、真ん中にダイヤモンドがはめ込まれていて、たったの八ドル七十五セントだったということだ。でも、なぜこんなことが思い浮かんだのか、自分でもわからなかった。ハーニーは、婚約指輪を自分になんか買ってはくれないだろう。ふたりは友だちであり、仲間であって、それ以上のことは何もないからだ。ハーニーは、まったくもって公明正大で、誤解を招くようなことは一切言わなかった。彼からの指輪を心待ちにしている手の持ち主は、どんな娘なのだろう、とチャリティは思った……

湖上のボートが混み合い始めた。ひっきりなしに到着する路面電車《トローリー》のカンカンいう音は、野球場から多くの人たちが帰ってきたことを知らせていた。真珠色の水面に影が長く伸びて、太陽の近くに浮かんだ二つの雲が金色に染まっていた。反対側の岸辺では、男たちが忙しそうにハンマーを振りおろし、原っぱに木製の足場を作っていた。それがなんのために作られているのか、チャリティはたずねた。

「ああ、花火だよ。大きな花火大会があるんだと思うよ」ハーニーは彼女を見つめた。そのふさぎ込んだ目に、微笑みがじわりと浮かびあがってきた。「すごい花火を見たことはないよね？」

「ハチャードさんが、七月四日の独立記念日に、いつもきれいな打ち上げ花火《ロケット》をあげてくれるわ」と彼女は自信なさそうに答えた。

「ああ――」軽蔑感を抑えきれずに彼は言った。「僕の言ってるのは、このような大きな花火大会だよ。イルミネーションで飾ったボートが出たり、そのほかいろいろ出し物があるような」

チャリティは、その説明を聞いて赤くなった。「湖からも、花火をあげるの？」

「もちろんさ。さっき通ったところに大きな筏《いかだ》があったのに気づかなかった？　打ち上げ花火が弧を描いて足元に落ちてくるのは、ものすごく見ごたえがあるよ」チャリティは何も言わなかったが、ハーニーは、オール受けにオールをはめた。「それまでいるなら、何か食べるものを探しに行かなくちゃね」

「でも、そのあと、どうやって帰ったらいいのかしら？」彼女は思いきって聞いてみた。帰りそこなったら、たいへんだと思っていた。

ハーニーは時刻表を見て、十時の汽車があるのを見つけて安心させてくれた。「月が出るのが遅いので、暗くなるのは八時頃だね。そうだとしても、それから一時間はたっぷり見られるよ」

夜の帳がおり、明かりが湖岸に沿って灯され始めた。ネトルトンからの路面電車《トローリー》がどっとやって来て、光を発する大きな蛇がとぐろを巻くように、木々の合間からちらちら見えた。湖の端の方にある木造の食べ物屋は、ランタンの明かりでゆらゆらと揺れ、暗がりには、笑い声や叫び声、オールがぎこちなく水を跳ねる音が入り混じって、響き渡っていた。

ハーニーとチャリティは、湖上に突き出して建てられたバルコニーの隅にテーブルを確保し、なかなか運ばれてこないチャウダーを辛抱強く待っていた。足元近くでは、ひたひたと波が重なりあって打ち寄せていた。観光客を乗せて湖上を往復する、色電球を格子状にめぐらした小さな白い蒸気船が進むにつれて、水面が波立っていた。蒸気船は一回目の便で、すでに黒山のような観光客でいっぱいだった。

とつぜん背後から、女の笑い声がした。チャリティは、その声に聞き覚えがあったので、振り向いた。これ見よがしに着飾った娘たちと、粋な青年たちの一団が、バルコニーになだれ込んできて、大騒ぎでテーブルを探していた。青年たちは、秘密結社のバッジをつけた新品の麦わら帽子を、角刈り頭の後方にずらしてかぶっていた。先頭を切ってやって来た若い娘が、さっきの笑い声の主だった。長く白い羽根飾りをつけた大きな帽子をかぶり、その縁の下から、厚化粧した目が、チャリティに気づき、さも面白そうにじっとうかがっていた。

「まあ！ 〈懐かしのふるさと週間〉*みたいじゃないの」と、すぐ近くにいた娘に言って、ふたりでクスクス笑ったり、目くばせしたりしていた。チャリティは即座に、白い羽根飾りをつけた娘がジュリア・ホーズだと気づいた。すでに初々しさを失っていて、目の下の化粧で顔が痩せこけたように見えたが、唇は、以前と変わらぬ美しい曲線を描いていた。その嘲るような冷たい薄笑いも昔のままで、あたかも彼女が目下見つめている人物のなかにも、ある種の隠れた馬鹿らしさがあり、その馬鹿らしさをたった今、見つけたかのようであった。

チャリティは、額まで真っ赤になって、顔をそむけた。ジュリアの嘲りに自尊心を傷つけられると同時に、あんな女のからかいを真に受けた自分に当惑していた。そのうるさい一行が知り合いだということに、ハーニーが気づきはしないかと恐れ慄《おのの》いていたが、空いているテーブルがなかったので、一行は大騒ぎのうちに立ち去った。

ほどなくすると、柔らかい一陣の風が吹き、銀色のにわか雨が夕暮れの紺色の空から降ってきた。別の方向からは、木々のあいだを縫って薄青色の筒型《ローマ》花火が一本ずつ打ち上げられ、火の粉を散らした煙火《えんか》が一つ、何かの先触れのように地平線上を這っていった。こうして断続的に打ち上げられる花火の合間には、ビロードのように滑らかな暗闇のカーテンがしだいに深く垂れ込め、群衆の歓声も、興奮の渦から次第に息を潜《ひそ》めたささやきへと静まっていくようだった。

チャリティとハーニーは、あとから来た客に追い立てられ、ついにテーブルを明け渡さざるを得なくなり、船着き場周辺の群衆の波をかき分けながら進んでいった。しばらくは遅れてどっと到着した人たちの流れを避けることができそうにもなかったが、ついにハーニーが観覧席に花火がよく見えそうな特等席の最後の二席を確保した。列のいちばん端の席で、上段と下段とに分かれていた。チャリティは上段で見ている人の視界を遮らないように帽子を脱いでいたので、砕け散っていく花火の曲線を追って体をのけぞらせるたびに、頭がハーニーの両ひざに当たるのを感じた。

しばらくして、方々に炸裂する花火は終わった。長い暗闇の時間が続いていたが、とつぜん、宵《よい》の暗闇すべてが花になって弾けた。地平線のあらゆる地点から、金や銀のアーチが打ち上げられ、互いに交差して、空一面が満開の花畑と化し、燃える花びらを散らして、金色の実を枝もたわわに実らせた。そのあいだじゅうずっと、巨大な鳥たちが目に見えない木々の梢に巣を作っているかのように、あたりは神秘的な柔らかいうなり声に包まれた。

断続的に興奮の渦が和らぐと、月の光の波がさっと湖面を覆った。つぎの瞬間には、数百ものボートの鋼《はがね》のような真っ黒な影が、輝く波の上に浮かびあがった。それから、半透明の巨大な両翼がさっと畳《たた》まれたかのように、一瞬のうちに消えていった。チャリティの胸は喜びに高鳴っていた。事物の隠されていた美しさが一度に目の前にその姿を現わしたような感覚だった。この世にこれほど素晴らしいものがあるなんて、想像すらできなかった。近くにいた誰かが「仕掛け花火を見るまで待っていなよ」と言うのが聞こえたので、すぐに新たな期待に胸を膨らませた。満天の空が、目のくらんだ彼女の眼球に押しつけられた大きな瞼で、眼球から宝石のような光が絶え間なく噴出されているかのように感じ始めたちょうどそのときだった。ふたたびビロードのような暗闇が降りてきて、つぎを期待するつぶやきが群衆のあいだから漏れてきた。

「さあ、これからだぞ！」さきほどと同じ声が興奮して言った。チャリティは、ひざの帽子を摑み、自分の興奮を抑えようとしてぎゅっと握りつぶした。

一瞬、夜の闇は一段と深くなったように思われた。それから、巨大な絵画が星座のように漆黒の夜空に出現した。その絵画の上方には、「デラウェア川を渡るワシントン」*と書かれた黄金の掛け軸が掲げられていた。動かない金色の波の洪水のなかを、ゆっくりと進む金色のボートの艫《とも》に両腕を組んで立ち、荘厳にして巨大な国民的英雄は通り過ぎて行った。

「おお――」というどよめきが観客たちから湧きあがり、長く続いていた。観覧席は至福の驚きできしみ、揺れていた。「おお――」チャリティも息を切らして言った。自分がどこにいるのかも忘れていた。ハーニーのそばにいることさえも、ついに忘れていた。夜空の星々のなかに吊りあげられているような感覚に陥っていた……

絵は消え、暗闇が降りた。何が起きているかわからない闇のなかで、彼女は気がつくと、頭部が二つの手に挟まれていた。顔がそのままうしろに引き寄せられ、ハーニーの唇が彼女の唇に押しつけられた。彼はとつぜんの熱情に駆られて、両腕をまわして彼女を抱え、その顔を自分の胸に抱いた。そうする間に、彼女からも、キスを返していた。知られざるハーニー、彼女を支配するハーニーが姿を現わしたが、彼女自身も、ハーニーに対して新しい神秘に満ちた力をもっていると感じていた。

多くの人が動き始め、ハーニーは彼女を解放せざるを得なかった。「さあ、来て」と彼は戸惑ったような声で言った。もみあうようにして観覧席のへりを越え、さっと席を立った彼女を両腕に抱きかかえた。腰に腕をまわし、一斉におりてくる群衆から守るようにしっかりと支えた。彼女は、無言のまま、勝ち誇ったように、彼にしがみついた。周りの人混みや混乱は、まるで実質のない、ただの空気のどよめきにすぎないかのようであった。

「さあ、来て」と彼はまたも言った。「路面電車《トローリー》に間に合うよう急がなくちゃならないから」彼はチャリティを引っぱって歩き、彼女はいまだ夢見心地であとをついて行った。ふたりは、恍惚《こうこつ》とした状態で一体となって周囲から遊離していたので、あらゆる方向から押してくる周りの人たちなど、存在しないかのようだった。それでも、発着所に着いてみると、明かりのついた路面電車はすでにカンカンと音を立てて出て行くところで、プラットホームは乗ろうとする人で黒山のような人だかりになっていた。うしろで出発を控えている車両も同じように満員で、発着所の周りも人だかりで、座席を確保することは絶望的なように思われた。

「湖への最終便です」とメガホンの声が桟橋からがなり立てていた。小さな蒸気船の明かりが暗がりのなかから踊りつつ、近づいてきた。

「ここで待っていてもしょうがない。急いで湖まで行こうか？」とハーニーが持ちかけた。

ふたりが人をかき分けながら湖畔まで戻ると、ちょうど船の白い脇腹から歩み板が降ろされるところだった。桟橋の端の電灯が下船してくる客の顔を照らし出したとき、チャリティはその群衆のなかにジュリア・ホーズの姿を見つけた。白い羽根飾りを斜めにつけ、その下の顔は、品なく笑いこけ、上気していた。彼女は歩み板から降りると、隈取《くまど》りした目から悪意をみなぎらせて、はたと立ち止まった。

「おやまあ、チャリティ・ロイヤルじゃないの！」と声をかけてきた。それから、振り返って肩越しに言った。「家族パーティだって言わなかったかしら？　おじいちゃんの可愛い宝物が、お迎えに来ているわ！」

ジュリアの一行のあいだから、せせら笑いが起こった。そのとき、一行よりも背が高いロイヤル氏が、しゃんと姿勢をただそうと必死に手すりにつかまり、体をこわばらせて降り立った。一行の若者たちと同じように、黒のフロックコートのボタンホールに秘密結社のバッジをつけていた。新しいパナマ帽をかぶり、細い黒ネクタイは半ば緩められて、しわくちゃになったワイシャツの前にぶら下がっていた。怒りで土気色した顔には、ところどころ赤い斑点が浮いていた。唇は年寄りのそれのように落ち窪み、血眼になって探しまわった目をぎらつかせて、見るも無残な姿だった。

ロイヤル氏は、ちょうどジュリア・ホーズのうしろにいて、片手で彼女の腕につかまっていた。歩み板から降りると、手を放して、仲間たちから二、三歩離れたところへ移動した。チャリティを見つけると、その視線はゆっくりと、いまだ彼女を腕に抱いていたハーニーへと移っていった。ロイヤル氏は、ふたりをじっと睨みつけ、老人特有の唇の震えを必死に抑えようとしながら、立ちつくしていた。酔って震えながらも、堂々と胸を張って仁王立ちし、片腕を伸ばした。

「お前っていうやつは――あばずれ女め――大馬鹿者めが――頭を隠すことも知らない売春婦めが！」とゆっくりと言い放った。

一行のあいだから、ほろ酔い気分の甲高い笑いが起こり、チャリティは思わず両手で頭を押さえた。観覧席から勢いよく立ちあがったとき、ひざから帽子が落ちたことを思いだした。とつぜん、帽子もかぶらず、髪を振り乱して男の腕に抱かれながら、惨めな姿に成り下がった後見人の率いる酔いどれグループと、対峙《たいじ》している自分自身の姿が浮かんできた。その姿は、恥ずかしくて見られたものではなかった。子どもの頃から、ロイヤル氏の「習癖」については承知していた。彼女が寝室にあがろうとするとき、事務所で酒の瓶をかたわらにおいて、不機嫌な顔をして座っているのをよく見かけたものだ。あるいは、ヘップバーンやスプリングフィールドに仕事で出かけて、重い気分を引きずり、何かといえばつっかかって来そうな様子で帰宅することもよくあった。だが、ロイヤル氏が、こんな評判の悪い女たちや酒場の風来坊の一団と大っぴらにつき合っているとは思いもしなかったので、考えるだけでも恐ろしいことだった。

「まあ、なんてこと——」彼女は、惨めな気持ちであえぐように言った。そして、ハーニーの腕から身を離し、まっすぐにロイヤル氏のところへ向かった。

「一緒に帰りましょう——すぐに一緒に帰りましょう」と、ロイヤル氏がとつぜん言い放った卑《ひ》猥《わい》な言葉など聞こえなかったかのように、低い、しっかりとした声で言った。すると、ひとりの女が大声で言った。「まあ、この子ったら、何人男をたぶらかしたら気がすむのかしら?」また、どっと笑いが起こったが、そのあとは、みな興味津々で、黙り込んでいた。ロイヤル氏はそのあいだもじっとチャリティを睨みつけていた。ついにそのよじれた唇を開いた。「お前っていうやつは——大馬鹿の売春婦って——わしは言ったんだぞ!」ジュリアの肩につかまって体を支えながら、はっきりとまたも言った。

　一行を取り巻く人びとの群れからも、笑いやからかいの声が巻き起こった。その後、船の歩み板の方から「さあ、そこ、さっさと進んで——みんな乗って!」という大声がした。近づこうとする乗客と、離れようとする乗客でごった返すなかで、あっという間のドラマの演技者たちは離れ離れになり、人混みのなかに押し戻されていった。気がつくとチャリティは、ハーニーの腕にしがみついて、激しく泣きじゃくっていた。ロイヤル氏の姿はもう見えず、だんだん遠のいていくジュリアの高笑いだけが聞こえた。

最終便の船は、船尾の手すりまで満杯に人を乗せて、蒸気を吐きながら滑り出て行くところだった。

第十一章

夜中の二時に、クレストンのそばかす少年が、眠そうな馬を赤い家の玄関先に止め、チャリティが降り立った。ハーニーは、クレストンリヴァーで別れを告げたが、彼女を家まで送り届けるように少年に申しつけていた。彼女の心は、いまだに惨めな霧のなかをさまよっていた。ネトルトンを発ってからの果てしない時間のなかで何が起きたのか、ふたりで互いに何を話したのか、彼女ははっきり思い出すことができなかった。傷を負った動物の不可思議な本能が彼女のうちでとても強く働いていたので、ハーニーが馬車を降り、ひとりで帰途についたときには、ほっとした気分だった。

ノースドーマーには、満月が出ていた。月光で白んだ靄が丘陵の合間の窪地にたちこめ、畑の上空に、透明になって浮かんでいた。チャリティは、しばらく門のところで立ち止まって、白みかけた夜の闇を見つめていた。馬が重たそうに頭をあちこち動かしながら、少年の馬車が走り去るのを見守っていた。それから、勝手口にまわり、靴ぬぐいマットの下をさぐって鍵を探した。鍵を見つけ、入口の鍵を開けてなかに入った。台所は暗かった。マッチ箱を見つけ、蝋燭に火をつけて二階にあがった。向かいのロイヤル氏の部屋は、明かりがついていなかったが、ドアが開いたままになっていた。明らかに、彼はまだ帰っていなかった。彼女は自分の部屋に入り、戸に閂をかけた。ウエストに巻いていた飾り帯をゆっくりほどき、服を脱ぎ始めた。ベッドの下の紙の袋が目に入った。詮索好きな目に見つからないように新しい帽子を隠しておいた袋だ……

寝つかれないまま長いことベッドに横になり、低い天井に映った月の光をじっと見つめていた。寝ついたのは、空が白みかけた夜明けで、目覚めると、太陽の光が顔にあたっていた。

身仕度をして台所におりていくと、ヴェリーナだけしかいなかった。耳の不自由なことが見て取れる老いた目をあげて、チャリティを穏やかに一瞥《いちべつ》した。ロイヤル氏が家にいる気配はなく、帰ってくることもなく数時間が過ぎた。チャリティは自分の部屋にあがって、両手をひざにおいて気の抜けたように座っていた。蒸し暑い空気が吹き寄せて、窓にかかった浮き縞綿《しま》のカーテンを揺らし、ハエは薄青い窓ガラスにぶつかって、息苦しそうにブンブンいっていた。

一時になると、ヴェリーナが足を引きずってやって来た。おりてきて食事をしないのか、確かめに来たのだ。チャリティが首を振ったので、老女は「それでは、布巾《ふきん》をかけておきますね」と言って立ち去った。

太陽が傾き、部屋に日が当たらなくなった。チャリティは窓辺に腰をおろし、半開きの雨戸越しに村の通りをじっと見おろしていた。一つのことを思い詰めているというのではなく、たくさんの映像が押し寄せて来て、黒いとぐろを巻いているだけだった。通りを行く人たちを見つめていると、ダン・ターガットの馬の一隊が、松材の積荷をヘップバーンへ引いて行き、教会用務員の白い老いぼれ馬が、道路の向こう側の土手で草を食《は》んでいた。このような見慣れた光景を、彼女はまるでこの世から見ているかのように見つめていた。

ぼんやりした状態から、はっと我に返った。アリィ・ホーズがフライ宅の門から出てきて、不自由な足を不規則に引きずりながらゆっくり赤い家に歩いてくるのが見えたからだ。アリィの姿を見たことで、チャリティは断ち切っていた現実に立ち戻った。どんな一日を過ごしたかを聞きにやって来ることは、すぐに察しがついた。ネトルトンへの秘密旅行のことを知っている人はほかには誰もいなかった。アリィはその秘密を知る栄誉に預かって、いたく喜んでいた。

アリィに会わなければならない、その目を見て質問に答え、質問をはぐらかさなければならない、と思うと、前夜の冒険旅行の恐怖の全容がどっと舞い戻ってきた。熱に浮かされたような悪夢にすぎなかったものが、冷酷で避けることのできない現実となった。そのときのアリィは、気の毒にも、さもしい好奇心やひそかな恨みを抱き、悪意に気づかないふりをするノースドーマーそのものを象徴していた。姉のジュリアとは完全に縁を切ったと思われているけれども、心根の優しいアリィがまだひそかに連絡をとっていることを、チャリティは知っていた。ジュリアが船着き場のスキャンダルを言いふらす機会を得て、狂喜することは明らかだ。そのうわさ話は、誇張され歪曲《わいきょく》されて、おそらくはすでにノースドーマーへ向かっているのだ。

アリィは不自由な足を引きずって歩いていたのでさほど進めず、ソラス家の老夫人に呼び止められたときも、フライ宅の門からさほど離れてはいなかった。老夫人は大したおしゃべりで、しかも、ヘップバーンから取り寄せた新しい入れ歯に慣れることができずにいたので、非常にゆっくりと話した。それでも、この猶予《ゆうよ》期間でさえそう長くは続くはずもなく、あと十分もすれば、アリィは玄関先にたどり着いてしまう。台所でヴェリーナに挨拶をし、階段下から呼びかけるその声を、チャリティは聞くことになるのだ。

逃げること、すぐさま逃げることが考え得る唯一の手段だと、とっさにひらめいた。逃れたい、顔なじみの面々から離れたい、自分の素姓が知られている場所から立ち去りたい、という切なる願いは、悲嘆にくれるときにはいつも強く心のうちにあった。見知らぬ光景や新しい面々が奇跡的な力を発揮して自分の人生を一変させてくれ、数々の苦い思い出を消去してくれる、と子どものように信じていた。だが、今までのそんな衝動は、目下、心を支配している冷徹な決意に比べたら、単なるつかの間の気まぐれに過ぎなかった。もう一時間たりとも、我慢はできないと思った。公衆の面前で自分を侮辱した男と一つ家にいることにも、まもなく自分の恥の一部始終を、さも満足げに眺めるであろう、村びとたちと顔を突き合わせることにも。

彼女は、ロイヤル氏につかの間の哀れみを感じることはあったが、その哀れみは強い嫌悪感に呑み込まれてしまっていた。のらくら者や売春婦たちの一団の面前で、酔っぱらった老人に急に人目を引く酷いことを言われた、あのあまりにも恥ずかしい光景にたじろいだ。とつぜん、彼に部屋に押し入られそうになったときの、身の毛のよだつような瞬間が生々しくよみがえってきた。あのときは、血迷った者が犯した過ちだと思っていたが、今や、堕落した放蕩《ほうとう》生活者がしでかした、野卑な事件のように思えた。

こんなことを慌ただしく思いめぐらしながら、彼女はカンバス布製の古い学校用カバンを引きずりだし、そこに衣類数点と、ハーニーからもらった手紙の小さな束を押し込んでいた。針刺しの下から図書館の鍵を取り出し、よく見えるところにおいた。それから、引き出しの奥を手探りしてハーニーがくれた青いブローチを取り出し、それを服の下の胸につけた。これだけの準備をするのに、ほんの数分しかかからなかった。準備が終わったとき、アリィ・ホーズはまだフライ宅の角にいて、ソラス家の老夫人としゃべっていた……

反乱を起こすときの常であったが、彼女は、「〈山〉へ行くわ——ほんとうの家族のところへ戻るわ」と、ひとり言を言っていた。それまで本心からそう言ったことはなかったが、今の状況を考えると、ほかの道は開かれていないように思えた。見知らぬ場所で自立した生活が営めるような手の職は、何も身につけていなかった。谷間の大きな町に行けば、仕事を見つけることができるかもしれなかったが、そこには知り合いが誰もいなかった。ミス・ハチャードはまだ留守だったが、たとえノースドーマーにいたとしても、この人に頼ることは到底できなかった。チャリティが逃げたいと思う動機が、一つには、ルーシャス・ハーニーに会いたくない、ということだったからだ。ネトルトンからの帰りしなには、列車が混んでいて煌々《こうこう》と明かりがついていたので、ふたりだけの秘密の話を交わすことはずっとできなかった。だが、ヘップバーンからクレストンリヴァーへ馬車で戻る道中の、ハーニーの心癒される言葉の端々から推測すると——そばかす少年がいて、またも邪魔されはしたけれど——ハーニーはつぎの日も彼女に会うつもりらしかった。そのときは、ハーニーがそう言ってくれたことに、漠然とした慰めを感じていた。けれど、その後ひとりになって平静に数時間を過ごすうちに、彼には二度と会えないということが明白になった。彼の同志になるという夢は潰《つい》えてしまった。船着き場での出来事は——それまで同様に下劣で恥辱的ではあったけれど——結局は、彼女の怒りの記録にほんとうの光を投げかけたのだ。それはあたかも後見人の暴言が、ニヤニヤ笑う群衆の面前で彼女を丸裸にし、ひそかになされるべき善悪の判断力に対する彼女への訓戒を、これ見よがしに世間に向けて宣言したかのようであった。

彼女は、これらのことを明確に道筋立てて、考えていたわけではなかった。ただ単に、惨めな気持ちに、やみくもに駆り立てられていただけだった。二度とふたたび、知り合いの誰とも会いたくなかった。とりわけ、ハーニーには、会いたくなかった……

彼女は家の裏手の丘の小道を登り、近道をしてクレストン街道に通じる森のなかを進んでいった。鉛色の空が重く畑に垂れ込め、森では空気がよどんで生き苦しかったが、〈山〉へ通じる近道に早くたどり着きたくて、どんどん進んだ。

近道にたどり着くには、クレストン街道を一、二マイル行かなければならず、半マイルほど村内を歩かなければならなかった。ハーニーに出会うのではないかと恐れて、足早に歩いたが、彼が現われる気配はなかった。もう少しで脇道にたどり着くというところで、道路脇の木々のあいだから、大きな白いテントの側面が突き出ているのが見えた。七月四日の独立記念日に興行にやって来た旅まわりのサーカス団のテントだろうと思った。近づいてみると、折り返したテントの垂れ蓋に「ゴスペルテント」と書いてある大きな掲示が見えた。テントの内部は人気《ひとけ》がないようだったが、黒いアルパカコート姿の太った若い男が、垂れ蓋の下から出てきた。やわらかい直毛の長髪を白い丸顔の前に分けて垂らし、笑みを浮かべながら、彼女の方に近づいてきた。

「姉妹よ、あなたの救世主はすべてご存知です。なかにお入りになって神さまにあなたの罪を打ち明けませんか?」男は彼女の腕に手をかけ、意味ありげな口調でもちかけた。

チャリティは、驚いてたじろぎ、ぱっと赤くなった。一瞬、その巡回説教師がネトルトンの騒ぎのうわさを聞いているに違いない、と思ったが、すぐそのあとで、その推測がばかげていることに気づいた。

「打ち明けることが、何かあればいいですけど!」自嘲心がどっと込みあげて、彼女は返答した。若い男は度を失って、小声で言った。「ああ、姉妹よ、神を冒瀆するようなことは言わないでください……」

彼女は男に握られていた腕をぐいっと引いて払い、脇道を駆けあがっていった。顔馴染みに出くわすのではないかとびくびく震えていたが、ほどなくして村は見えなくなり、彼女は森の中心部へと登っていった。〈山〉までの十五マイルの道のりを、その日の午後のうちに踏破することはとても望めなかったが、ハンブリンとの中間地点には、眠れるところがあるのは知っていた。誰も捜索しようとは思わないような、丘陵の寂しい地溝《ちこう》の斜面にある、小さな廃屋《はいおく》だ。その廃屋については、数年前、下手のクルミの木立に、クルミ狩りにやってきたときに一度立ち寄ったことがあった。とつぜんの山嵐に見舞われて、クルミ狩りの一行がその家に避難したのだ。若い娘たちを怖がらせるのが好きなベン・ソラスが、その家には幽霊が出るうわさだと娘たちに言いふらしていたのを思いだした。

チャリティはだんだん疲れて目眩《めまい》がしてきた。朝から何も食べていなかったし、こんなに遠くまで歩くのに慣れていなかったからだ。頭がふらふらして、道端にちょっと座り込んだ。そうして座っていると、チリンという自転車のベルの音が聞こえたので、驚いて飛びあがり、森のなかへまた飛び込んで行こうとした。だが、動くこともできずにいるうちに、自転車がカーブをさっと曲がってきた。ハーニーが自転車を飛び降りて、両腕を広げて近づいてきた。

「チャリティ！　いったい全体、ここで何しているの？」

彼女は、まるで幽霊でも見ているかのように、じっとハーニーを見つめた。思いがけず彼が現われたので仰天し、言葉が出てこなかった。

「どこに行くつもりだったの？　僕が会いにくるってこと、忘れちゃったの？」チャリティを引き寄せようとしながら、彼は話し続けた。だが、その抱擁を避けて、彼女はあとずさりした。

「逃げて行こうとしてたのよ——あなたには、会いたくないわ——あたしのことなんか、ほっておいて欲しいわ」と急に声を荒げて叫んだ。

その姿を見て、彼が真顔になった。よくないことが起きるという予感が、影のようにさっと、その顔をかすめたかのようだった。

「逃げて行くって——チャリティ、僕から？」

「みんなからよ。あたしにかまわないで欲しいわ」

彼は立ちつくして、日の光がまだらにあたって遠くまで伸びている寂しい林道を、いぶかしそうに上手から下手へと見やった。

「どこに行くつもりだったの?」

「家よ」

「家って——この道を通って?」

彼女は挑むように頭をうしろに反らした。「あたしの家——向こうの上の方にある〈山〉の家よ」

話しながら、チャリティは、彼の顔色が変わったことに気づいた。ハーニーはもう彼女の話を聞いていなかった。ただ、激しい情熱に浮かされたような表情で、彼女の顔をじっと見つめているだけだった。それは、ネトルトンの花火観覧席でキスをしたあと、彼の目のなかに見たのと同じ表情だった。またしても、そこにいるのは新しいハーニーだった。あのときの抱擁ではからずも明らかになったハーニーだ。彼女がそばにいる喜びで胸がいっぱいのようで、彼女が何を考え、何を思っているかにはまったく無頓着なハーニーだ。

彼は笑いながらチャリティの両手をつかんだ。「どうやって僕が君を見つけたと思う?」と楽しそうに言った。チャリティに送った手紙の小さな束を取り出し、とまどっている彼女の目の前でちらちらさせた。

「君、これ落としたんだよ。うっかりなお嬢さんだよね、君も——道の真ん中に落としたんだから。ここからちょっと行ったところにね。僕がちょうど自転車で通りかかったとき、ゴスペルテントの活動をしている若い男の人が拾ったんだ」彼はうしろにさがって、チャリティから少し離れ、近眼の目で小さいものを探すような目つきで、当惑している彼女の顔を丹念に探るように見た。

「僕から逃げられるって、ほんとに思ったの? そんなことできるはずがないってわかっているよね」と言った。そして返事を待つ間もなく、またチャリティにキスをした。今度は熱烈なキスではなく、妹にするような優しいキスだった。あたかも、口では説明できない彼女の痛みを察し、その痛みを理解していることを、わかって欲しいと思っているかのようだった。ハーニーは指を彼女の指にからませた。

「おいで――ちょっと歩こう。話がしたいんだ。話したいことがいっぱいあるんだよ」

ハーニーは、少年のように浮かれ、無頓着に、自信に満ちた様子で話した。ふたりのあいだには、恥じ入ることや、きまりが悪いことなど、何も起こらなかったかのようだった。つかの間、孤独の痛みから解放された安堵《あんど》感をにわかに感じて、彼女はハーニーの気分に呑み込まれていると思った。けれども、ハーニーは向きを変えてしまっていて、彼女が歩いてきた道を連れ戻そうとしていた。身体をこわばらせ、彼女ははたと立ちどまった。

「あたし、戻らないわ」と言った。

互いの顔をしばし黙って見つめ合っていたが、まもなく彼が優しく答えた。「いいよ、それじゃ、逆の道を行こう」

チャリティが動かずに黙って地面を見つめていると、彼は話し続けた。「どこかこの上に家がなかったかな――小さい廃屋が――いつか君が案内してくれるって言っていた家が？」それでもやはり彼女は返事をしなかったが、ハーニーは、それまでと変わらず、優しく元気づけるような口調で続けた。「さあ、そこへ行って、腰かけて静かに話そう」彼は、脇にだらりと下がったチャリティの手の片方をとって、その手のひらに自分の唇を押しあてた。「君に言われるままに僕が帰ると思う？　僕が、事情をわかっていないとでも、思ってるの？」

その小さな古い家は——木の壁が日光に晒《さら》されて幽霊のような灰色になっていたが——森の小道からあがったところの果樹園のなかにあった。庭の柵は崩れ落ち、壊れた門扉《もんぴ》が門柱のあいだにぶら下がっていた。家までの小道にはバラの木が伸び放題だったが、その小さな淡い花が生い茂った草の上で頭をうなだれていたので、道しるべとなった。かつて玄関の扉が取り付けられていたところは空洞になっていて、横には細長い付柱《ピラスター》があり、上には手の込んだ扇形の明かり取りがあった。玄関の扉そのものは草叢《くさむら》のなかで朽ちていて、その上には、リンゴの老木が倒れて横たわっていた。

建物の内部もまた風雨にさらされて、すべてが同じような青味を帯びた銀白色になっていた。家そのものは、細長い空洞の貝殻の内部のように、乾燥してきれいだった。特別にしっかりと建てられたに違いなく、小さな部屋はどれも人間が住んでいた気配を多少なりとも残していた。品のよい古典的な装飾を施した木製のマントルはそのままだったし、天井の隅々に、漆喰の狭間《はざま》飾りの薄い透明なカバーがそのまま残っている部屋もあった。

ハーニーは裏口で古いベンチを見つけ、引きずって家のなかに入れた。チャリティはそのベンチに座り、眠く気怠《けだる》そうな様子で、壁に頭をもたせかけていた。彼女が空腹で喉が渇いているのではないかと察して、ハーニーは自転車の荷物入れカバンからチョコレートの小片をいくつかもってきて、さらには、果樹園の泉から水飲み茶碗に水を汲んできた。そして今、チャリティの足元に座って紙巻タバコをふかし、話もせずじっと彼女を見つめていた。外では、午後の影が草叢一面に長く伸びていた。目の前のガラスのない窓越しに、〈山〉がその黒い塊を官能的な夕日へ突き刺そうとしているのが見えた。もう行かなくてはならない時間だった。

彼女は立ちあがると、ハーニーもさっと立ちあがった。そして、有無を言わせない感じで、片腕をまわして彼女を抱いた。「さあ、チャリティ、僕と一緒に戻るんだ」

その顔を見て、彼女は首をふった。「あたし、絶対に戻らない。あなたには、わからないのよ」

「僕が何をわからないっていうんだ？」彼女は黙っていたので、彼は話し続けた。「船着き場の出来事はいまいましかったし——君が戻りたくないって思うのも、無理もないよ。でも、あんなことがあったからって、ほんとに大した問題じゃないよ。そんなことで、君が傷ついちゃいけないよ。忘れる努力をしなくちゃだめだよ。それに理解する努力もね、男っていうのは……男っていうのはときどき……」

「男性のことは、わかっています。だからなのよ」

そう反駁《はんばく》されて、彼は少し赤くなった。その反駁は、思いもよらないかたちで彼に影響したようだった。

「それじゃ……手心を加えてやらなければならない、ってこともわからなくちゃ……あの人は飲んでいたし……」

「そんなことも、みんな、わかっています。あの人が酔っぱらっているのを、前にも見たことがあったから。だけど、あんなふうにわざわざ言うことはなかったでしょう、もしあの人が思わなかったら……」

「もし思わなかったらって、何を？　どういう意味？」

「あたしに、あそこにいた女の人たちのようになって欲しい、って思わなかったらよ……」声を落とし、彼から目をそらした。「それで、あの人が外出しなくても、いいようによ……」

ハーニーは、じっと彼女を見ていた。しばらくは、彼女が言っていることの意味が理解できないようだったが、やがてその顔がくもった。「あのいまいましい犬めが！　極悪非道で下劣な犬めが！」激しい怒りが燃えあがり、彼はこめかみまで真っ赤になった。「夢にも思わなかったよ——ひどいよ、汚すぎるよ」真実がわかって怯《ひる》み、考えることができないかのように、彼は急に話をやめた。

「もうあそこには、二度と戻らないわ」簡単には屈しない様子で、彼女は言った。

「そうだね——」と彼は同意した。

長い沈黙の間合いがあった。そのあいだずっと、彼女は、打ち明けたことについて、ハーニーが、さらに手がかりがないか探ろうとして、自分の顔をうかがっているのだと思っていた。とっさに羞恥心《しゅうちしん》に襲われた。

「あたし、わかっているわ。あなたがあたしのこと、どんなふうに思っているか」とつぜん彼女は、話し始めた。「あなたに、あんなことを話して……」

だが、ふたたび話し始めると、ハーニーがもはや話を聞いていないことに気づいた。彼は近寄ってきて、何か切迫した危険からさっと強奪するかのように、チャリティを自分の方に抱き寄せた。その熱烈なまなざしが彼女の目に映っていた。その胸に抱きしめられたとき、ハーニーの心臓の激しい鼓動が伝わってきた。「僕にもう一度キスして——昨夜みたいに」とハーニーは言い、彼女の顔すべてを自分のキスに近づけようとするかのように、彼女の髪をうしろにかきあげた。

第十二章

八月も終わりに近づいたある日の午後、若い娘たちの一団がハチャード邸の一つの部屋に集まっていた。部屋には、国旗や、トルコ赤*、青、白のつや出し加工したモスリン布、収穫した干し藁の束、そして彩飾を施した掛け軸などが、色鮮やかに散らかっていた。

ノースドーマーでは、〈懐かしのふるさと週間〉の準備に余念がなかった。人びとの気持ちが村から離れていく過疎化の現象は、まだ初期段階であったが、先達《せんだつ》がだんだん少なくなってきたので、一つの例を定着させて伝えていきたいという願いから、その問題について、ハチャード邸で長いこと熱のこもった議論がなされてきた。祝祭を催したいという希望は、ノースドーマーに留まらざるを得なかった人たちよりも、むしろそこを離れた人たちのあいだから起こった。そのために、村全体を祝祭にふさわしい熱気に包まれた状態に盛りあげるのは難しかった。ハチャード邸の几帳面に整えられた落ち着いた応接間は、ヘップバーンやネトルトンやスプリングフィールド、あるいはもっと離れた都市からやってきた人びとが、絶え間なく行き来する拠点だった。そして訪問者が到着すると、必ず玄関の向こう側に案内され、色とりどりの美しい祭りの飾りつけに埋まって、準備に余念のない娘たちの一団を、垣間見る恩恵に浴した。

「みんな懐かしい名前ばかり……みんな懐かしい名前……」ミス・ハチャードが、松葉杖をコツコツ鳴らして廊下を横切りながら話す声がよく聞こえたものだった。「ターガットさん……ソラスさん……フライさん。こちらはオーマ・フライさん、オルガン用中二階の垂れ幕に、星を縫いつけてくださっています……みなさん、そのままでよろしいのよ……そしてこちらはアリィ・ホーズさんで、村いちばんのお裁縫上手なの……そしてときわ木のリースを作っていらっしゃるのがチャリティ・ロイヤルさん……みな手作りで、っていう考えが素晴らしいでしょう？ 外部の人の助けなんて、必要ありませんでしたのよ。わたくしの若いいとこで、建築家のルーシャス・ハーニーが——この人は、植民地時代の家屋についての本を出版する準備のために、ここへ来ているんですけどね——すべてをたいへんうまく処理してくれています。ちょっといらして、いとこが描いた舞台のスケッチを見てくださいな。村役場に掲示することになっているんですけどね」

〈懐かしのふるさと週間〉の熱狂がもたらした最初の結果として、一つ挙げられるのは、実のところ、ルーシャス・ハーニーが村の通りにふたたび姿を見せたことだった。比較的近いところにいるらしい、とそれとなくうわさされてはいたが、この数週間というもの、その姿をノースドーマーで見かけたものはいなかった。最近のうわさでは、しばらく滞在していたというクレストンリヴァーを立ち去って、近隣地区からは完全に引きあげたということだった。ところが、ミス・ハチャードが帰ってくるとすぐに、彼もその家の馴染みの部屋に舞い戻ってきて、催しの企画面で指導的な役割を果たし始めた。すこぶる上機嫌で、身を入れて企画に取り組んだ。惜しみなくスケッチを提供し、つぎからつぎへと工夫を凝らしていったので、それまで捗《はかど》らなかった準備にたちまち拍車がかかり、村中が彼の熱意に引きずりこまれていった。

「ルーシャスの過去に対する思いがとても強いので、わたくしたちみなが特権意識に駆りたてられましてね」ミス・ハチャードは、「特権」という言葉がお気に入りで、それをことのほか強調するようにゆっくりと言った。そして訪問客を応接間へ案内するまでに、それまで何回となく言ってきたことを、くり返して言ったものだ。「もっと大きな地域でさえ、〈懐かしのふるさと週間〉のことなど、まだ考えてもいないところが多いのに、ノースドーマーのような小さな村が、独自のお祭りを始めるのはとても勇敢なことだ、とルーシャスは考えたと思うんですね。でも、結局のところ、共通の目的をもって組織された団体こそ、人口の多さにまさるんじゃありませんこと？　もちろん、ノースドーマーにはいろいろな団体がありますのよ……歴史関係、文学関係（ここではハノリウスへの血縁としての嘆息《たんそく》を漏らしつつ）、教会関係……この方は一七六九年に英国から持ち込まれた古い白目《しろめ》製の器による聖餐《せいさん》式について、お詳しいんじゃないでしょうか？　それに、豊かな物質時代にこそ、家族、家屋敷、その他諸々の古い理想へ立ち返るという模範を示すことがとても大切なのではないかしら」この仰々しい長演説が終わる頃には、たいてい、手を止めさせていた娘たちを元の作業に戻らせ、自らも廊下の反対側を半ばあたりまでは、戻って来ていたものだ。

チャリティ・ロイヤルが、舞台アーチ《プロセニアム》に飾るためのツガの小枝のリースを編んでいたのは、祝祭の前日だった。ミス・ハチャードが、ノースドーマーの未婚の女性たちに祭りの準備に協力するよう頼んできても、チャリティは当初、寄りつかないでいた。しかし、参加しないことが、かえって憶測をかき立てることになるかもしれないと思って、気が進まないながらも、娘たちの一団に加わった。娘たちは、計画された記念式典の趣旨について、当初はしり込みしたり、戸惑ったり、困惑したりしていたけれども、面白そうな仕事の内容を聞いて、すぐに興味を示すようになった。注目されることで気分も奮い立ち、ハチャード邸での午後の活動もけっして休まなかった。切り抜いたり、縫ったり、ひだを寄せたり、張りつけたりするあいだ、娘たちの口の動きはミシンの音につれてますます好調になり、チャリティが黙っていても、娘たちのお喋りに隠れて、気づかれることはなかった。

チャリティはいまだ心のうちでは、周りの楽しそうな騒ぎをほとんど認識していなかった。〈山〉へ行く途中で、ハーニーに追いつかれた日の夕方、赤い家に戻って以来、ずっと虚空に吊るされたような気持ちで、ノースドーマーで生活してきた。ハーニーは、彼女が〈山〉へ行くのは不可能だと思ったらしく、結局のところ、ノースドーマーに戻る以外は狂気の沙汰だと説得されて、戻ってきたのだ。もうこれ以上、ロイヤル氏からの脅威におびえることは何もない。このことを自分にしっかりと言い聞かせたのだが、その罪を免除してやるために、後見人が二度も、自分を妻にしたいと申し込んできていたことには、触れなかった。彼に対する憎悪の気持ちから、多少でも許すようなことは、今のところ、ハーニーの前ではひと言たりとも言えなかった。

しかしハーニーは、チャリティの身の安全が確保されたことに安堵すると、彼女に家に戻らせる理由をさまざまに考えた。まず、もっとも返答に困る理由は、彼女には、ほかにどこも行くところがない、ということだった。だが、彼がいちばん強調したことは、逃げることはうわさを認めたことになる、ということだった。もし――おそらくは避けられないだろうが――ネトルトンでの恥ずべき事件のうわさがノースドーマーに届いていたら、彼女の失踪がどんなふうに曲解されるだろうか？　後見人が、公衆の面前で彼女を誹謗《ひぼう》した、それで彼女は家から姿をくらました。ことの真相を探りたがる人びとは、必ず彼女にとって不利な結論を引き出すだろう。もし彼女がすぐに戻って、何ごともなかったように、いつもどおりの生活をしているのを見れば、事件のうわさはしだいに下火になり、酒に酔った老人が恥ずべき仲間と一緒にいたところに、不意を突かれて激高したとして、それなりのところで収まるものだ。ロイヤル氏は、自分を正当化するために、自分が後見人として育ててきた娘を侮辱したと、人はうわさをするようになり、下劣な事件の顚末《てんまつ》は、彼のいかがわしい数々の行状の年代記のなかに収まっていくだろう。

チャリティは、この論理に説得力を感じた。だが、黙って従ったのは、その説得力ゆえというよりも、それがハーニーの願いだったからだ。例の廃屋で夕方に話をしてからというもの、彼女の行動の判断基準は、もっぱらハーニーが望んでいるか、いないか、にかかっていた。矛盾する揺れる思いの葛藤はすべて、彼の意志を運命として受け入れることで収まっていた。彼の方が性格的に強いと感じていたからではない——自分の方が強いと思った瞬間は、すでに何度もあった——むしろ、人生のそのほかのことすべてが、ふたりの情熱の光輝く真ん中の部分を取り囲む、ぼんやりとした縁のようなものにすぎなくなっていたからだ。こんなことを考えるのをふとやめるときはいつも、草の上に横たわって、長いあいだ空を眺めていたあとに、ときどき感じる感覚に似ていると思った。目の中が光で満ちあふれて、自分の周りのものすべてがぼやけてしまう、あの感覚にだ。

ミス・ハチャードは、定期的に仕事部屋に襲撃して、若いいとこの建築家のことにさりげなく言及したが、そのたびにチャリティは同じ反応を示した。編みかけのツガのリースをひざに落として、呆然《ぼうぜん》と座り込んでいた。ミス・ハチャードが、まるでハーニーのことに関しては権利があるかのように、また彼のことならなんでも知っているかのように、独占欲を発揮して知ったかぶりで話すのは、明らかにおかしいことだ。このチャリティ・ロイヤルこそ、この世でただひとり、彼のことをほんとうによく知っている人間なのだ。足の裏からくしゃくしゃの髪の毛の先まで、変化する目の輝き、声の抑揚、好きなものと嫌いなもの、とにかく、子どもが毎朝目覚める部屋の壁の様子を、無意識ではあるが、こと細かく知っているように、彼のことなら、知っているべきことはなんでも知っているのだ。周囲の者は誰も想像すらしていなかったし、理解もできないだろうが、この事実ゆえに、彼女の存在はほかの人たちから孤立し、侵されざるものになっていた。あたかもその秘密が守られているかぎり、何ものも彼女を傷つけたり、邪魔したりすることはできないかのようだった。

娘たちが作業している部屋は、以前、ハーニーが寝室として使っていたものだった。〈懐かしのふるさと週間〉用の作業部屋にするために、彼は二階に移動していたが、家具はそのままだった。チャリティは、その部屋に座ると、真夜中に庭から見つめていたあの情景が絶え間なく目に浮かんだ。ハーニーがあのとき座っていたテーブルの周りには、いま娘たちが集まっているし、自分が座っている椅子は、彼が横たわっていたベッドの脇にあったものだ。ときどき誰も見ていないときに、チャリティは、何かを拾うふりをして身をかがめ、頰をちょっと枕に押しつけたりしていた。

夕暮れ近くになると娘たちは解散した。彼女たちの仕事は終わり、翌日夜明けとともに、村役場に、作った幕やリースが飾りつけられ、地域に貢献した人たちを顕彰するための彩飾を施した掛け軸が設置される手はずになっていた。主賓《しゅひん》たちは、ハチャード邸の敷地に設《しつら》えられたテントで催される昼食会に間に合うようにヘップバーンから駆けつけることになっていて、昼食会のあと、式典が始まる予定だった。疲れと興奮で、やや青ざめた顔をしたミス・ハチャードは、手伝いの若者たちに礼を述べてから、松葉杖に寄りかかってポーチに立ち、一団がぞろぞろと通りを帰っていくのを、手を振って見送っていた。

チャリティは、初めの一団に紛れ込んで立ち去ろうとしていた。ところが、門のところで、アリィ・ホーズにうしろから声をかけられ、しぶしぶ振り向いた。

「ちょっとうちに来て、ドレスの試着をしてみない？」アリィが、もの欲しそうに賞賛のまなざしを向けて聞いてきた。「昨日みたいに、袖にシワがよっていないか確かめたいのよ」

チャリティは戸惑って、じっとアリィを見つめた。「まあ、それはいいわね！」と言ったが、アリィの抗議には耳を貸さずに、そそくさとその場を去った。チャリティは、自分のドレスがほかの娘たちのドレスに見劣りしないことを望んでいた――それどころか、自分も「式典」に参加する予定なので、ドレスがみんなのものより輝きを放って欲しいと思ってはいた――でも、今はそんなことに気を取られている暇はなかった……

彼女は図書館へ向かって通りを急いだ。図書館の鍵は首にかけていた。裏の通路から自転車を引き出して、通りの端まで押していった。一緒に作業していた娘が誰かやってこないか、あたりを見まわしたが、すでに手伝いの娘たちは村役場の方へ三々五々と散っていた。それで彼女は、急いで自転車に飛び乗り、クレストン街道へと向かった。クレストンまではほとんど下り坂が続いたので、ペダルに足を乗せたまま、ときどき見かける、翼を静止させて斜めに身を傾けて舞い降りてくる鷹のように、夕暮れの穏やかな空気のなかをゆっくり流れて行った。ハチャード邸を出てから二十分もすると、家出をしようとした日に、ハーニーが追いかけてきた林道に差しかかった。さらに数分後、例の廃屋の入口のところで、自転車から飛び降りた。

黄金の光が降り注ぐ日没の景色のなかで、その廃屋は、長い年月、日に干され、雨に洗われて、以前にも増して、まるでもろくなった貝殻のように見えた。しかし自転車を押しながら、家の後方にまわってみると、最近まで人が住んでいた気配が感じられた。板材で作った粗末な戸が台所口に取りつけられていて、それを押しあけて中に入ると、原始的なキャンプができるような用具がおかれた部屋があった。窓際には、やはり板材で作られたテーブルがあって、その上にはワイルドアスターの大きな束が生けられた土製の壺、そしてそのかたわらには、カンバス布製の椅子が二脚、さらに片隅には、メキシコ柄の毛布がかけられたマットレスがあった。

部屋には誰もいなかった。チャリティは自転車を家に寄せかけて、坂を這いのぼり、リンゴの老木の下の岩に腰をおろした。あたりはすっかり静まり返っていたので、座っているところからでも、遠くからやってくる自転車のベルの音が聞こえるはずだった……

ハーニーよりも先にその小さな家に到着すると、彼女はいつもうれしかった。最初のキスで何もかも消えてしまう前に——草叢に揺れるリンゴの木々の影、道の下の方で丸くこんもりと茂っている古いクルミの木々、午後の日差しのなかで西方へゆるく傾斜した牧草地など——あたりのひそやかな美しさを細部までゆっくり慈しむのが好きだった。そこに座って静寂のなかに過ごすひとときには、関係ないほかのことすべてが、夢の記憶のようにおぼろげなものになった。新しい自分を驚くほど表に出し、縮まった毛先のすべてを光のなかに導き出すこと、それが目下の彼女にとっての現実だった。彼女は、感性を使わないで枯渇《こかつ》させてしまったような人たちのなかでそれまでの全人生を生きてきたので、当初、ハーニーの愛撫よりも素晴らしいと思ったのは、彼がかけてくれる愛の言葉の数々だった。恋なんて厄介で、人目を忍んでするものだとずっと思ってきたが、ハーニーはそれを夏の空気のように明るく、開放的なものにしてくれたのだ。

この廃屋まで道案内をした翌日、ハーニーは荷物をまとめて、クレストンリヴァーを発ちボストンへ向かった。だが、最初の駅で手さげカバンを抱えて列車から飛び降り、丘陵の内部へと這い登った。雨の降らない、日の照り輝く八月の二週間、彼はその廃屋でキャンプ生活を送った。誰も彼のことを知る人がいないその谷間で、一軒家の農家から卵やミルクを手に入れ、アルコールランプで煮炊きをした。毎朝、日の出とともに起き、話に聞いて知っていた茶褐色の池でひと浴びし、家の上手にある、いい匂いのするツガの林に横たわって何時間も過ごしたりした。あるいは、果てしなく続く丘陵のあいだに東西に延びた、霧深い青い谷間の上はるかにそびえるイーグルリッジの尾根を、気ままに歩いたりした。そして午後になると、チャリティが会いにやってきた。

チャリティは、ロイヤル氏からもらったお金の残りで、自転車を一か月借りていた。毎日昼食がすんで、後見人が事務所へ向かって歩を進めるやいなや、急いで図書館へ行って自転車を引っ張り出して、クレストン街道を飛ぶようにくだった。彼女は、ロイヤル氏がノースドーマーのほかの人たち同様、自分が自転車を借りたことは百も承知していると思っていた。おそらく彼は、自転車がなんのために使われるのかも、村人たち同様に知っているに違いなかった。チャリティには、そんなことはどうでもよかった。ロイヤル氏はもはや自分に対して権力を失っていると感じていたので、もし彼が聞いてきたら、チャリティはおそらく真実を話したであろう。だが、チャリティとロイヤル氏は、あのネトルトンの船着き場の夜以来、互いに口を聞いていなかった。ロイヤル氏がノースドーマーに帰ってきたのは、例の遭遇戦から三日も経ってからだった。ちょうどチャリティとヴェリーナが夕食のテーブルに着いたとき、ロイヤル氏は帰ってきた。彼は椅子を引き、ナプキンを食器棚の引き出しから取り出し、リングからナプキンを引き抜いて、キャリック・フライのところでいつも開かれる午後の集いから帰ったかのように、相変わらず取り澄まして座っていた。チャリティは、彼が入ってきても、あえて目をあげなかった。家のなかでは長いことずっとそうだったわけで、さして不自然なことではなかった。ただ、自分が黙っているのは、いつもと違って意図的であることを知らせるために、彼がまだ食事中であるにもかかわらず、ひと言の断りもなく席を立って二階にあがり、自分の部屋に閉じこもった。それ以降、彼はチャリティが部屋にいるときはいつも決まって、ヴェリーナに大声で愛想よく話しかけるようになった。そのほかに、ロイヤル氏とチャリティとの関係において目立って変わったことはなかった。

　岩に座ってハーニーを待っているあいだ、チャリティがこれらのことを順序立てて考えたわけではなかった。しかし、森の火事のように燃えあがる彼との短い逢瀬《おうせ》に水を差す暗い背景として、彼女の心のうちにくすぶり続けていた。そのほかのことは、よいことも、悪いことも、どうでもよかった。ハーニーを知る前には気になっていたようなことも、今ではどうでもよかった。ハーニーが彼女を抱えあげて、新しい世界へと連れて行ってくれたのだ。決まった時間になると、その世界から、彼女の幽霊が戻って来て、お決まりの習慣的な行為を演じるが、あらゆることがあまりに希薄で非現実的なので、彼女はときどき周りの人たちに自分の姿が見えているのだろうかと疑わしく思った……

浅黒い〈山〉のうしろに、静かな金色の夕日が沈んでいった。坂の上の牧場から、牛の首につけられた鈴の音が聞こえてきた。谷間にある農家から煙が立ちのぼり、澄んだ空気に乗ってたなびき、そして消えていった。それから数分間、すべてが影のような清明な明るさのなかで、野原も森も、その輪郭が幻想的な精密さで浮き立ち、やがて夕暮れのなかに消えていった。その小さな家は、小さく萎《しぼ》んだリンゴの木の下で、灰色に変化して実体のない幽霊のような感じを漂わせていた。

チャリティは、心臓にきゅっと痛みを感じた。光り輝く昼間から、夜の帳が切って落とされると、隠れて見えなかった危険に遭遇したかのような感覚に、しばしば陥った。その危険は、愛がこの世から消え去ったときのように、この世を睥睨《へいげい》しているかのようだった。いつかこの同じ場所に座って、むなしく恋人を待ちわびる日が来るのだろうか、と不安になった。

彼の自転車のベルが、道の下の方から聞こえて来ると、チャリティはすぐに木戸に立ち、微笑みかけている彼と目をあわせた。ふたりは、家に向かって伸びた草叢のなかを歩き、裏口の戸を押し開けた。部屋は最初、とても暗く感じられて、手に手を取って手探りで入っていった。窓から見える空は対照的に明るく見え、土製の壺に生けられた枯れたワイルドアスターの真っ黒い塊の上の方に、白い星が蛾のように一つきらめいていた。

「土壇場で片づけなくちゃならないことがたくさんあってね」ハーニーは言い訳を言っていた。「催しを見に、いとこのところへ泊りがけで来る人を迎えに、クレストンまで馬車で行かなければならなかったんだ」

彼はチャリティを両腕に抱きすくめながら、髪の毛に、唇に、キスの雨を降らせた。彼に触れられると、彼女の奥深くにあるものが、もがきつつ光の方に向かい、日光に照らされて咲く花のように、ぱっと飛び出してきた。互いに指と指を絡ませて、急ごしらえの長椅子に並んで腰かけた。チャリティには、彼の遅れた言い訳なんか、耳には入らなかった。彼がなかなか現われないときには、山ほどの疑念に苦しめられたが、姿を見せたとたん、彼がどこからやって来て、なぜ遅れたか、誰のせいで遅くなったか、ということなど、どうでもよくなった。彼の姿が見えないと、彼女自身の人生が機能停止になってしまうように、彼がそれまでいた場所や、一緒にいた人たちについては、彼がそこを離れた途端、まるで消えてなくなってしまったかのようだった。

彼はまだ能弁に陽気に話し続けていた。遅れたことを悔やみ、頼まれごとに時間をとられたことに不満を言い、面白おかしく、気のいいミス・ハチャードの興奮した様子を上機嫌で真似してみせた。「あの人、明日、村役場でロイヤルさんにスピーチをしてもらおうとマイルズを急いで使いにやったんだよね。使いにやってから、僕は知ったんだけどね」チャリティが黙ったままでいると、彼はさらに言った。「結局のところ、おそらく、それでよかったんだろうけどね。ほかに誰もやれる人がいないのでね」

チャリティは返事をしなかった。後見人が明日の式典でどんな役割を果たすのかなんて、どうでもよかった。彼女のみすぼらしい世界に住むほかのすべての人たちと同様に、後見人も彼女にとっては、存在していないに等しい人になっていた。嫌悪することすら、先送りにしていた。

「明日は遠くからしか会えないね」とハーニーは続けた。「でも、夜には村役場でダンスパーティがあるけど、ほかの女の子とは踊らないって、僕に約束して欲しい？」

ほかの女の子って？　誰かほかに女の子なんて、いたかしら？　それまで、彼とふたりだけの秘密の世界にすっぽり入り込んでいたので、そんな危険があることすら、忘れていた。心臓が飛び出すかと思うほど驚いた。

「ええ、約束して」

彼は笑いながら、彼女を抱きしめた。「バカだな——ものすごく見栄えが悪い子たちでもだめなの？」

ハーニーは、いつものように、チャリティの前髪をうしろに撫であげ、顔がうしろにのけぞるように、身を寄せてきた。目と薄青い空とのあいだにある彼の顔が、黒くぼうっとのしかかってきた。空には白い星が浮かんでいた……

ふたりは並んで、暗い林道を村へ向かって家路を急いだ。遅い月が昇っていた。燃えるような満月で、山並みが刻々と変化して、灰色から真っ黒い大きな塊に変わっていた。その上の空はたいそう明るかったので、星々が水に映った影のようにかすかに瞬いていた。ノースドーマーから半マイルほど離れた森の端で、ハーニーは自転車から降り、チャリティを両腕に抱いて、別れのキスをした。それから彼女がひとりで家へ向かうのを見届けた。

いつもより遅かったので、彼女は自転車を図書館にもっていくのをやめて、赤い家の薪《まき》小屋のうしろに立てかけ、勝手口から家に入った。台所には、ヴェリーナだけしかいなかった。チャリティが入っていくと、ヴェリーナは、穏やかなぼんやりとした目でじっと見つめ、それから食器棚から皿とミルクの入ったコップを取り出して、そっとテーブルの上においた。チャリティは黙ってうなずいて感謝の意を伝え、座ると出されたパイにがつがつとかじりつき、ミルクを飲み干した。夜道を急いで戻ってきたので、顔がぽっぽとほてり、台所のちらちらしたランプの光に目が眩んでいた。とつぜん捕まえられて、籠に入れられた夜行性の鳥のような感じがした。

「旦那さんは、夕食後に出かけてから、戻っていません。村役場へ出かけています」とヴェリーナは言った。

チャリティは、聞き流した。気持ちは、まだ森のなかを飛んでいた。皿やコップを洗うと、手探りで暗い階段をあがった。部屋のドアを開けて、驚いた。出かける前に、午後の日差しを避けるために雨戸を閉めていったのだが、雨戸が揺れて少し開いていて、そこから漏れる月光が部屋に差し込んでベッドを照らしていた。中国絹の純白のドレスがベッドの上に広げられてあった。チャリティは、このドレスにありったけのお金をつぎ込んでいた。このドレスは、ほかのどの娘のドレスをも凌《しの》ぐものでなくてはならなかった。彼女は、ノースドーマーの人たちに、自分がハーニーの愛情を受けるに値する女であることを見せつけたかった。ドレスの上の方には、枕の上に畳まれて、白いヴェールがあった。儀式に参加する若い娘たちがアスターの花冠の下にかぶることになっていたヴェールだ。そのそばには、白いサテンの細い靴が一足あった。アリィがいつも謎めいた宝物をしまっておく、古いトランクから引っ張り出してきたものだ。

チャリティは、ベッドに広げられた白い衣装一式を見つめて立ちつくした。その白さをじっと見つめていると、ハーニーに初めて会った日の夜、立ち現われた幻影がよみがえってきた。もうそんな幻影を見ることはなくなっていた……もっと温かな輝きがそんな幻影にとって代わっていた……それにしてもアリィは、チャリティのベッドの上に白い衣装一式を並べておいていくとは、なんと無分別なことか。ハティ・ターガットがトム・フライと結婚したとき、スプリングフィールドから取り寄せた結婚衣装を広げて、隣近所の人たちに見せたときと、まったく同じようにするなんて……

チャリティは、サテンの靴を手にとって、ものめずらしそうに見た。昼間に見たら、きっと少し古びて見えたであろうが、月明かりのなかでは、象牙の彫物のように見えた。床に座り込んで、履いてみた。踵《かかと》が高くて立つときに少しよろけたが、ぴったりだった。足元を見ると、靴のつま先の部分が驚くほど丸く、細くカットされ、とても上品なかたちの靴だった。こんな靴はこれまで見たことがなかった。ネトルトンのショーウィンドウにさえもなかった……そうだ、一度だけ、アナベル・バルチが同じかたちの靴を履いているのを見かけたことはあった。でも、それ以外は……

悔しさのあまり、顔がさっと赤くなった。アリィは、あの光り輝くミス・バルチがノースドーマーに降臨するとき、ときどき彼女のものを縫ってやっていた。だから、きっと、彼女のいらなくなった古着をもらっていたに違いない。あの魔訶《まか》不思議なトランクのなかの宝物はどれも、アリィが縫物をしてやった人たちからもらったものだ。この白い靴も、きっとアナベル・バルチのものだったに違いない……

その場に立ったまま、憂鬱な気分でじっと足元を見おろしていると、窓の下から自転車のベルの音がチリン、チリン、チリンと三回聞こえた。それは、ハーニーが家に帰るときに送ってくる秘密の合図だった。ハイヒールを履いたまま、よろけるように窓辺に走り寄り、雨戸を開けて、身を乗り出した。彼は手を振りながら、走り過ぎ、その黒い影が、誰もいない月明かりの道を楽しげにダンスをしながら本人の先を遠ざかっていった。チャリティは、窓から身を乗り出し、ハチャード邸のトウヒの木の植え込みの下に消えて見えなくなるまで、その姿をじっと見つめていた。

第十三章

村の公会堂は人であふれ、とても暑かった。チャリティは、オーマ・フライを先頭に白モスリンの服を着て一列に並んだ娘たちの、三番手として入場した。きわだって目についたのは、緑のカーペット敷きの舞台を縁どっている、花をあしらった円柱の鮮やかな印象と、一行の入場を見ようと前列から振り向いた見慣れない面々の顔だった。

いろいろな目や色が一緒くたになってぼやけているだけだったが、彼女はやがて気がつくと、アスターやアキノキリンソウの大きな花束をしっかりと胸に抱えて舞台後方に立ち、緊張しているランバート・ソラスの視線に応えていた。この男は、マイルズ氏の教会のオルガン奏者だったが、ヘップバーンからリードオルガンを演奏しにやって来てその楽器のうしろに陣取り、そわそわしている娘たちに指揮者がさっと目を向けるべく合図をしていた。

少しすると、マイルズ氏が、てかてか光るピンク色の顔をして、舞台裏から現われ、白い幅広の式服を着て、気持ちが鼓舞されたかのように、前列で頭を垂れている面々を元気に威圧した。牧師が力強く手短に祈禱《きとう》をして引っ込むと、ランバート・ソラスが激しく首を縦に振り、それを合図に娘たちがただちに「楽しき我が家*」を歌いだした。チャリティは歌うのが楽しかった。あたかも内に秘めた喜びが、初めてどっと噴き出てきて、果敢にもそれを世界に向けてぱっと放っているかのようだった。体内に流れる血液の真っ赤な輝き、夏の大地の息吹、森の木々のさらさら鳴る音、夜明けの鳥たちの最初のさえずり、垂れ込める真昼の倦怠などが、ことごとく彼女の素人らしい未熟な歌声に乗り移ったかのようで、音価《おんか》いっぱいに長く音を伸ばしている合唱隊に導かれ、大きな声となった。

まもなくして歌はとつぜん終わった。ミス・ハチャードの真珠色の手袋が、ひそかに会場の後方に合図を送り始めて、少し間があいたが、その後、代わってロイヤル氏が登場した。彼は、舞台の階段をのぼり、花飾りをあしらった演壇のうしろに進み出た。すぐそばを通ったので、チャリティは、そのいかつい顔が子どもの頃にはよく畏敬の念を感じ、魅了されもした、堂々たる風格をたたえているのに気づいた。黒いフロックコートは丹念にブラシがかけられ、アイロンがあてられていた。細い黒ネクタイの両端もほとんど同じ長さだったので、長いこと格闘して結ばれたに違いなかった。その姿は、あのネトルトンの夜以来、まともに顔を見ていなかったこともあって、よりいっそう衝撃的だった。威厳のある堂々とした態度には、船着き場での嘆かわしい姿のなごりは微塵も感じられなかった。

ロイヤル氏は、机に指先をつき、聴衆の方にやや身をかがめて、演壇のうしろにしばらく立っていた。それから姿勢を正し、演説を始めた。

チャリティは、当初、演説の内容に注意を払ってはいなかった。言葉の断片、朗々とした引用句、（ハノリアス・ハチャードへの義務的な賛辞を含む）傑出した人たちへのさりげない言及が、ぼんやりしていた彼女の耳を漂うように通過しただけだった。彼女は、最前列の著名人たちのなかにハーニーを見いだそうとしたが、ミス・ハチャードの近くにその姿はなかった。ミス・ハチャードは、手袋の色に合わせた真珠色の帽子を王冠のようにかぶり、演壇のすぐ下の席に、マイルズ夫人と重要人物らしき見知らぬ婦人に両脇を固められて座っていた。チャリティは、舞台の片端近くに座っていたのだが、そこからは、反対側の最前列の座席は、リードオルガンを隠すための木々の葉の目隠し《スクリーン》に遮られて見えなかった。目隠し《スクリーン》の角やその隙間からハーニーを見ようと、ほかのことは眼中になくなるほど必死になったが、その努力は実を結ばなかった。気がつくと、だんだんに後見人の話に耳を傾けていた。

彼女は、それまで後見人が人前で演説するのを聞いたことがなかった。だが、音読したり、キャリック・フライの店でストーヴの周りの都市行政委員たちに長広舌《ちょうこうぜつ》をふるったりするときの、朗々とした声の響きには馴染んでいた。今日の声の調子は、いつになく朗々として低く、重々しかった。彼はゆっくり間合いをとって話したのだが、それで聴衆が引き込まれ、彼の考えに、静かに共鳴しているようだった。チャリティには、聴衆の顔が演説に反応して、輝いているのが見てとれた。

演説は終盤に近づいていた……「大方のみなさんは」と彼は話しかけた。「今日ここに戻っていらした大方のみなさんは、このささやかな場所とつかの間の触れ合いをもたれようと、敬虔《けいけん》なる聖地詣《もうで》のためだけにおいでになりました。やがては、多忙な都市にお戻りになり、より大きな任務を抱えた生活にお戻りになられるでしょう。ですが、それればかりが、ノースドーマーにお帰りになられる道ではありません。我われのなかには、若いときにここから出て行ったものもいます……あなた方のように、多忙な都市へ出て行き、より大きな仕事へと移り……今日とは異なった帰り方をして戻ってきました——永久に戻ってきたのです。みなさんの多くがご存知のように、わたしもそのひとりです」彼が中断すると、会場には、かたずをのんで、演説の続きを待っている様子が漂っていた。「わたしの経歴には興味深いものはありませんが、教訓はあります。すでにほかの場所で生活なさっていらっしゃるみなさんのためというよりは、むしろたった今も、この静かな丘陵の村を出て、苦闘へ飛び込んでいこうとしている、若者のみなさんのためになる教訓です。若者のみなさんに予知できないことが起こって、何人かは、いつかこの小さな村、古い家屋敷へ引き戻されるかもしれません。永久に戻ってくるかもしれないのです……」ロイヤル氏は、周りを見て、厳粛にくり返した。「永久に、です。わたしには、強調したいことがあります……不幸にもノースドーマーは小さな村で、巨大なる風景に埋もれてしまいそうです。おそらく、あなた方が戻ってこられるまでには、ここも、大きな風景と釣り合いがとれた、もっと大きな場所になっているかもしれません。もし戻ってこなければならない人たちが——悪いことのためではなく……ただ無関心のためでなく……よいことのために、永久に戻ってきたいのだ、という感慨を心に抱いて戻ってくればですが……

「紳士のみなさん、ものごとをありのままに見ましょう。わたしたちのなかには、どこかほかの場所での暮らしに失敗して、この生まれ故郷に戻った人もいます。いずれにしても、わたしたちは事がうまく運ばず……夢見たことは実現しませんでした。ですが、どこかほかの場所で失敗したことが、ここで失敗する理由にはなりません。もっと大きな都市で試しにやってみたことそれ自体は、たとえうまくいかなくても、ノースドーマーをもっと大きな場所にするのに役立ってきたはずです……今でも、野心の招きに応じ、古い家々に背中を向けようとしているあなた方若者のみなさんは――まあ、あなた方には、これは言わせてください。もし古い家々に戻っていらっしゃるなら、それらをよくするために戻ることは、価値のあることです……そうするためには、離れているあいだも、古い家々を愛し続けなければなりません。意に反して戻られることがあっても――それはみな宿命か神意の厳しい間違いゆえと考え――その機会をできるだけ活用するよう、努めなければなりません。あなた方の古い故郷を大いに活用するよう、努めなければならないのです。しばらくすれば――そうですね、紳士淑女のみなさん、古い故郷を価値あるものにする秘訣をお教えしましょう。しばらくすれば、今日のわたしのように、みなさんも、おっしゃることができると思います。『ここにいてうれしい』と。みなさん、確かに、わたしたちが住む場所を救う最良の方法は、ここに住んで幸せだと思うことです」

彼が話を終えると、聴衆のあいだを感動や驚きのささやきが走った。演説は、少しも聴衆が予想していた内容ではなかったが、聴衆の感動は、予想していた内容がもたらしたであろう感動に、勝るものがあった。「賛成！　賛成！」と会場の中ほどで、大きな叫び声があがった。どっと喝采《かっさい》が起こって、その叫び声を巻き込んだ。喝采が鎮《しず》まると、チャリティには、マイルズ氏が近くにいる人に話しかけているのが聞こえてきた。「あれぞ、男の演説というものですな――」マイルズ氏は、眼鏡をふいた。

ロイヤル氏は演壇から退《しりぞ》き、リードオルガンの前に並べられた椅子に着席していた。こざっぱりした白髪の紳士が――ハチャード家の遠縁にあたる人だが――ロイヤル氏のあとを受けて、アキノキリンソウのうしろで語り始めた。古いオーク材のバケツ*、忍耐強い白髪の母親たち、少年たちがかつてよく木の実狩りに行った場所などについての美辞麗句を並べたてた。それで、チャリティは、ふたたびハーニーの姿を探し始めた。

とつぜんロイヤル氏が自分の椅子をうしろに押して、リードオルガンの前のカエデの枝が一つドスンと音を立てて倒れた。それで会場の一列目の端が見えるようになり、チャリティはそこに座っているハーニーの姿を見た。隣の席には淑女が座っていて、ハーニーの方を向いていたが、帽子のつばが垂れ下がっていたために、顔は隠れてほとんど見えなかった。チャリティは、その顔を見る必要はなかった。そのほっそりとした姿、帽子のつばの下の結いあげられた金髪の髪、ひだの寄った淡い長手袋の上にさっとはめたブレスレットをひと目見て、その女性が誰だかわかった。カエデの枝が倒れたとき、ミス・バルチは顔を舞台の方へ向けたが、その美しい薄い唇には、隣席の人が何か彼女に耳打ちしていたことを示す微笑みの余韻が残っていた。

誰かが前へ進み出て、倒れた木をもとに戻したので、ミス・バルチとハーニーの姿はまたしても隠れてしまった。だが、チャリティには、ふたりの顔の残像が、あらゆるものを覆い隠してしまっていた。あっという間に、ふたりの姿は、自分のおかれた状況の隠しおおせようのない現実をチャリティに見せつけていた。愛する男性の数々の愛撫という脆《あやう》い目隠し《スクリーン》のうしろに、彼の人生の測り難い神秘の全容があった。彼の人間関係、つまり女性関係、意見、偏見、心情、関心、どの男性も生きていくうえで巻き込まれる、影響、利害、野望のネットワークがあった。こういったことについて、チャリティは何も知らなかった。知っていたのはただ、彼が話してくれた建築学上の野望についてだけだった。彼は重要人物たちと接触がある、複雑なことに関与している、といつもぼんやりと推測してはいた。けれども、そういったことは、自分の理解をはるかに超えているといつも感じていたので、その問題全体が、脳裏のいちばん端に、光る靄のように宙ぶらりんになっていた。その前面には、ほかのものすべてを隠して、燃え立つように輝く彼自身がいた。彼の顔の陰影や、彼女が近づくと、まるで彼女を吸い込むかのように、大きく深くなっていく彼の近視の目の表情があった。とりわけ、ほとばしる若さがあり、彼女を包み込む言葉の優しさがあった。

今、チャリティは、自分から引き離された彼の姿を見た。見知らぬ人たちのもとに引き戻され、ほかの若い娘に、自分自身の唇に頻繁に引き起こしたのと同じ、何か一緒にいたずらを働いたような微笑みを誘うことを耳打ちしていた。チャリティを捕らえていた感情は、嫉妬心ではなかった。嫉妬心など感じないほど、彼の愛情に確信をもっていた。むしろ、未知のものへの恐怖だった。たった今も、自分から彼を引きずり離しているに違いない、あらゆる不可思議な魅力への恐怖であり、それらの魅力と張り合うことができない、自分自身の無力さへの恐怖である。

チャリティは、自分の持てるものすべてを彼に差し出した——だが、彼の人生に確保されている他の贈物の数々に比べたら、それがどれだけの価値を持つのだろうか？　彼女は今、この種のことが起こった、自分と同じような若い娘たちの事情を理解した。娘たちが持てるものすべてを捧げても、娘たちの持てるすべてでは、十分でなかったのだ。それでは、数秒ぐらいしか、贖《あがな》うことができなかったのだ。

暑気で次第に生き苦しくなった。チャリティは、暑気が息苦しいうねりとなって自分のところに降りてくるのを感じた。ぎっしり詰まった会場にいる人びとの顔が、ネトルトンで見た映画のスクリーンに映し出された映像のように揺れ始めた。すべてがぼんやりしているなかから引き離されて、ロイヤル氏の顔がほんのつかの間、浮き出た。彼はまたリードオルガンの前の自分の席に戻っていた。近くに座って、じっと彼女の顔を見つめていた。そのまなざしは、混乱した彼女の感覚のまさに真ん中を射抜くようだった……体の具合がよくないのだという感覚に襲われ——それから、ものすごい不安感がかけめぐった。あの小さな家での燃え立つような時間の輝きが、恐怖のぎらぎらする光のなかでさっとよみがえった……

チャリティは、後見人から目をそらさざるを得なくなった。ハチャード家の親戚による、美辞麗句を連ねた演説は終わり、マイルズ氏がまたも両翼を羽ばたかせていたからだ。牧師の熱弁の断片が混乱した彼女の脳裏に漂っていた……「神聖な思い出の豊かな刈り入れどき……試練のたびに、あなた方の思いが祈りを込めて戻っていく浄化されたとき……そして今、おお主よ、はるか遠方より戻ってこの懐かしの故郷に集うこの幸せな再会の日に、心からの熱い感謝を捧げさせてください。おお、主よ、懐かしの故郷をお守りください。来たるべき時代にも、その家庭的な優しさのすべてを――老いた村人の温情や英知を、青年たちの勇気や勤勉さを、ここに集う無垢な若い娘たちの信仰心や純潔をお守りください――」牧師がその白い片翼を娘たちの方に羽ばたかせると同時に、ランバート・ソラスが激しく頷いて、「蛍の光」の初めの小節を演奏した……チャリティはまっすぐ前を見つめていたが、やがて持っていた花束を落とし、ロイヤル氏の足元にうつぶせに倒れた。

第十四章

ノースドーマーでの祝祭はたいてい同じ郡内の村々を巻き込んで行なわれた。祝祭の催しは、ドーマー、クレストン、クレストンリヴァーから、いつも最初に雪が降る、〈山〉の北面にある寒村のハンブリンまで、全行政地区に拡大して行なわれることになっていた。祝祭の三日目には、クレストンとクレストンリヴァーで演説や式典が行なわれ、四日目には、おもな演者は、四輪荷馬車《バックボーズ》でドーマーやハンブリンに送り届けられることになっていた。

チャリティが、例の小さな家に戻ったのは、四日目のことだった。祝祭が始まる前の晩、森の外れで別れて以来、彼女はハーニーとふたりだけで会うことはなかった。会わなかったあいだに、さまざまな思いがよぎったが、さしあたり、村の公会堂で味わった恐怖は、意識の隅へと消え去っていた。彼女は気を失ったが、それは会場が息苦しくなるほど暑かったからであり、演説した人たちが延々と話し続けたからであった……ほかに何人もが暑さにやられていて、式典が終わる前に帰らなければならなかった。午後中ずっと雷鳴がとどろいていて、会場を換気するために何かなすべきであった、とあとで誰もが言っていた……

その夜のダンスパーティでは――彼女は欠席したくない、という思いだけで、気が進まないながらも出かけて行ったが――ただちに元気になった様子を見せていた。会場に入っていくとすぐに、待ち受けていたハーニーに会った。彼は楽しそうな優しい目をして近づいてきて、ワルツで彼女をうっとりとさせた。彼女のステップは音楽に乗っていた。ダンスの練習は村の若者たちとしただけだったが、彼女はハーニーのステップに難なく合わせることができた。ターンをくり返して踊っているうちに、彼女のとり越し苦労はすっかり消え去った。おそらくは、アナベル・バルチのお古の靴を履いて踊っているのだ、ということさえも忘れていた。

ワルツが終わると、ハーニーは最後に握手してチャリティの元を去り、ちょうど会場に入ってきたミス・ハチャードとミス・バルチを出迎えた。チャリティは、ミス・バルチが現われたとき、しばし激しい苦痛を感じたが、それは長くは続かなかった。自分の方がずっと美しく、ハーニーがそのことをわかってくれている、という勝ち誇った気持ちで、心配や不安を一掃していた。ミス・バルチは似合わないドレスを着て、血色が悪くやつれて見えた。青白い睫毛《まつげ》の下の目には、焦慮《しょうりょ》の色が表われている、とチャリティは思った。ミス・バルチは、ミス・ハチャードの近くの席に座ったが、見たところどうもダンスをするつもりがないらしかった。チャリティも、それほど頻繁にダンスをしていたわけではなかった。ハーニーは、ミス・ハチャードからどの娘とも交替でダンスをするように頼まれている、とチャリティに弁明していた。だが、ハーニーがほかの娘を誘って連れ出すたびに、チャリティに許可を求めるかたちをとったので、そのことの方が、彼と会場をぐるぐる旋回して踊っているときよりも、ひそかな勝利感をずっと完璧なものにしてくれた……

チャリティは、廃屋で彼のことを待ちながら、このようなダンス会場でのことをあれこれ思い出していた。夕方近くで蒸し暑く、帽子を脇に放り出し、メキシコ柄の毛布の上に大の字に寝ころんでいた。木々の下よりも、室内の方が涼しかったからだ。頭の下で両手を組んで横たわり、〈山〉の頂上近くの、草木がはびこった肩の部分をじっと見つめていた。〈山〉のうしろの空は、沈みつつある太陽の、四方八方に飛び散る光に満ち満ちて壮観だった。まもなくハーニーの自転車のベルが小道に鳴り響くだろう。ハーニーは、いとこや友人たちと一緒に馬車では行かずに、自転車でハンブリンに行っていた。早めに友人たちと別れて、ハンブリンへの道中にあるその廃屋に、帰りしなに立ち寄れるかもしれないと思ってのことだ。ふたりは、人をいっぱい乗せた四輪荷馬車《バックボーズ》がハンブリンからゴロゴロと帰ってくる音を、道路上手の隠れ家に身を寄せて横になりながら聞こう、と戯《たわむ》れに言って、一緒に微笑んでいた。そんな子どもじみた勝利感が相も変わらず、チャリティに無謀ともいえる安心感を与えていた。

それでもやはり、村の公会堂で目の前に現われた恐怖の幻影を、完全に忘れたわけではなかった。現在の状況がずっと続くという思いは消え去り、ハーニーと過ごす一瞬一瞬が、今やぐるりと疑念の輪に取り囲まれていた。

〈山〉は、燃えるような夕日を背に、紫色に変わりつつあり、震える光のナイフの刃によって、夕日から切り離されたかのようだった。この燃える光の壁の上方には、混じりけのない薄緑色の満天が、陰った寒い山の湖のように広がっていた。チャリティは横になって、その様子をじっと見つめ、白い一番星が出るのをひたすら待っていた……

目をこらして空のいちばん高いところをじっと見ていると、まばゆい光にあふれた部屋を一つの影がさっと横切ったことに気づいた。ハーニーが夕日のあたった窓の外を通りすぎたのだろう、と思った……彼女は半ば身を起こしたが、両腕を枕にしてまた寝転んだ。櫛が髪から滑り落ちて、胸の上で粗い黒縄のような軌跡を描いていた。彼女は、唇に眠そうな笑みを浮かべ、瞼を緩く半ば閉じて、静かに横になっていた。南京錠をガタガタいじくりまわす音が聞こえたので、「鎖をはずしたの？」と声をかけた。戸が開くと、ロイヤル氏が部屋に入ってきた。

彼女は驚いて起きあがり、クッションを背にして座った。ふたりは、言葉を発することなく、互いをじっと見つめていた。それからロイヤル氏は戸の掛け金を締め、二、三歩、前に歩み出た。

チャリティはすっくと立ちあがった。「なんでこんなところに来たの？」と口ごもりつつ言った。

沈みかけた夕日の最後のまばゆい光が、後見人の顔にあたっていた。その黄色い輝きのなかで、その顔は灰色に見えた。

「なんで、って、お前がここにいることがわかったからさ」と簡潔に答えた。

彼女は、髪が乱れて胸にかかっているのに気づいていた。きちんと身繕いをしなければ、後見人に話しかけてはいけないかのように思われた。櫛を探して、髪をぐるぐる巻いて団子に結いあげようとした。ロイヤル氏はその様子を黙って見ていた。

「チャリティ」と彼は言った。「やつはまもなくやってくるだろうから、先にお前に話をさせてくれ」

「あたしに話をする権利なんて、あんたにはないわ。あたしは、自分の好きなようにする権利があるわ」

「そのとおりだ。お前がしようとしていることって、なんだ？」

「そんな質問に答える必要なんて、ないわ。ほかのどんな質問にだって、ない」

ロイヤル氏は目をそらし、ものめずらしそうに夕日に照らされた部屋をみまわした。紫色のアスターと赤いカエデの葉が、テーブルの上の壺にさしてあった。壁の棚には、ランプやヤカンがおかれ、カップと受け皿が積み重ねられていた。テーブルの周りには、カンバス布製の椅子が集められていた。

「そうか、ここで逢瀬を重ねているということか」と彼は言った。

その声の調子は穏やかで抑制されていたので、チャリティは狼狽してしまった。暴力には暴力で抗する覚悟ができていたが、ありのままを受け入れるこの静かな対応に、彼女は丸腰になってしまった。

「なあ、いいか、チャリティ——お前はいつも、わしにはお前に対して権利がない、って言っている。そのことには、二通りの見方があると思うが——それをこれから議論しよう、ってんじゃない。わかっていることは、できるだけのことをして、わしは真面目にお前を育てたということだ——一度の例外はあるけど、お前のことをいつも公正に思ってきた、悪いことをした三十分を除いてね。あの三十分を、それ以外のすべてと天秤にかけて考えるのは公正じゃない。そのことはわかっているね。もしわかっていないなら、わしの家にずっと住み続けることはなかっただろう。住み続けてきた、ってことは、わしにもある種の権利を与えてくれている、って思うんだ。おまえを厄介なことから、救い出そうとする権利だ。わしは何かほかのことをお前に考えて欲しい、って頼んでいるんじゃない」

彼女は黙って聞いていたが、やがてかすかに笑い、「あたしが厄介なことに巻き込まれるまで待った方がいいわ」と言った。

ロイヤル氏は、その意味を推しはかるかのように、しばし言葉を呑んだ。「お前の返事はそれだけかね」

「そうよ。それだけよ」

「それじゃ——わしは待とう」

彼はゆっくりと向きを変えたが、そのあいだに、チャリティが待ち続けていたことが起きた。戸が開き、ハーニーが入ってきたのだ。

ハーニーは驚いた表情をして、はたと立ち止まった。それから、すばやく己を制し、気さくな表情を浮かべて、ロイヤル氏の方へ歩み寄った。

「僕に会うためで、こちらへいらっしゃったのですか？」家の持ち主のような風情で帽子をテーブルの上に投げ、冷静に言った。

ロイヤル氏は、ふたたびゆっくりと部屋を見まわし、それから青年の方に目を向けた。

「これはあなたの家ですかね？」と聞いた。

ハーニーは笑った。「いや――みんなの家でもありますよ。ここへはときどきスケッチをしにくるんですよ」

「それに、ミス・ロイヤルの訪問を受けるために来る、っていうことですか？」

「僕を訪問してくださる栄誉が得られるときは、っていうことですが――」

「これが、結婚したら、この娘を連れてくるつもりの家ですか？」

非常に重苦しい沈黙があった。チャリティは、怒りに震えて歩き始めたが、やがて黙したまま立ち止まった。恥ずかしくて、話すことができなかった。老人にじっと見つめられて、ハーニーは目を伏せていたが、ほどなくして視線をあげ、ロイヤル氏をまじまじと見つめて言った。「ミス・ロイヤルは子どもではありません。子どもでもあるかのように話すのは、ずいぶんおかしなことではないですか？　この人は、誰からも文句を言われずに、好きなように自由に行動できる、と考えていると思います」彼はちょっと間をおいてから、加えて言った。「この人が聞きたいのであれば、僕にはどんな質問にも答える用意があります」

ロイヤル氏は、チャリティの方を向いた。「それじゃ、いつおまえと結婚するつもりか、聞け――」

また沈黙があったが、今度は、笑った――絞り出すような、とぎれとぎれの笑いであった。「聞かないのか！」とつぜんの激情にとらわれて、彼は大声をだした。右手をあげて、チャリティに近づいて行ったが、威嚇《いかく》するのではなく、痛ましいほど熱心に勧めるためであった。

「聞かないのか。それじゃ、お前はわかっているんだ――どういうことか、わかっているんだ！」彼はふたたびさっと青年の方を向いた。「それに、君は、なぜ結婚して欲しいって、この娘に申し込まないか、なぜ申し込むつもりはないか、わかっている。君には、ほかのどの男も同じだが、結婚を申し込む必要がない。わしだけが、愚かにも、そのことを知らんかった。誰もわしが犯した過ちをくり返さないだろう――ともかく、イーグル郡では誰も。みんな、この娘がどういう人物か、どこの出か、知っている。この娘の母親がネトルトンの街の女で、あの〈山〉の男のあとを追いかけて男の家へ行き、異教徒のような暮らしをしていたことを、みんな知っている。わしは十五年前、この娘を引き取りに行ったとき、〈山〉で母親に会っている。わしは母親のような暮らしからこの娘を救い出すために、〈山〉に行ったんだ――だが、この娘が生まれた犬小屋に、そのまま残しておいた方がよかったんだ……」ロイヤル氏は話をやめ、暗い顔をして若いふたりをじっと見つめた。そして、ふたりのはるか後方に目をやり、山際が夕日で燃えるように赤く、威嚇しているような〈山〉をじっと見た。それから若いふたりがたびたび質素な夕食を広げていたテーブルのかたわらに座り、顔を両手で覆った。ハーニーは、顔をしかめて窓に寄りかかり、糸の輪からぶら下がっている小さな包みを指で弄んでいた……チャリティは、ロイヤル氏が一、二度、激しく息を吸い、肩を少し揺らす音を聞いた。まもなくすると、彼は立ちあがり、部屋の反対側へ歩いて行った。ふたたび恋人たちに目をやることはなかった。恋人たちは、ロイヤル氏が手探りで戸口まで行き、掛け金をどうにか開けて闇のなかに出て行くのを見ていた。

ロイヤル氏が立ち去ったあと、長い沈黙があった。チャリティはハーニーが話しかけてくれるのを待っていたが、彼もまず何を話したらよいか、わからないようだった。ついに彼は、見当違いのことをとつぜん言った。「どうやってここがわかったんだろう?」

チャリティはそれには答えなかった。彼は抱えていた包みを放り出すと、彼女の方に近づいた。

「ほんとうに残念だ……こんなことになってしまって」

彼女は誇らしげに頭をのけぞらせた。「あたし、残念だなんて思ったことないわ――ちっとも!」

「そうだね」

チャリティは、両腕で抱きとめてくれるのを待っていたが、彼は優柔不断の態度で顔を背けた。夕日の最後の輝きが〈山〉の背後から消えていた。部屋のなかのあらゆるものが灰色になり、ぼんやりとなった。秋らしい湿気が果樹園の下の窪地から忍び寄ってきて、上気したふたりの顔にひやりとあたった。ハーニーは、部屋の端から端まで歩いていたが、やがてまた戻って来て、テーブルに座った。

「こっちへ来いよ」と横柄な感じで言った。

チャリティがそばに座ると、彼は包みにかけてある紐をほどき、サンドウィッチの山を広げた。

「ハンブリンの愛餐会《ラヴフィースト》*に出たものをこっそりもらってきたんだ」サンドウィッチをチャリティの方へ押しながら、笑って言った。彼女も笑い、サンドウィッチを一つ手に取り、食べ始めた。

「お茶をいれなかったの?」

「ええ」と彼女は言った。「忘れたの――」

「そうか――もうお湯を沸かすには遅すぎるよね」それ以上、彼は何も言わなかった。互いに向かい合って座り、黙々とサンドウィッチを食べ続けた。闇が小さな部屋に垂れ込め、チャリティには、ハーニーの顔が暗くぼやけて見えた。とつぜん、ハーニーがテーブル越しに身をかがめ、チャリティの手に自分の手を重ねた。

「僕はしばらくのあいだ——おそらくは一か月か二か月——留守にしなければならない——いろいろな準備をするためにね。それから、僕が戻ったら……僕たち、結婚しよう」

その声は、見知らぬ人の声のようだった。その声には、彼女が知っている声の響きはなんら残っていなかった。彼女の片手は生気なくハーニーの手の下にあったが、彼女は手をそのままにして、返事をしようとして顔をあげた。けれども、言葉は彼女の喉でその命を失っていた。ふたりは、自分たちなりの自信に満ちた愛撫の姿勢で、身じろぎもせず座っていた。その姿は、まるで何か奇妙な死に不意打ちを食らったかのようであった。ついにハーニーが少し身震いしながらさっと立ちあがった。「ああ！　じめじめする——僕たち、これ以上ここに来ることはできなかったんだよ」彼は棚のところへ行って、ブリキの蝋燭立てをとり、蝋燭に火をつけた。それから蝶番から外れてしまった雨戸を、ぽっかり開いた窓枠に立てかけ、テーブルの上に蝋燭立てをおいた。蝋燭の火は、眉をひそめた彼の額に奇妙な影を投げかけ、唇の笑みをしかめ面に変えていた。

「でも、チャリティ、ずっと楽しかったよね？……どうしたの——どうしてそこに突っ立って僕を見つめているの？　ここで過ごした日々は楽しかったよね？」彼はチャリティのかたわらに歩み寄り彼女を胸に抱いた。「それにほかのことも——たくさんのほかのことも、これからあるだろうし……もっと楽しい、もっともっと楽しいことがあるだろうし……そうじゃない、ダーリン？」

ハーニーは彼女の顔をうしろにそらし、耳の下の喉の曲線を探ってそこにキスをした。それから、髪や目や唇にもキスをした。チャリティは、必死に彼にしがみついた。ソファの上で彼のひざに引き寄せられると、彼女は、ふたりがどこかの底なしの深淵にともに吸い込まれていくかのように感じた。

第十五章

その晩、ふたりはいつものように、森の外れで別れた。

ハーニーは、翌朝早くに発つことになっていた。彼は、自分が戻ってくるまで、ふたりの計画については何も話さないで欲しい、とチャリティに頼んだ。彼女は、自分でも奇妙に思ったが、それまで先延ばしになることがうれしかった。恥ずかしい気持ちが鉛のように重くのしかかって、ほかの感覚をすべて麻痺させていたので、感情をほとんど表わさずに、別れを告げた。戻ってくると彼がくり返し約束して、危うく傷つくところだった。彼が戻ってくるつもりでいることには、疑いをもっていなかった。彼女の疑いはもっと深く、もっと明示しがたいところにあった。

初対面で非現実的な将来の計画がその想像力をかすめてからこの方、ハーニーが自分と結婚するなんて、思いもしなかった。結婚するという考えを、心から追い払う必要もなかった。心には、そんな考えなど、なかったからだ。たとえ将来のことを考えることがあっても、ふたりを隔てる溝はあまりに深く、ふたりの情熱がその溝にかけていた橋は、虹と同じくらい実質がないと本能的に感じていた。けれども、先のことなど、めったに考えなかった。毎日があまりにも充実していたので、その生活に夢中になっていたのだ……今、まず感じたのは、すべてが違ってくるだろう、自分自身がハーニーにとって違った存在になるだろう、ということだった。隔離された、絶対的な存在のままではいられなくなり、ほかの人たちと比較され、わけのわからないことも、当然のごとく期待されるであろう。彼女はとても誇り高かったので恐れることはできなかったが、精神の自由は萎えてしまった……

ハーニーは、戻ってくる日をいつと特定しなかった。まずは様子を見て、物事を解決しなければならない、と言っていた。何かはっきり言うべきことがあったら、すぐに手紙を書く、と約束をしてもいた。自分の所番地もおいていき、手紙を書いて欲しい、とも言っていた。しかしその所番地に、彼女は恐れ慄いてしまった。ニューヨークの五番街にある、長い名前のクラブの気付けになっていたからだ。その住所が、ふたりのあいだの越えられない障壁を作ったように思われた。最初の頃は、一、二度、便箋《びんせん》を取り出し、座って便箋を眺めては、何を書こうか、考えようとした。けれど、自分の手紙はけっしてその宛先に届くことはないだろう、という気がした。彼女はヘップバーンより遠くへは、誰にも手紙を書いたことがなかった。

ハーニーから最初の手紙がきたのは、発って十日ほど過ぎてからだった。手紙は優しかったが、重々しくもあった。クレストンリヴァーのそばかす少年にもってこさせた陽気な短い手紙とは、似ても似つかなかった。ハーニーは、戻ってくるつもりだ、ときっぱり断言していたが、日にちを特定することはなかった。ふたりの計画は、「物事を解決する」時間が彼にできるまで明かすべきではないと約束したことを、チャリティに念を押していた。「物事を解決する」のがいつになるか、まだ見越すことはできなかったが、障害が取り除かれ次第、彼は戻ってくる、と期待することができた。

彼からの手紙を読んだとき、チャリティには、それが測定不能なほど遠方からやってきて、その意味の大半が途中で失われてしまった、という不思議な感覚があった。返信として、クレストン滝のカラー刷りの絵葉書に、「チャリティより愛を込めて」と書いて送った。これでは情けないほど不十分だと思った。自己表現できないと、冷淡で気が進まないという印象を与えてしまうに違いない、と絶望感を感じたが、そうわかってはいても、どうすることもできなかった。ロイヤル氏がむりやりその唇から引き出すまで、ハーニーが決して結婚のことを口にしなかったことを、忘れることができなかった。取りついて離れない彼の魔力を振り払う強さはなかったけれども、心から自然に湧き出る感情は、ことごとく失せていた。彼女は、自分で変えることができない運命を、受動的に待っているような気がしていた。

赤い家へ帰ると、ロイヤル氏の姿は見えなかった。ハーニーと別れた翌朝、自室からおりていくと、後見人はウスター*とポートランド*に出かけたと、ヴェリーナが教えてくれた。代理人を務めている保険会社に報告するのが毎年たいていこの時期だったので、彼が発ったということは、それが急だったことを除けば、別段めずらしいことではなかった。彼女が後見人のことについて、思いをめぐらすことはほとんどなかった。ただ、留守でうれしいと思っただけだった……

ノースドーマーはつかの間、注目を浴びたあと、また平静を取り戻しつつあったが、彼女はその最初の数日間をひとりだけで過ごした。騒ぎが収まりつつあるなかで、彼女も注目されずにすんだ。だが、親友のアリィのことは、そう長くは避けることができなかった。チャリティは、〈懐かしのふるさと週間〉のお祭り騒ぎが終わったあとの数日間、図書館に勤務していないときには、一日中丘陵を歩きまわってアリィを避けていた。その後雨期に突入し、アリィは、あるどしゃ降りの日の午後、チャリティが家にいると確信して、縫物をもって赤い家にやって来た。

娘たちふたりは、二階のチャリティの部屋に座っていた。チャリティは、所在なく両手をひざにおいて、重苦しい白日夢《はくじつむ》のようなものに耽っていて、アリィのことは、あまり気に留めてはいなかった。アリィは、向かいのイグサ張りの低い椅子に、縫物をピンでひざにとめて座り、縫物に身をかがめながら、薄い唇を財布のようにすぼめていた。

「ギャザーを寄せたところに、リボンを通すのはあたしの考えだったのよ」彼女は誇らしそうに言って、縁飾りをしていたブラウスを少し離してじっと見つめた。「ミス・バルチのブラウスなのよ。あの娘、ものすごく喜んでいたわ」アリィは少し間をおいてから、甲高い声を奇妙に震わせてさらに言った。「あの娘には、言わなかったわ。ジュリアが着ているのを見て思いついたって」

チャリティはもの憂げに視線をあげた。「ジュリアとは、まだときどきは会ってるの？」

アリィは、顔を赤らめた。チャリティが仄めかしたことは、はからずも気がつかなかったかのようだった。「まあ、ギャザーの寄った服をきていたジュリアに会ったのは、ずっと前のことよ」

ふたたび沈黙が訪れたが、ほどなくするとアリィが続けて言った。「ミス・バルチが、このあいだは縫い直しするものをたくさんおいていったのよ」

「まあ——あの娘、もう帰っちゃったの？」帰ったことがわかって、内心驚きつつ、チャリティがたずねた。

「知らなかったの？　ハンブリンでお祝いがあった日のつぎの朝、帰ったわ。朝早く、ハーニーさんと一緒に馬車で通り過ぎるのを見かけたわ」

またも沈黙があった。窓に吹きつける雨のコツコツという規則正しい音と、ときおり聞こえるアリィの鋏《はさみ》のチョキチョキという音で、沈黙の深さが感じられた。

アリィは思い出したように笑った。「あの娘、帰る前に、なんて言ったと思う？　あたしにスプリングフィールドまで行って、結婚式用にいろいろ縫って欲しいみたいで、迎えを寄こすって言ったのよ」

チャリティはまたも重い瞼をあげ、指の動きにつれてあちこちと動く、顎のとがった血色の悪いアリィの顔を見つめた。

「あの娘、結婚するの？」

アリィはブラウスをひざに落とし、座ったままじっとそのブラウスを見つめていた。唇がとつぜん乾いたようで、舌で少し湿らせた。

「ええ、すると思うわ……あの娘が言ったことからすれば……知らなかったの？」

「知っているわけないじゃないの」

アリィは返事をしなかった。ブラウスの上に身をかがめ、鋏の先で仕付け糸を取り始めた。

「知っているわけないじゃないの」チャリティは辛辣にもう一度くり返した。「あたしは知らなかったんだけど……村の人たちのうわさでは、あの娘、ハーニーさんと婚約しているんですって」

チャリティは笑い声をあげながら立ちあがり、両腕を気怠そうに頭上高くに伸ばした。「もし結婚する、ってうわさされた人たちがみんな結婚するとしたら、あんたは年中ウエディングドレスを縫っていなくちゃならないじゃないの」と皮肉っぽく言った。

「まあ――あの人たちの結婚話、信じないの？」アリィは思いきって聞いた。

「もしあたしが信じたって、その結婚話がほんとうだ、ってことにはならないでしょうし――もし信じなくても、結婚の邪魔はできないでしょ」

「それはそうだけど……ただあたしが知っているのは、パーティの夜、あの娘が泣いていた、ってことだけだわ。ドレスがきちんとなってないからって。それであの娘、誰とも踊らなかったのよ……」

チャリティは立ったまま、アリィのひざの上のレースのブラウスをぽかんと見おろしていた。とつぜん身をかがめると、そのブラウスをひったくった。

「そうね、あの娘、これを着て踊ることもないと思うわ」急に激しい口調になって言い放った。そして若く力強い両手でブラウスを摑んで二つに裂き、破れた切れ端を床に投げつけた。

「まあ、チャリティ――」アリィは、叫びながら、さっと立ちあがった。娘たちふたりは、台なしになったブラウスを挟んで、長いあいだ向かい合っていた。とつぜん、アリィがわっと泣き出した。

「まあ、あの娘になんて言ったらいいの？　どうすればいいの？　ほんもののレースだったのよ！」

アリィはピーピー泣きながら訴えた。

チャリティは容赦なくアリィを睨んだ。「そんなの、この家に持ってくるべきじゃなかったのよ」と息づかいも荒く言った。「人の服なんて、大嫌い――まるでその人がほんとにいるみたいなんだもの」チャリティがこのように本音を白状したことで、娘たちはまたも互いを見つめ合っていた。やがてチャリティが苦しみにあえぎながら言った。「ああ、帰って――帰って――帰って――帰らないと、あんたのことも嫌いになってしまう」

アリィが立ち去ると、チャリティはベッドに身を投げだしてすすり泣いた。


長い嵐のあと、北西の強風が吹いた。それが止むと、森の木々が赤褐色に色づき始めた。空の青が深みを増し、大きな白い雲が、雪の吹きだまりのように、丘陵を背に広がっていた。ぱりぱりのカエデの落葉がハチャード邸の芝生に舞い始め、記念館のアメリカヅタは白いポーチに緋色《ひいろ》の散し模様をつくった。勝ち誇ったような黄金色の九月であった。アメリカヅタの燃えるような赤は、日ごとに、洋紅色《カーマイン》や深赤色《クリムゾン》の幅広い波となって、丘陵の斜面へ広がっていった。カラマツは火の周りの細い黄色の円光のように燃え立ち、カエデは燃えさかったりくすぶったりし、黒ツガは白熱光を発する森を背に藍色《あいいろ》に変わった。

夜は寒かった。星々は、非常に高いところで乾いた輝きを放っていたので、いっそう小さく明るく見えた。ときどき、眠れないまま何時間もベッドに横になっていると、チャリティは、自分がその回転する輝く星々に縛りつけられ、大きな黒い天空の周りを一緒に回転しているかのように感じた。彼女はたくさんのことを夜に計画した……ハーニーに手紙を書いたのも夜だった。だが、それらの手紙が紙に書かれることは決してなかった。ハーニーに伝えたいことをどう表現したらいいのか、わからなかったからだ。だからこそ、彼女は待っていた。アリィと話してからというもの、チャリティは、ハーニーがアナベル・バルチと婚約していることは確かなことで、「物事を解決する」一連の過程には、この婚約を破棄することも含まれていると確信していた。当初の嫉妬の嵐はおさまり、このことに関してはなんの不安も感じなかった。今もなおハーニーが戻ってくると確信していたし、同様に、少なくとも目下のところは、彼が愛しているのは自分であって、ミス・バルチではないと確信していた。それでも、その娘は、今もなおライバルであることには変わりなく、チャリティが、自分ではまずもって理解する力も、獲得する力もないと思う、すべてのものを象徴していた。アナベル・バルチは、ハーニーが結婚すべき娘ではないとしても、少なくとも、ハーニーと結婚するのが自然であるような娘だった。チャリティは、彼の妻になった自分の姿を思い描くことができなかったし、その姿を捕《とら》まえて、日常の帰結のなかで追跡することもできなかった。けれど、ハーニーの妻になったアナベル・バルチの姿は、完璧に想像することができた。

このようなことを考えれば考えるほど、宿命だという気持ちがいっそう重くのしかかった。チャリティは、自分の身の上に闘いを挑んでも無駄だと感じていた。彼女には、順応の仕方がわからなかった。できるのは、破り、裂き、壊すことだけだった。アリィと騒ぎを起こしたことで、自分自身の子どもっぽい野蛮な行為を恥じ、打ちひしがれていた。ハーニーがその騒ぎを目撃していたら、どう思ったであろうか？　その出来事を途方に暮れた心のうちで考えてみても、育ちのよい人が自分の立場にいたらどういう行動をしたのか、思い描くことができなかった。彼女は、競争にならない見えない脅威と、きわめて不利な戦いをさせられているのだと感じていた……

このような思いに駆りたてられ、彼女はついに不意の行動に出た。ロイヤル氏の事務所から便箋を一枚もってきて、ある晩ヴェリーナが寝てしまったあと、台所のランプのそばに座ってハーニー宛てに初めて手紙を書き始めた。きわめて短い手紙だった。

「もし約束したのなら、アナベル・バルチと結婚して欲しいです。あなたは、たぶん、そのことであたしが不愉快に思っているのではないかと心配していると思います。あたしは、むしろ、あなたに正しく行動して欲しいと思っています。愛するチャリティより」

彼女は、翌朝早くにその手紙を投函した。その後二、三日は、不思議なほど心が軽く感じられた。それから、なぜ返事がこないのだろう、と思い始めた。

ある日、図書館に座って、ひとりこのようなことを考え込んでいると、書籍の壁がまわり始め、紫檀の机が両ひじの下で揺れ始めた。目眩に続いて、式典があった日に公会堂で感じたような吐き気の波が押し寄せてきた。公会堂には人がぎっしり詰まっていて、息詰まるほど暑かったが、図書館には誰もいないうえに、とても肌寒かったのでずっと上着をはおっていた。五分前には、まったくもってよい気分だった。それなのに今は、死んでしまうのではないかと思うような気分だった。相変わらずだらだらと取り組んでいたレース編みは、指から落ち、スチール製のかぎ編み棒が、カチャンと音を立てて床に落ちた。吐き気の波が襲っているあいだ、こめかみをじっとりした両手ではさんで強く押し、机にもたれて気分を落ち着かせていた。少しずつ、吐き気の波はおさまった。五分ほどすると、彼女は震え、怯えながらも立ちあがり、手探りで帽子を探すと、よろめきながら外に出ていった。だが、重い足を引きずって果てしなく遠い家路をたどる彼女の周りで、太陽に照らされた秋の風景が丸ごとぐるぐるまわり、大声でうなっていた。

赤い家に近づくと、玄関に一頭立て馬車《バギー》が停車しているのが見え、心が躍りたった。だが、馬車から降りてきたのは、旅行カバンを手にもったロイヤル氏だけだった。チャリティが帰ってきたのを見て、彼はポーチで待っていた。何か変な様子があるかのように、じっと見つめられているのに気づき、彼女は必死の努力をして、何気なく頭をうしろに反らした。互いの目が合うと、まるで何ごとも起こらなかったかのように、「帰ったの?」と彼女が言い、「うん、ただいま」と彼は答えた。そして彼女の前を歩いて家に入り、事務所のドアを押し開いた。彼女はまるで足の裏に接着剤をつけられたかのように、一歩ずつ重い足を引きずりながら、二階の自室にあがった。

二日後、彼女はネトルトンで汽車を降り、駅舎から出て埃っぽい広場へと歩いて行った。寒い日々はあっという間に終わり、その日は、ハーニーと七月四日の独立記念日に連れだって同じ広場に出てきたときと同じくらい穏やかで、暑いくらいだった。広場には、あのときと同じよぼよぼの貸馬や一頭立て軽馬車《キャリーオール》が、しょんぼりと元気なく一列に止まっていた。やせた馬が鬐甲《きこう》の上にハエ取り網をかぶり、頭を退屈そうに前後に揺すっていた。飲食店やビリヤードサロンの上のけばけばしい看板に見覚えがあった。そびえ立つ電柱にかかった長い電線が本通りを走り、だんだん細くなって向こう端の公園まで続いている光景にも覚えがあった。電線が走っている方向に進み、頭をさげて足早に歩いた。やがて横を走る幅の広い道路にたどり着くと、その角には、レンガ造りの建物があった。道路を渡り、そのレンガ造りの建物の正面をこっそり見やったが、引き返してその建物の扉をくぐった。中へ入ると真鍮で縁取りされた急な階段があり、二つ目の踊り場で呼び鈴をならした。フリルのついたエプロンをかけた、もじゃもじゃ髪の混血娘《ムラトー》*が待合室に案内してくれた。待合室では、剝製《はくせい》のキツネがうしろ足で立って真鍮の名刺入れを訪問者に差し出していた。待合室のうしろには、「診察室」と書かれたガラスのドアがあった。待合室は、立派な家具が設らえられていて、プラッシュ*張りの豪華なソファがあり、その上には、大きな金縁の額に入れられた、けばけばしい若い女性たちの写真が飾られていた。その待合室で二、三分待ったのち、チャリティは診察室へ案内された……

彼女が診察室のガラスのドアから出てくると、マークル医師があとからついてきて、別の部屋に案内された。待合室より小さい部屋だったが、プラッシュ張りのソファと金の額縁がもっとたくさんあってごちゃごちゃしていた。マークル医師は、ぽっちゃりした女性で、目は小さいがぱっちりしていた。ものすごくふさふさした黒髪が額の下までさがり、歯は不自然なほど白く、歯並びもよかった。高価な黒い服を着て、胸に金のネックレスとお守りを下げていた。手は大きくすべすべしていて、その動きは何をするにしてもすばやかった。女医は麝香《じゃこう》とフェノール消毒液の匂いがした。

完全無欠の歯をむき出して、女医はチャリティに微笑みかけた。「さあ、おかけなさい。元気づけに何か少しお飲みにならない？……いらない……ま、それじゃ、ちょっとゆったりとおかけになって……今すぐにしなければならないことは、何もありません。でも、一か月くらいして、またいらっしゃれば……わたしの自宅に二、三日お連れすることもできるし、なんの心配もありませんよ。まあ、驚きましたよ！　このつぎには、こんなふうにやきもきしない位の分別はもてるようになるでしょう……」

チャリティは、目を見開いて女医を見返していた。作り物の髪をふさふささせ、作り物の完璧な白い歯をして、人殺しのような作り笑いを浮かべたこの女性――彼女がしてくれようとしているのは、何か想像もつかない罪から逃れることだけではないのか？　チャリティは、そのときまで、漠然とした自己嫌悪と恐ろしい肉体的苦痛だけを感じていた。今、前ぶれもなくとつぜんに、由々しくも母性が襲ってきたのだ。彼女がこの恐ろしい場所にやって来たのは、自分の症状に間違いがないことを確認する方法を、ほかに知らなかったからだ。それなのにこの女医は、彼女をジュリアのような惨めな人間だと思い込んでいる……そう考えると、恐ろしさのあまり、彼女はさっと席を立ち、蒼白になって震えていた。激しく湧き立つ怒りが、体じゅうを駆けめぐった。

マークル医師もまた立ちあがったが、相変わらず笑みを浮かべていた。「どうしてそんなに急いで逃げ出すの？　このソファに体を伸ばして横になったらいいのに……」話が途切れたが、笑みはいっそう母親らしいものになった。「そのあとでね――もしお家の方で何かうわさされていて、しばらく離れていたいなら……わたしにはボストンに女性のお友だちがいてね、話し相手を探しているのよ……あなた、そのご婦人にうってつけだわ」

チャリティは部屋の入口までたどり着いていた。「ここにいたくありません。ここに戻って来たくありません」彼女はドアの取手に手をかけ、口ごもって言った。だが、マークル医師はすばやく動いて、チャリティを敷居からじりじりと離した。

「ま、いいわ。五ドルいただきます」

チャリティは、女医の固く結んだ唇やこわばった顔を、困惑して見つめた。とっておきの貯金は、台無しにしてしまったミス・バルチのブラウス代としてアリィに支払い、使い果たしてしまっていた。汽車賃を払い、診察費をまかなうために、友だちから四ドル借金しなければならなかった。医師の診察を受けるのに、二ドル以上もかかるなんて、思いもしなかった。

「知りませんでした……そんなに持っていません」口ごもりながら言うと、どっと泣き出した。

マークル医師はちょっと笑ったが、歯を見せることはなかった。面白半分に医院を経営しているとでも思っているのか、とチャリティに簡潔に問いただした。女医は引き締まった両肩をドアにもたせかけて話していたので、まるで残忍な看守が囚われ人と折衝しているかのようだった。

「あなた、ぶらっとやって来て、あとで支払うって言ってんの？　それも、かなりちょくちょく聞く話です。住所を教えなさい。もし支払えないなら、請求書を家の人に送ります……なんですって？　なんて言ってるか、わかりません……それもあなたには都合が悪い？　まあ、請求書の支払いもできない娘にしては、かなり気難しいわね」女医はひと息つくと、チャリティがブラウスにつけていた青い宝石のついたブローチに目をこらした。

「生活費を稼がなければならない女性に、そんなふうに話して恥ずかしくないの？　自分ではそんな宝石をつけて出歩いているのに……こういうのはわたしも好きじゃないし、ただ好意でするだけだけど……もしそのブローチを担保においていく気があるなら、だめだとは言わないわよ……もちろん、お金を持ってくれば取り戻せるわ……」

家へ帰る道すがら、チャリティは思いもかけずとても穏やかな気分になった。ハーニーからの贈物をあの女医の手元においてこなければならなかったのは、ぞっとするほど嫌なことだった。だが、その代価を支払っても、持ち帰った情報が大きすぎる犠牲を払って贖われたということはなかった。列車がなじみの風景のなかを走り抜けるとき、彼女は目を半ば閉じて座っていた。今や以前の旅の記憶は、枯れ葉のように目の前を舞うどころか、眠っている穀物のように、彼女の血液のなかで熟しつつあるように思えた。ひとりぼっちがどんなものか、もう二度とわからないであろう。すべてのことが、とつぜんはっきりと簡単になったように思えた。今やハーニーの子どもの母親であるからには、彼の妻である自分を思い描くことはもう難しくはなかった。母親であるという最高の権利と比べたら、妻になりたいというアナベル・バルチの欲求など、娘の感傷的な空想にすぎなかった。

その晩、赤い家の門の暗がりで、アリィが待っているのに気づいた。「あたし、ちょうど閉まるときに郵便局にいたの。そしたら、ウィル・ターガットが、あなたに手紙が来ているって言ったから、もってきたわ」

アリィは手紙を差し出し、すべてを見通しているような同情心をもって、チャリティを見つめた。

ブラウスを引き裂いたあの事件以来、アリィが友だちのチャリティに注ぐまなざしには、畏《おそ》れるような憧れの念が新たに交じっていた。

チャリティは、笑って手紙をさっとつかみとった。「まあ、ありがとう――お休みなさい」小道を駆けあがりながら、振り向きざまに大声で言った。少しでもぐずぐずしていると、アリィがあとをついてきてしまうことはわかっていた。

チャリティは急いで二階にあがり、手探りで暗い部屋へ入っていった。マッチを探して、蝋燭に火をつけるとき、手が震えた。封筒はぴったりと封印されていたので、鋏を探して切り開かなければならなかった。ついに手紙を読んだ。

「親愛なるチャリティ様、あなたの手紙を受け取りました。口では言い表わせないほど、感動しています。今度は僕が最善を尽くしますので、信じてくださいませんか？　説明するのが難しいことがあります。ましてや身の証をたてるのは、なおさら難しいです。でも、あなたが寛容なので、あらゆることがずっと簡単になります。僕が今できるのは、あなたが理解をしてくださっていることを、心から感謝することだけです。あなたが僕に正しいことをして欲しいと言ってくださって、言葉では表現できないほど、救われました。もし僕たちが夢見たことを実現させる希望がまだあれば、僕はすぐに戻るでしょう。僕はまだその希望を捨てていません」

彼女は大急ぎで手紙を読んだ。それから、何度も何度もくり返し読んだ。くり返すたびに、さらにゆっくりと念入りに読んだ。手紙はきわめて美文で綴《つづ》られていたので、ネトルトンの紳士のバイブル画の説明とほぼ同じくらい難しくて理解できなかった。だが、手紙が意味するところの要点が最後の数語にあることが徐々にわかってきた。「もし僕たちが夢見たことを実現させる希望がまだあれば……」

それじゃ、あの人は、実現させると確信さえしていないのだ。今やどの語も、どの沈黙も、アナベル・バルチの優先権をおおっぴらに認めていることなのだと悟った。ハーニーがアナベルと婚約していること、そして、その婚約を破棄するすべを彼がまだ見つけていないことは、事実だった。

手紙をくり返して読みながら、チャリティは、その手紙を書くのに彼が払ったに違いない犠牲がどんなものであったか、理解した。彼はしつこい要求を逃れようとはしていなかった。正直に悔恨《かいこん》の情を示して、相容れない義務と義務とのあいだで格闘していた。自由の身でないことを隠していたことを、彼女は心のうちで責めることさえしなかった。自分自身の行為よりも、彼の行為の方にもっと非難されるべきものがあるとは、思えなかった。最初から、彼が自分のことを欲する以上に、自分が彼のことを必要としていた。ふたりをさっと結びつけた力は、大風が森の葉を落とすのと同様、とても抵抗できるものではなかった……ただ、ふたりのあいだに、どんな大変動があってもしっかりと直立している、あの不滅のアナベル・バルチの姿があっただけだ……

その事実をハーニーが認めていることを目の当たりにして、彼女は手紙をじっと見つめて座っていた。悪寒が全身を走った。激しいむせび泣きが喉に込みあげると、頭の先から足の爪先まで全身が震えた。しばらくのあいだ、苦しみの大きな波に捕らえられ弄ばれ、波の急襲にやみくもに抗するだけで、ほかのことは何も感知できなくなっていた。それから、少しずつ、恐ろしいほど辛辣に、自分の不幸なロマンスの一つひとつの段階を追体験し始めた。自分が言った愚かなこと、ハーニーの快活な返事、花火の合間の暗闇で初めてキスをされたこと、一緒に青いブローチを選んだこと、巡回説教師から逃げるとき手紙を落として、どんな風にからかわれたかなどが、よみがえってきた。このような思い出のすべて、そしてそのほかのたくさんの思い出の数々も、ことごとく頭のなかでざわめいていた。やがてハーニーがそばにいる感じがとても鮮やかに迫ってきて、彼が自分の顔を花のようにうしろに傾けたときのように、髪に彼の手を感じ、頬に彼の温かい吐息を感じた。こういう感触は彼女のものだった。それらは彼女の血液に入り込んでいて、彼女の一部になり、子宮で子どもを作っていた。それほどまで絡み合った命の絆を、ばらばらに引き裂くことは不可能であった。

このように確信すると、しだいに力が湧いてきて、ハーニーに書くつもりだった手紙の最初の言葉を心のなかで練り始めた。すぐに手紙を書きたかったので、熱に浮かされたように両手で引き出しのなかをかきまわし、便箋を探した。けれど、引き出しには便箋は一枚も残っていなかった。便箋を手に入れるために階下におりていかなければならなかった。手紙はすぐに書かなければならない、自分の秘密を言葉にして書き留めれば、また自信ももてるし、心配もなくなる、という迷信的な気持ちがあった。彼女は蝋燭をもって、ロイヤル氏の事務所におりていった……

その時刻に、ロイヤル氏が事務所にいるとは思えなかった。おそらくは、夕食を食べおわって、キャリック・フライの店へ歩いて行ったに違いなかった。チャリティは、明かりの灯っていない部屋のドアを押し開けた。すると彼女がかかげた蝋燭の光で、暗闇のなかに、背もたれの高い椅子に座った、ロイヤル氏の姿が浮かびあがった。両腕をひじ掛けにおき、少し頭をうなだれていた。チャリティが入って行くと、彼はすばやく顔をあげた。

彼と目が合い、チャリティはあとずさりした。泣いていたために目が赤くなっていることや、旅の疲労と動揺で顔が土気色になっていることを思い出したからだ。しかし時すでに遅く、逃げることができなかった。彼女は黙って立ちつくし、ロイヤル氏を見つめていた。

ロイヤル氏は椅子から立ちあがり、両手を広げて彼女の方へやってきた。その身ぶりがあまりに思いがけなかったので、チャリティは彼のなすがままに両手を握らせておいた。手を握りあったまま、ふたりは言葉も発せずに、立ちつくしていた。やがてロイヤル氏が重々しく言った。「チャリティ――わしを探していたのかね?」

彼女は握られていた手をとっさに離して退いた。「あたしが? いえ――」彼女は蝋燭を机の上においた。「便箋が欲しかったの。それだけ」

彼の顔が曇った。ゲジゲジ眉毛が目の上に突き出ていた。返事をせずに、彼は机の引き出しを開け、紙一枚と封筒一枚を取り出して彼女の方に押しだした。「切手も欲しいのかい?」とたずねた。

チャリティがうなずくと、彼は切手を差し出した。切手を差し出しながら、彼が執拗《しつよう》に自分を見ている、と彼女は思った。青白い自分の顔にあたっている蝋燭のちらちらする光は、腫《は》れあがった顔の造作をゆがめ、目のまわりの黒いくまを強調しているに違いなかった。彼の無慈悲な凝視にあって、取り戻した自信が消失しかけ、彼女は便箋をひったくった。自分の状態が容赦なく気づかれていると思えたし、まさにその部屋で、彼がハーニーに自分との結婚を強要しようとした日のことを、皮肉にも思い出していると思えたからだ。その目つきは、警告していたとおりに捨てられた恋人に、手紙を書くために便箋をとりに来たことを知っているぞ、と言っているようだった。あの日、ロイヤル氏に背いたときに感じた軽蔑感を思い出した。それに、もしロイヤル氏が真実を察しているとしても、晴らさなければならない積もる恨みの一覧表がどんなものか、チャリティにはよくわかっていた。彼女はくるりと向きを変え、二階へと逃げ去った。だが、自室に戻ると、手紙に書こうと準備していた言葉が、一語残らず消えていた。

もし彼女がハーニーのところへ行くことができたら、事情は異なっていたであろう。彼女はただ姿を現わし、彼の思い出に代弁してもらいさえすればよかった。けれども、彼女には手持ちのお金が残っていなかった。そんな旅をするだけのお金を借りられる人とて、誰もいなかった。手紙を書き、彼の返事を待つ以外、できることは何もなかった。長いこと真っ白い紙の上に身をかがめて座っていたが、感じていることを真に表現する言葉が一語たりとも浮かんでこなかった……

ハーニーは、彼女のお陰で事が前より簡単になった、と手紙に書いてきた。彼女も簡単になったことがうれしかった。彼女とて、事を難しくしたくはなかった。事を難しくする権限を自分が握っていることは、承知していた。彼女は、ハーニーの運命をその掌中《しょうちゅう》に握っていた。するべきことは、彼に真実を告げることだけだったが、それこそが、まさにためらわれることだった……五分ほどロイヤル氏と顔を突き合わせていて、彼女は妊娠を告げるという幻想から抜け出て、ノースドーマーの視点に立ち戻った。はっきりと情け容赦なく、「事を正しく運ぶために」結婚する若い娘の運命が、目の前に立ちはだかった。そのような結末を迎えた村の恋物語を、うんざりするほど見てきた。かわいそうに、ローズ・コールズの不幸な結婚も、そのうんざりする一例だった。ローズにとって、またハルストン・スケフにとっても、その結婚からどんな良い結果が生じたであろうか？ 牧師が結婚式を執り行なったその日から、夫婦は互いに憎みあっていた。スケフ老夫人が義理の娘の自尊心を傷つけたくなるときはいつでも、「赤ん坊がまだ二歳だって、いったい誰が思うかね？ それに、七か月の子どもにしては――不思議じゃないかね、なんと大きいんだい？」と言いさえすればよかった。ノースドーマーは、火中の人物を大目に見る宝をもっていたが、火中からうまく救出された人物には、軽蔑感だけを抱いていた。チャリティは、ジュリア・ホーズが救出されるのを拒否した気持ちを、いつも理解していた。

ただ――ジュリアのような生き方をする以外、ほかに道はないのだろうか？ チャリティの心は、プラッシュ張りのソファや金の額縁の合間に見える、白い顔をした女医の幻影にたじろいだ。自分が承知している確立した物事の秩序のなかには、自分独自の冒険をする余地はないと彼女は悟った……

ぼんやりした灰色の光線が差し込んで、雨戸の黒い厚板《あついた》がくっきり浮かびあがり始めるまで、彼女は服を脱がずに椅子に座っていた。やがて立ちあがって雨戸を押し開け、光を入れた。新たな日の到来で、避けられない現実をいっそう鮮明に意識するようになり、行動する必要性を感じるようになった。彼女は鏡に映った自分の姿を見た。秋の夜明けの光のなかで、顔は白く、頰はやつれ、目には黒いくまができていた。自分では気がつかなかったであろうが、マークル医師の診断で明らかにされた、妊娠のあらゆる兆候が現われていた。そのような兆候が目聡《めざと》い村人の目を逃れられるとは、望むべくもなかった。体つきに妊娠の兆候が表われる前でさえも、その事実が顔に出てしまうであろう。

窓から身を乗り出し、暗く人影の見えない風景を見渡した。雨戸を閉めた灰色の家々、勾配をあがって共同墓地の周りのツガ並木にいたる灰色の道、そして、雨模様の空を背にした黒い〈山〉のどっしりした威容が見えた。東には明るい空間が森の上方に広がりつつあったが、その真上にも、雲が垂れ込めていた。じっと見つめた彼女の視線はゆっくりと畑を横切って、丘陵のぎざぎざの曲線へと移っていった。彼女はその生気のない曲線をしょっちゅう見渡してきて、そのなかに取り囲まれて生活している人になんかに、何かが起こり得ることなんてあるだろうか、とずっと思ってきた……

ほとんど意識して考えることなく、彼女は結論に達していた。視線で丘陵の曲線をたどりながら、心はまたお決まりの経路をたどっていた。彼女は、〈山〉を自分の問いに対する唯一の答えとし、自分を閉じ込め、包囲するいっさいからの必然的な逃げ道が、何か自分の血のなかにあると思った。ともかく、〈山〉が、雨模様の夜明けにぼんやり現われるように、ふたたび彼女の心のなかにぬっと大きな姿を現わした。〈山〉を長く見つめていればいるほど、だんだんはっきりしてきた。彼女は、ついに今、ほんとうに〈山〉へ行くのだと思った。

第十六章

雨は持ちこたえていた。一時間後、チャリティが出発するとき、太陽のぎらぎらした光が畑に降り注いでいた。

ハーニーが去ったあと、彼女は自転車をクレストンの持ち主に返却してしまっていたので、〈山〉までの道のりをずっと歩きとおせるか、自信がなかった。途中に、例の廃屋があったが、そこで一夜を過ごすということは、考えるだけでも耐えがたかった。ハンブリンまで急いで行って、もし体力が尽きてしまえば、そこの薪小屋で眠れるという心づもりでいた。準備は、もくもくと計画的に整えられた。家を出る前に、無理やりコップ一杯のミルクを飲み込み、パンをひと切れ食べた。それから、ハーニーがいつも自転車の荷物入れカバンに入れてもっていたチョコレートの小袋を自分のカンバス布製のカバンに入れた。何よりも自分の体力を保ち、人目を引かずに目的地に着きたかった……


恋人のもとへたびたび飛ぶように通っていた道を、また一マイルずつたどった。林道が、クレストン街道から分岐する曲がり角に着くと、ゴスペルテントのことを思い出した――テントは畳まれ、どこかへ移動して久しいが――太った巡回説教師に「あなたの救世主は何もかもご存知です、ここへきて罪を告白しなさい」と言われて驚き、無意識に恐怖感を抱いたことを思い出したのだ。今の彼女には、罪の意識はなかった。あったのは、自分の秘密を不敬な人たちの目から守り、村の厳しい戒律《かいりつ》を知らない人びとのなかでまた人生をやり直したい、という必死の願いだけだった。心の衝動は、考えとしてまとまってはいなかったが、お腹の子を守り、どこか邪魔する人がやってこない場所に、赤ん坊とともに身を隠さねばならない、ということだけが心にあった。

彼女は延々と歩いたが、日が昇るにつれて次第に足が重くなってきた。あの廃屋への道をまた一歩ずつたどらなければならないのは、残酷な現実のように思えた。果樹園が視界に入ってきて、たわわに実った枝々の合間から、廃屋の銀灰色の屋根が斜めに歪んでいるのが見えたときには、力が抜けてしまって、路傍に座り込んでしまった。長いことそこに座っていたが、また勇気を振り絞って歩き始め、廃屋の壊れた門や、赤いバラの実が数珠《じゅず》つなぎになっている、伸び放題のバラの茂みを、通り過ぎようとした。雨がぽつぽつと降ってきて、薄暗い部屋でハーニーと抱き合って座っていた暑い夜のことや、キスの最中に屋根に降りつけていた、夕立の音などがよみがえってきた。これ以上ぐずぐずしていれば、雨宿りのために廃屋で一夜を過ごさなければならなくなる、とついに悟って立ちあがり、歩き続けた。廃屋の白い門や枝々がもつれあった庭の真横に差し掛かると、目をそらした。

時間が経つにつれて、足取りがだんだんゆっくりとなった。時折、立ちどまっては休み、少しパンを食べたり、道端のリンゴをもいで食べたりした。道中を一ヤード進むごとに体が重くなるように感じた。すでにこんなにも赤ん坊が重いのならば、このあとどうやって抱くことができるだろうか、と思った……新たな風が湧き起こって雨をまき散らし、〈山〉からは強い吹きおろしが吹いた。ほどなくすると、雲がまた低く立ち込め、白い矢のようなものが顔にあたった。ハンブリン一帯に降った初雪だった。その寒村の家々の屋根はわずか半マイル先であったが、その村を通過して先に進み、その夜のうちに〈山〉にたどり着こうという心づもりでいた。明確な行動計画があるわけではなかった。ただ、〈山〉の集落に着いたら、リフ・ハイアットを探し、母親のところへ連れて行ってもらおうと思っていただけだった。このお腹の子が生まれてくるような状況で、自分自身も生まれたのだ。自分を産んだ母親は、その後の人生がどんなものであったとしても、昔のことを思い出し、己が経験してきた困難に直面している娘を、受け入れざるを得ないだろう。

とつぜん激しい目眩にまたも襲われ、彼女は土手に腰をおろし、木の幹に頭をもたれかけた。目の前に広がっていた長い道や、曇ってぼんやりした風景が消え、しばらくは何か恐ろしい闇のなかをぐるぐる回転しているかのようだった。その後、その闇も薄れた。

目を開けると、一頭立て馬車《バギー》がそばに止まったのが見えた。男がひとり馬車から飛び降りてきて、当惑した顔で自分をじっと見つめていた。ゆっくりと意識が戻って来て、リフ・ハイアットだとわかった。

リフに何か聞かれているのは、ぼんやりとわかった。黙ってリフを見つめ、必死に話そうとした。ついに声が喉で動いて、ささやくように言った。「〈山〉へ登るところなの」

「〈山〉へ登る?」リフは鸚鵡返しに言って、少し脇に寄った。彼が移動したことで、うしろの馬車のなかに、がっちりとコートを着込んだ姿が見えた。ギリシャ鼻の鼻梁《びりょう》に金縁の眼鏡をかけた、顔なじみのピンク色の顔だった。

「チャリティ! いったい全体、こんなところで何をしているの?」マイルズ氏は、馬の背中に手綱を投げて、急いで馬車から這い降りた。

彼女は重い目をあげて牧師の目を見た。「母さんに会いに行くんです」

男たちふたりは、互いの顔をちらっと見たが、しばらくは、どちらも無言だった。

その後、マイルズ氏が言った。「具合が悪そうだし、遠い道のりですよ。〈山〉へ行くのは賢明なことだと思いますか？」

チャリティは立ちあがった。「母さんのところへ行かなくちゃならないんです」

リフ・ハイアットが顔をしかめ、うっすらと悲しそうな笑いを浮かべた。マイルズ氏は、ためらいつつ、また話しかけた。「知ってるんだね、それじゃ――誰かから話を聞いたの？」

彼女は牧師の顔をじっと見た。「おっしゃる意味がわかりません。母さんのところへ行きたいんです」

マイルズ氏は、考え込みながら、しげしげと彼女のことを見つめていた。彼女は、牧師の表情が変わったように思い、さっと額まで赤くなった。「あたしはただ、母さんのところへ行きたいだけです」ともう一度言った。

マイルズ氏は彼女の腕に手をおいた。「あのね、お母さんは死にそうなんですよ。リフ・ハイアットがわたしを迎えにおりてきたんですよ――馬車に乗って、一緒に行きましょう」

牧師は彼女を助けて、自分の横の席に乗せた。リフ・ハイアットは後部によじのぼり、一行はハンブリンへ向けて出発した。当初、チャリティは、マイルズ氏が言っていることがほとんど理解できなかった。馬車に座って体が楽になり、確実に〈山〉へ向かっていることに安堵して、牧師が発した言葉が心に残らなかった。しかし頭がすっきりするにつれて、事情を理解し始めた。〈山〉が谷間の村々と交渉をもつのは、きわめて稀なときだけであることは承知していた。誰かが死にそうなときに行く牧師を除けば、誰も〈山〉へ登って行かないという話をよく耳にしていた。そして、今、死にそうなのは自分の母親なのだ……だから、〈山〉へ行っても、この世のどこにいても孤独だったように、ひとりぼっちなのだ。今や、逃れることのできない孤独感しか、感じることができなかった。それから彼女は、死にそうな人がいるときに牧師が〈山〉に行く、というこの楽しくない任務を、マイルズ氏が遂行すべく引き受けていることを、不思議に思い始めた。〈山〉へ登って行きたいと思うような人には、とても思えなかったからだ。けれど、そんな状況下にあることに、なんら不自然なことなどないかのように、牧師はかたわらでしっかりと手綱をとって馬を駆り、眼鏡越しに優しい視線を彼女に注いでいた。

彼女は、しばらく話すことができない状態だった。牧師はそのことを察したようで、あえて事情をたずねようとはしなかった。ほどなくすると、涙がこみあげてきて、やつれた頰に流れるのを感じた。牧師もその涙を見ていたに違いなかった。彼女の手に自分の手を重ねて、「何に困っているのか、わたしに話してくれませんか？」と低い声で言ったからだ。

彼女が首を振ったので、牧師はしつこく聞くことはなかった。だが、しばらくすると、同じく低い声で、ほかの人には聞こえないように、言った。「チャリティ、ノースドーマーに来る前の子どもの頃のことについて、どんなことを覚えているのかな？」

彼女はどうにか気持ちを整えて、答えた。「なんにも覚えていません。ロイヤルさんからいつだか、聞いたことしかわかりません。父さんが監獄に入ったので、ロイヤルさんがあたしを引き取った、って言っていました」

「それじゃ、それ以来、〈山〉へは行っていないの？」

「ええ、一度も」

マイルズ氏はまた口を閉ざしたが、やがて言った。「こうして今、一緒に行ってくれて、うれしく思います。おそらく、お母さんは生きていらっしゃるでしょう。娘が会いに来てくれたことがわかるかもしれません」

一行はハンブリンに着いた。雪まじりの突風が吹いたあとで、路傍の雑草や、北面の屋根の斜面に雪の白いまだらができていた。ハンブリンは、〈山〉の花崗岩《かこうがん》の斜面のふもとにある寂《さび》れた村だったが、そこを出発するとすぐに勾配が始まった。道路は険しく、轍《わだち》がいっぱいできていて、どんどん登るうち、馬は、もっぱら歩くようになった。森や平原が大きなまだらとなって眼下に広がり、嵐のような暗い青色が遠くに広がるなかで、この世がいつのまにか消えつつあった。

チャリティは、〈山〉へ登って見られる風景を、ときおり思い描いてはきた。けれど、地域一帯をこれほどに広く見渡せるとは思ってもいなかった。あらゆる方向に広がっているこれら見知らぬ地域の光景を見て、ハーニーがいかに遠い存在であるかを、初めて思い知った。ハーニーは、事物の究極の行き止まりと思える丘陵のいちばん端を、何マイルも何マイルも越えたところにいるに違いなかった。どうしてハーニーを探しにニューヨークへ行くことなんか夢見たのだろう、と不思議に思った……

勾配が急になるにつれて、あたりはだんだん侘しくなった。一行は、雪の下で何か月も漂白されて色褪せた山の草地を馬車で進んだ。窪地には、わずかのシラカンバの木々が揺れ、ナナカマドが緋色の群れとなって燃えていた。成長がかんばしくない松の木々だけは、花崗岩の岩棚を暗くしていた。遮るものの何もない勾配に、風が激しく吹いていた。馬は頭をさげ、わき腹を引き締めて風に立ち向かっていた。ときおり馬車が揺れたので、チャリティは、馬車の端にしがみつかなければならなかった。

マイルズ氏は、ふたたび話しかけてくることはなかった。彼女がそっとしておいて欲しいと思っていることを、察しているようだった。しばらくして、道が二股に分かれている地点に差しかかると、牧師は行く手がはっきりわからないようで、馬を止めた。リフ・ハイアットが後部から鶴のように首を伸ばし、「左です――」と風に向かって叫んだ。それで、一行は発育不全の松林のなかへと入って行き、〈山〉の向こう側へと進み始めた。

一、二マイル進むと、開墾地に出た。石ころだらけの畑に、二つ、三つの低い家があり、まるで風の攻撃に備えているかのように、岩と岩とのあいだにうずくまっていた。丸太や粗末な板で作られた、小屋としかいえないような家々で、かまど用のブリキ製の煙突がそれぞれの屋根から突き出ていた。太陽は沈みつつあり、下界ではすでに夜の帳がおりていたが、うら寂しい丘陵の斜面や、うずくまっているような家々には、黄色い夕日がまだ当たっていた。つぎの瞬間に、その光は褪せ、あたり一帯が、秋の深い夕闇に包まれた。

「あそこです」と、リフはマイルズ氏の肩越しに長い腕を伸ばして、大声で叫んだ。牧師は左に曲がり、ギシギシやイラクサなどの雑草が一面に生い茂った、わずかなばかりの裸地をとおって、ひときわ荒れ果てた小屋の前に止まった。かまどの煙突が一つの窓から曲がった腕のように出ていて、もう一つのガラスが破れた窓には、ぼろきれや紙が詰め込まれていた。そんな住処と比べれば、あの湿地帯の茶色の家は、富める者の家を象徴していたのかもしれなかった。

馬車が近づくと、雑種犬が二、三匹、激しく吠えながら、夕闇のなかから飛び出してきた。若い男がひとり、だらしなく戸口に寄りかかっていた。夕闇のなかで、チャリティは、その若い男が、茶色の家を見学に行った日に、かまどのそばで眠っている姿を見かけた、バッシュ・ハイアットと同じようなぼんやりとした表情をしているのに気づいた。マイルズ氏が馬車から降りるあいだも、その若い男は、犬たちを静かにさせようともせず、酔って前後不覚の状態から目覚めたかのように、入口の戸に寄りかかっていた。

「このお宅ですか?」牧師が低い声でリフにたずねると、リフはうなずいた。

マイルズ氏はチャリティの方を向き、「ちょっと、馬を抑えていてくださいね。まず様子を見てきますから」と手綱を手渡しながら言った。彼女は言われるままに手綱を受け取り、マイルズ氏とリフが家の方へ歩いて行くあいだ、馬車に座ったまま、目の前の暗くなりつつある光景をじっと見つめていた。男たちは、入口にいた男と少し立ち話をしていたが、やがてマイルズ氏が戻ってきた。チャリティは、牧師が近づいてくるにつれて、その滑らかなピンク色の顔に、慄いたような深刻な表情を浮かべているのに気づいた。

「チャリティ、お母さんはお亡くなりになりました。わたしと一緒に来た方がいいですね」と牧師は言った。

彼女は馬車を降り、リフが馬を連れ去るうちに、マイルズ氏のあとをついて行った。入口に近づきながら、彼女は心のうちで「ここがあたしの生まれたところなんだ……ここがあたしの居るべき場所なんだ」と思っていた。このことは、夕日に照らされた谷間越しに〈山〉を見つめながら、しょっちゅう自分に言い聞かせてきたことだ。そのときは、なんの意味ももっていなかったが、今やそれが現実になっていた。マイルズ氏が彼女の腕をとって優しく導き、その家のたった一間しかないと思われる部屋へ入った。部屋はたいへん暗かった。十人あまりが、二つの樽に板を渡して作ったテーブルの周りに座ったり、寝そべったりしているのがかろうじてわかった。居合わせた人たちは、マイルズ氏とチャリティが入っていくと、気怠そうに目をあげた。ひとりの女が濁声《だみごえ》で「牧師さんがきたよ」と言ったが、誰も動かなかった。

マイルズ氏は立ちどまって、あたりを見まわした。それから、入口のところで会った若い男の方を向いた。

「ご遺体はこちらですか？」とたずねた。

若い男は返事をせずに、集まっている人たちの方を向いた。「蝋燭はどこにあるんだ。蝋燭をもってこい、って言っただろうが」と、テーブルに寄りかかっていた少女に、とつぜん厳しい口調で言った。少女は返事をしなかったが、別の男が立ちあがり、部屋の隅から瓶に突き刺した蝋燭をもってきた。

「どうやって火をつけるの？　かまどは消えているし」少女は不満そうに言った。

マイルズ氏は、重い外套の下を手探りして、マッチ箱を取り出した。マッチを蝋燭につけると、たちまちのうちに、かすかな光の輪に照らされて、青ざめて震えた人たちが夜行性の動物の群れのように、闇のなかからぱっと飛び出してきた。

「メアリは向こうだ」と誰かが言った。マイルズ氏は、蝋燭の入った瓶を手にもって、テーブルのうしろを進んでいった。チャリティも牧師のあとについて行き、部屋の隅におかれたマットレスの前で立ち止まった。マットレスには、女の人が横たわっていたが、死人のようには見えなかった。酔ってむさ苦しいベッドに倒れ込み、そのまま眠っているように見えた。くしゃくしゃのボロ着を着て、倒れ込んだまま、寝ているかのようだった。片腕が頭の上に投げ出され、片足は破れたスカートの下で立てられていて、もう一方の足はひざのところまでスカートから剝き出しになっていた。浮腫《むく》んで光った足で、破れたストッキングがくるぶしのあたりまで、巻きおろされていた。仰向けに寝ていたが、目はパチリともせず、マイルズ氏の手で揺れていた蝋燭の炎を見つめていた。

「ついさっき、死んだんです」ひとりの女が、居合わせた人たちの肩越しに言った。先ほどの若い男もつけ加えて言った。「今、入ってきて、わかったんだ」

この人たちを押しわけて、かすかな笑いをたたえた、直毛の髪を長くのばした年配の男が出てきた。「こんなざまだ。おら、ゆんべ、言ったばかりだったんだ。もし飲むのをやめなければって——言ったんだ……」

誰かがその年配の男を引っ張り戻し、壁際のベンチへよろよろと追いやった。男は、そこにどっと腰をおろし、誰も聞いていない話をぼそぼそとつぶやいていた。

沈黙がその場を支配していた。その後、テーブルにだらりと寄りかかっていた少女がとつぜん一団から離れて、チャリティの目の前に立ちはだかった。少女は、他の人たちよりもたくましく健康そうで、風雨にさらされてきたその顔には、ある種の陰鬱な美しさがあった。

「この女の人、誰？ 誰がこの娘をここへ連れてきたの？」と少女は言った。その不信のまなざしは、蝋燭を用意しなかったことを叱った若い男に、じっと向けられていた。

マイルズ氏が答えた。「わたしが連れてきました。この人はメアリ・ハイアットさんの娘さんです」

「なんだって。この娘も？」と少女は鼻で笑った。すると例の若い男が「黙れ、この馬鹿、さもなきゃ、ここから出て行け」と少女に罵声《ばせい》を浴びせた。それから、男はまた、それまでのような無関心の状態に戻り、ベンチに腰をおろして頭を壁にもたれかけていた。

マイルズ氏は、すでに蝋燭を床において、重いコートを脱いでいた。チャリティの方を向くと、「こっちへ来て、手伝ってくれませんか」と言った。

牧師はマットレスのそばにひざまずき、死者の瞼を押さえて閉じた。チャリティは、悪寒がして具合が悪かったが、牧師のかたわらにひざまずいて、母親の遺体を整えようとした。恐ろしく光った足にストッキングを引っ張ってはかせ、履きつぶして先が曲がったブーツまでスカートを引っ張りおろした。そうしながら、やせてはいるが浮腫んだ、母親の顔をまじまじと見た。ぽっかり開いたまま、寒さで凍ってしまった口腔《こうくう》から、欠けた歯牙《しが》がのぞいていた。遺体には、何か人間らしさを示す痕跡は微塵もなかった。母親は、犬が溝にはまって死んでいるかのように、そこに横たわっていた。触っているうちに、チャリティの手は冷たくなった。

マイルズ氏は、死者の手を胸の上で組ませ、その上に自分のコートをかけた。それから死者の顔を自分のハンカチで覆い、蝋燭が入っている瓶を枕元においた。これらのことをしたのち、立ちあがった。

「お棺はないのですか？」マイルズ氏は、背後にいた人たちの一団の方を向いて、たずねた。

気まずい沈黙が流れた。やがて例の激しい性格の少女が大声で言った。「来るとき自分でもってくるべきだったんだ。ここでどうやって手に入れるか、知りたいわ」

マイルズ氏は、他の人たちをじっと見つめながら、くり返して言った。「お棺は用意できないってことでしょうか？」

「そういうこった。棺桶《かんおけ》がある人は、よく眠れるべな」ひとりの老女がつぶやいた。「といっても、この人は、ベッドすらもってなかったんだ……」

「それに、かまどだって、この人のもんじゃねえ」先ほどの長髪の男が言った。

マイルズ氏は、話していた人たちに背を向け、二、三歩離れたところへ移動した。ポケットから聖書を取り出し、ちょっと間をおいてから開くと読み始めた。腕をできるだけ低くさげて聖書をもち、開いたページに弱い光があたるようにした。チャリティはマットレスのそばにひざまずいたままだった。今や顔が覆われていたので、母親のそばにいることが前より楽になった。それに、母親が、どんな段階を踏んで死に至ったかを恐ろしくも示している、生きている面々の顔を避けることもできた。

「わたしは復活であり、命である」マイルズ氏は読み始めた。「わたしを信じる者は、死んでも生きる……この皮膚が損なわれようとも、この身をもってわたしは神を仰ぎ見るであろう……」

この身をもってわたしは神を仰ぎ見るであろう！　チャリティは、ハンカチの下の、ぽかんとあけた母親の口や、石のような目、それに、彼女が引っ張ってやったストッキングをはいた、母親の光った足のことを思い浮かべた……

「わたしたちは、何も持たずに世に生まれ、世を去るときには何も持っていくことができない――」集まっていた人たちのうしろで、とつぜんぶつぶつ言う声が聞こえ、つかみ合いがあった。「おら、かまどをもってきた」あの長髪の年配の男が人をかき分けて進み出て、大声で言った。「おら、クレストンまでおりていって、かまどを買ったんだ。だから、ここから持っていく権利があるんだ……そうじゃねえって、いうやつがいたら、殴ってやるぜ……」

「座れ、この馬鹿!」壁際のベンチで居眠りしていた、背の高い若者がどなった。

「ああ、人はただ影のように移ろうもの。ああ、人は空しくあくせくし、誰の手に渡るとも知らずに積みあげる」

「だけど、かまどは、あの男のものだ」後方にいた女が、怯えた哀訴《あいそ》するような声で不意に遮った。例の背の高い若者は、よろよろと立ちあがった。「黙らないと、おまえらみんなここから追い出すぞ」と大声で罵った。「続けてください、牧師さま……あいつらにおかまいなく……」

「実際、キリストは死者のなかから復活し、眠りについた人たちの初穂となられました……わたしはあなた方に神秘を告げます。わたしたちはみな、眠りにつくわけではありません。わたしたちはみな、今とは異なる状態に変えられます。最後のラッパが鳴るとともに、たちまち、一瞬のうちにです……ラッパが鳴ると、死者は復活して朽ちない者とされ、わたしたちは変えられます。この朽ちるべきものが朽ちないものを着、この死ぬべきものが死なないものを必ず着ることになります。この朽ちるべきものが朽ちないものを着、この死ぬべきものが死なないものを着るとき、つぎのように書かれている言葉が実現するのです。死は勝利に呑み込まれた……」

一語一語、力強い言葉が、頭を垂れていたチャリティに響いた。恐怖を和らげ、動揺を抑え、うしろにいた、酔って呆《ほう》けた者たちを屈服させたように、彼女を屈服させた。マイルズ氏は最後の語を読むと、聖書を閉じた。

「お墓は準備ができていますか?」とたずねた。

リフ・ハイアットは、牧師が聖書を読んでいるあいだに入ってきていたが、「はい」とうなずき、マットレスの脇に進み出た。ベンチに座っていた若者は、死んだ女性の縁者の権利のようなものを主張しているように見えたが、ふたたび立ちあがった。そこへかまどの所有者が加わり、男たちはマットレスの両端をもちあげた。そのふたりが不安定な動きをしていたので、コートが床に滑り落ち、救いようもなく惨めな死体が無残にも姿を現わした。チャリティは、コートを拾いあげ、母親をもう一度覆い隠した。リフはランタンをもってきていたが、先に発言していた老女がそれを受け取り、戸を開けて、小さな行列を通過させた。風はやんでいた。その夜はまったくの闇夜で、ひどく寒かった。老女は、先頭を歩いていったが、手にもったランタンが揺れ、枯草や葉の粗大な雑草がはびこった、巨大な闇に包まれた土地を、青白く前方に映しだしていた。

マイルズ氏は、チャリティの腕をとり、並んでマットレスのうしろを歩いた。ようやくランタンをもった老女が立ちどまったので、明かりに照らされて、死体を運んできた人たちの前かがみの肩や、彼らが身をかがめている盛り土の畝がチャリティの目に入った。マイルズ氏はチャリティの腕を離し、盛り土の畝の向こう側の空洞に近づいていった。男たちがかがみ込み、マットレスを墓穴へ降ろし始めると、マイルズ氏はまたも祈り始めた。

「人は女から生まれ、人生は短く苦しみは絶えない……咲き出ては、しおれ、影のように移ろい……おお、聖なる主よ、全能の主よ、神よ、清く慈悲深い神よ、わたしたちを永遠の死の苦しみから救い出したまえ……」

「そこ、そおっと……底についたか？」かまどの所有権を主張する男が甲高い声を出した。そして若い男が肩越しに大声で言った。「そこ、明かりをあげてくれないか？」

少し間があったが、そのあいだ、明かりが空っぽの墓穴の上の方で、あてどもなく揺れていた。誰かがかがみこんでマイルズ氏のコートを引っ張っていた――（「いえ、いえ――ハンカチはそのままにして」とマイルズ氏が口を挟んでいた）――それからリフ・ハイアットがシャベルをもって前に出て、土を掬《すく》い始めた。

「慈悲深い全能の神がここに亡くなったわたしたちの姉妹の魂を御許にお引き受けになることを喜びとなさいましたからには、わたしたちは彼女の遺体を土に委ねます。土は土に、灰は灰に、塵《ちり》は塵に……」リフが土の塊を墓穴へ放り投げるにつれて、その痩せた両肩がランタンの光のなかであがったり、傾いたりした。ぼろぼろのシャツの袖で汗をかいた顔を拭い、手に唾《つば》を吐きかけながら、彼がつぶやいた。「なんてこった――もう凍ってるぜ」

「わたしたちの主イエス・キリストは、万物を支配下におくことができる力によって、わたしたちの卑しい体を、ご自分の栄光ある体と同じかたちに変えてくださるのです……」メアリ・ハイアットの卑しい遺体の上に最後の土がシャベルでかけられ、リフは、シャベルに寄りかかった。その骨折り仕事のために、彼の肩甲骨はいまだに上下に波打っていた。

「主よ、わたしたちを憐れんでください。イエス様、わたしたちを憐れんでください。主よ、わたしたちを憐れんでください……」

マイルズ氏は、老女の手からランタンを取った。顔の輪郭がぼやけて見えない人たちの輪にぐるりと光をあて、「さあ、みなさん、全員、ひざまずいて」と命じた。チャリティがそれまで聞いたことがないような威厳に満ちた声だった。彼女が墓の端にひざまずくと、他の人たちも、ためらいつつ、ぎくしゃくと、彼女のかたわらにひざまずいた。マイルズ氏もひざまずいて、「それでは、わたしと一緒に祈ってください——このお祈りをご存知ですよね」と言って、「天におられるわたしたちの父よ」と始めた。女たちのうち、ひとり、ふたりが、ためらいながらも、祈りの言葉を先取りして唱えた。マイルズ氏が祈り終えると、例の長髪の男が、背の高い若者の首に飛びつき、「こういうことだったんだ」と言った。「ゆんべ、こいつに言ったんだ、おら、言ったんだ」この思い出話は、すすり泣きで終わった。

マイルズ氏は、ふたたびコートに身を包んでいた。チャリティは、でこぼこの土まんじゅうのそばにじっとひざまずいたままでいたが、マイルズ氏がそばにやってきた。

「さあ、帰りましょう、夜が更けました」

チャリティは目をあげて、牧師の顔を見た。あの世から話しかけられているかのようだった。

「帰りません。ここにずっといます」

「ここに？　どこにですか？　どういう意味ですか？」

「ここの人たちは、あたしの家族です。だから、みんなとここにいます」

マイルズ氏は声をひそめた。「でも、それはできないですよ――あなたは、自分が何をしようとしているか、わかっていないのです――あなたは、ここの人たちと暮らすことはできないんです。一緒に帰らなくてはいけませんよ」

彼女は首をふり、ひざまずいていた足を立て、立ちあがった。墓の周りにいた人たちは、暗闇のなかに散り散りになっていた。ランタンをもった老女だけが、立ちつくして待っていた。その悲しみに沈んだ萎《しな》びた顔は、薄情そうではなかったので、チャリティは、その老女の方へ歩み寄った。

「今晩、あたしが泊まれる場所はありますか?」と聞いた。リフが、夜の闇のなかから、馬車を引いてやってきた。マイルズ氏の顔からチャリティの顔へと、かすかな笑みを浮かべて見やると、「婆さんは、おらの母親だ。婆さんが家へ案内するよ」と言った。それから老女に伝えるために、声を張りあげて、言った。「ロイヤル弁護士のうちの子だ――メアリの娘さ……覚えているだろ……」

老女はうなずき、悲しそうな老いた目をあげて、チャリティの目を見た。マイルズ氏とリフが馬車によじのぼると、老女はランタンをもって先に行き、男たちに帰りの道を指し示した。戻ってくると、老女はチャリティと一緒に、無言のまま夜の闇のなかを歩いて帰った。

第十七章

チャリティは、死んだ母の遺体が寝かされていたのと同じように、床のマットレスに横になった。

部屋は寒くてうす暗く、そのうえ天井が低くて、メアリ・ハイアットのこの世の巡礼の舞台より、さらに貧相でがらんとしていた。火の気のないかまどの向こう側にはリフ・ハイアットの母親が、子どもたちふたりと毛布を敷いて寝ていた――孫だと言っていたが――子どもたちは眠っている子犬のように、彼女にもたれかかって丸くなっていた。あと一枚しかない毛布を来客にやってしまったので、彼らは自分たちの薄手の服を上にかけていた。

反対側の壁の、小さな四角い窓ガラス越しに、チャリティは深い漏斗《じょうご》のような空を見た。空はあまりにも黒く、はるか遠く、凍《い》てた星々が瞬《またた》いていたので、魂そのものが空に吸い込まれそうだった。その空の上のどこかで、マイルズ氏が救いを求めて呼びかけていた神が、メアリ・ハイアットの到着を待っているのだと思った。それはなんと長い空への旅路であろうか！　それに母が神のもとに着いたら、母はなんと言わなければならないのだろうか？

チャリティは混乱した頭で母の過去を一生懸命思い描こうとした。母の過去をどうにかして、公正で慈悲深い神の意図と関連づけようとしたが、両者のあいだのいかなる結びつきも想像することはできなかった。チャリティ自身、急ごしらえの墓に落とされるのを見たその気の毒な人とは、まるで天の高さがふたりを分かつほどに、かけ離れていると思った。彼女はそれまでの人生でも、貧困や不幸というものを見てきたが、貧乏で倹約に余念のないホーズ未亡人や、働き者のアリィが、極貧への最短距離にいることを示している村の共同体では、〈山〉の農夫たちの残酷な窮乏《きゅうぼう》を思わせるものは何もなかった。

悲劇的な世界に入って半ば呆然としてそこに横たわりながら、チャリティはそのような生活に入って行く自分を思い描こうとしたが、徒労に帰した。この人たちが互いにどのような関係をもっているのか、あるいは、死んだ母親とどんな関係をもっていたのか、見極めることさえ、できなかった。彼らは、共通の不幸がもっとも強い絆となる一種の消極的な無差別混合社会を形成し、一緒に群がっているようだった。もしずっと〈山〉で成長したとしたら、どんな人生であったか、彼女は心に思い描こうとした。ぼろ服を着て野放図に走りまわり、ハイアット婆さんにもたれてうずくまる青白い顔の子どもたちのように、母親によりかかって床に丸くなって眠り、奇妙な言葉でとつぜん暴言を吐いた少女のように獰猛《どうもう》で混乱した人間になったとしたら、どんな人生であったろうか。彼女は、この少女とひそかに似たところがあると感じて驚いた。そう感じたことで、幼い頃のことがよみがえってきて慄いた。そして、ロイヤル氏がルーシャス・ハーニーに彼女の身の上話を語っていたとき、話していたことを思い出した。「ええ、母親がいたんですよ。でも、子どもを手放して喜んでいましたよ。誰にでも子どもをやってしまったでしょうよ……」

でも、結局のところ、母親はそんなに責められるべき人だったのか？　チャリティは、ロイヤル氏の話を聞いたあの日からずっと、母親のことを人間らしい感情がまったくない人だと思ってきた。でも、今は、ただ単に気の毒な人に思えた。あんな生活から、自分の子どもを救いたくない母親なんて、いるだろうか？　チャリティは、身ごもっている自分自身の子どもの将来のことを考えると、目がうずいて涙が込みあげ、頬を伝わって流れおちた。もしそれほど疲労していないで、身重でなかったら、すぐさま飛び起き、ただちに逃げ帰ったであろう……

夜のぞっとするような時間がゆっくりと過ぎていき、ついに空が白んで、夜明けのひやりとした青い光線が部屋に差し込んだ。彼女は部屋の隅に横たわり、汚い床をじっと見つめていた。物干し紐にはぼろぼろの服が吊るされ、老女は冷たいかまどを背に縮こまり丸くなっていた。光が次第に寒々とした世界に広がり、光とともに新しい日がやって来た。その一日のうちに、彼女は、生き、選択し、行動し、この人びとのあいだに居場所を作らなければならない――さもなければ、捨ててきた生活に戻らなければならない。はなはだしい倦怠感が重くのしかかってきた。そこで気づかれずにずっと横になっていたいだけだ、と思う瞬間もあった。だが、そのつぎの瞬間には、出身地の惨めな人たちの一員になるという考えに、嫌悪感を抱いた。そんな運命から子どもを救うためなら、どんなに遠くへも旅し、人生が課すどんな重荷にも、耐える強さを奮い起こせると思えた。

ネトルトンのぼんやりした記憶が脳裏をかすめた。チャリティは、親友のアリィから少しお金を借り、子どもを産むことができるどこか静かな場所を見つけ、上品な人たちに子どもを世話してもらおう、と心のうちで考えた。それから、ジュリア・ホーズのように、外に出て、子どもと自分の生活費を稼ごうと思った。その種の若い娘が、ときに子どもたちをきちんと世話してもらうに十分なお金を稼ぐのは知っていた。ほかに考えなくてはならないことは、どれも、自分の赤ん坊の姿を思い描くうちに消えていた。身ぎれいにされ、櫛で梳かされた、血色のいい健康な赤ん坊で、彼女が駆けつけていってキスをし、かわいい衣服をもっていくことができるどこかの場所に隠しておくのだ。もう一つの命を、〈山〉の惨めな巣窟《そうくつ》に加えるくらいなら、なんだって、なんだって、ましだった……

チャリティがマットレスから身を起こすと、老女と子どもたちはまだ眠っていた。寒さと疲労で体がよく動かなかったが、自分の重い足取りで老女たちを起こさないように、ゆっくりと動いた。空腹でふらふらだったが、カバンのなかには何も残っていなかった。テーブルの上には、ひからびたパンの半かけが見えた。疑いもなく、ハイアット婆さんと子どもたちの朝食になるはずだった。でも、チャリティは気にしなかった。自分には、思いやらなければならない赤ん坊がいるのだ。パンをひとかけら引きちぎって、ガツガツと食べた。それから眠っている子どもたちのやせた顔に目をやった。良心の呵責《かしゃく》にさいなまれ、カバンのなかをかきまわして、何か食べたものの代価となるものを探した。アリィが縫ってくれたもので、裾に青いリボンの縁取りがしてあるシュミーズを見つけた。そのシュミーズは、チャリティが貯金をはたいて手に入れた美しい品々の一つで、それを見つめていると額までさっと熱くなった。彼女はそのシュミーズをテーブルの上におき、忍び足で部屋を横切り、掛け金をあげて外に出た……

その朝は凍てつくような寒さだった。青白い秋の太陽が、〈山〉の東端にちょうど昇るころだった。丘陵に散在している家々は、日差しがところどころにこぼれた雲の下で、黒く横たわり、煮炊きの煙も出ていなかった。視界には、人間の姿はひとりも見えなかった。チャリティは戸口に立ちどまり、前夜たどってきた道を見つけようとした。ハイアット老婆の小屋は畑に囲まれていたが、その畑の向こうに朽ちた小屋が見えた。チャリティは、葬式が執り行なわれたのは、その小屋だと思った。その小屋とハイアット老婆の小屋とのあいだには小道が通っていて、〈山〉の側面の松林のなかで見えなくなっていた。その小道を少し右に入った、風で変形したサンザシの木の下には、真新しい土まんじゅうができていて、淡い黄褐色の刈り株畑の上に黒く盛りあがっていた。チャリティは畑を横切ってその土まんじゅうまで歩いていった。そこに近づくと、静かな大気をぬって、鳥のさえずり声が聞こえた。見あげると、茶色いウタスズメが、墓の上方のサンザシの木の高い枝にとまっているのが見えた。彼女はちょっと立ちどまって、その小さな鳥の孤独な調べに耳を澄ませていた。それから、また小道に戻り、松林へ向かって丘を登り始めた。

これまで彼女は、やみくもに逃亡本能に駆られていた。けれど、一歩一歩、歩くごとに、現実に引き戻されつつあるように思えた。興奮して夜を明かしたときは、現実のことなど、ぼんやりしたイメージしかもてなかった。今や、ふたたび日光が輝く世界を歩き、見慣れたものに戻る途中だったので、より冷静な想像力が働いた。今なお、一つの点については、はっきりしていた。ノースドーマーには留まることはできない、ということだ。ノースドーマーを離れるのが早ければ早いほどよかった。しかし、その先は、すべて闇だった……

丘陵をずっと登っていくにつれて、大気がだんだん身を切るようになった。松林の木陰を通って、見通しのよい、草の生えた〈山〉の尾根へと進んでいくと、急に前夜のような冷たい風に襲われた。両肩を曲げ、風に逆らってしばらくはどうにか進んだが、ほどなくして息が切れてしまい、シラカンバの木々が風に揺れて覆いかぶさっている岩棚の下に腰をおろした。座っているところからは、ハンブリン方面に小道が色褪せた牧草を縫って曲がりくねって伸び、〈山〉の花崗岩の岩壁が眼下で急傾斜して、果てしなく遠くに続いているのが見えた。尾根の反対側では、谷間がまだ寒々と日陰になっていた。だが、その向こうの平地では、日光が村の家々の屋根や教会の尖塔にあたり、さらには、遠く離れて見分けのつかない町々にかかった煙の靄を金色に染めていた。

チャリティは、自分がその寂しい天空のなかの、ただの小さい点に過ぎないと思った。この二日間の出来事によって、短い至福の夢から永遠に隔てられてしまったように思われた。二日間の打ちひしがれるような経験によって、ハーニーの姿でさえも、ぼやけてしまっていた。彼のことがあまりにも遠い存在に感じられ、ほとんど思い出にしか過ぎないように思われた。疲弊し浮遊した精神状態のなかで、たった一つの感覚だけが現実の重みをもっていた。身ごもった子どもの体そのものの重みであった。その重みはこの世に彼女を引き留めている唯一の錨《いかり》であった。その重みがなければ、彼女は、風に吹かれて目の前を飛んでいくアザミの冠毛《かんもう》同様の、根無し草だとすら、感じたであろう。子どもは彼女を押さえつける重荷のようではあるが、しかし、また引っ張って立ちあがらせる手のようでもあった。立ちあがって頑張り続けなければ、と自分に言い聞かせた。

〈山〉の頂を横切る小道に視線を戻すと、空を背にして、遠くに一頭立て馬車《バギー》が見えた。馬車の古めかしい外形や、頭を低く下げて必死で進む老いぼれ馬の体躯《たいく》に見覚えがあった。手綱を引いている男のがっしりした大きな体を見て、すぐさま誰だかわかった。馬車は小道をたどって、彼女が登ってきた松林に向かって一直線に進んでいた。御者が自分を探しているのだとすぐにわかった。最初は、彼が通りすぎるまで、岩棚の下にうずくまっていたいという衝動に駆られた。だが、隠れていたいという本能は、恐ろしい、何もない空間のなかで誰かが近くにいるという安堵感に圧倒されてしまった。彼女は立ちあがり、馬車の方に歩いていった。

ロイヤル氏は彼女を見て、馬の肩に鞭をあてた。一、二分後には、チャリティの真横にきて、目が合うと、何も言わずに身を乗り出し、彼女を助けて馬車に乗せた。彼女は話そうとし、どもりながらも何か説明しようとしたが、言葉が出てこなかった。するとロイヤル氏がひざ掛けを引き寄せて彼女のひざにかけながら、ぽつんと言った。「牧師さんがお前をここに残してきたって言ったから、迎えにきたんだ」

彼は馬の向きをぐるりと変え、ふたりはハンブリンに向けてゴトゴト揺られながら出発した。チャリティは、無言のまま、じっとまっすぐ前を見て座っていた。ロイヤル氏は、ときおり馬を鼓舞する言葉を発した。「さあ行こう、それ、ダン……ハンブリンで休ませたけど、ここまでかなり急がせたからな。向かい風のなか、ここまで登ってくるのは骨が折れるよ」

彼がそう言ったのを聞いて初めて、〈山〉の頂上にこんなに早くに着くには、ノースドーマーを夜のいちばん寒い時刻に発ってきたに違いないし、ハンブリンで休んだ以外はずっと走ってきたに違いないと思って、心に温かいものを感じた。寄宿学校に入らず一緒に暮らし続ける決心をしたとき、深紅の蔓バラを買ってくれたときからこの方、彼の振る舞いでそんな感情が生まれることはなかった。

しばらくすると、彼がまた話し始めた。「わしが初めてお前を迎えにここに来たのは、ちょうどこんな日だったよ。雪がぱらついていたけどね」それから、昔の恩を着せようとしていると誤解されるのを心配するかのように、すばやく加えて言った。「それがよかったって、お前が思うかどうか、わしにはわからんがね」

「ええ、よかったと思います」彼女は、じっとまっすぐ前を見たまま、小声で言った。

「そうさなあ」と彼は言った。「わしは一生懸命に――」

彼は最後まで言わなかった。チャリティもそれ以上、何も言うべき言葉が思いつかなかった。「おいこら、ダン、急げ」彼は手綱を引っ張りながらつぶやいた。「まだ家には着けん——お前、寒いかい？」と唐突にたずねた。

彼女は首を振ったが、ロイヤル氏はひざ掛けを高く引っ張りあげ、身をかがめて彼女の足首のまわりにも巻きつけた。疲労と衰弱のために涙が浮かんで目がぼんやりとかすみ、涙が流れはじめた。彼女は涙を拭うところを見せたくないと思って、そのままにまかせた。

ふたりは押し黙ったまま走り続け、ハンブリンへおりる長い環状の坂道をくだった。村外れにたどり着くまで、ロイヤル氏がふたたび口を開くことはなかった。手綱を馬車の泥よけの上にだらりと落としたまま、彼は懐中時計を引っ張り出した。

「チャリティ」と言った。「お前はへとへとに疲れているようだが、ノースドーマーまではかなりの道のりだ。それで考えたんだが、ここで休憩して、お前は朝飯を少し食って、それから馬車でクレストンに行って、汽車に乗るのがいいと思うんだ」

無感情の黙想から、チャリティははっと我に返った。「汽車って——どこゆきの汽車？」彼女は、事情がわかっていないと思った。

ロイヤル氏は答えずに、馬をゆっくり走らせ続け、やがて村のいちばん外れの家の玄関に着いた。「ここはホバート婆さんの家だ」と言った。「婆さんは、何か温かい飲み物を出してくれるだろうよ」

チャリティは、半ば意識がなくぼんやりしていたが、気がつくと、馬車から降り、ロイヤル氏のあとをついて開いていた扉を入った。焜炉の火がぱちぱち音を立てている、きちんとした台所だった。親切そうな顔をした老女がカップと受け皿をテーブルに並べていた。ふたりが入っていくと老女は顔をあげ、うなずいた。ロイヤル氏は、かじかんだ両手をぱちんと叩きながら焜炉の方に歩み寄った。

「ねえ、ホバートさん、この若いご婦人に朝食を出していただけますか？　ご覧のとおり、凍えて腹を空かしているんですよ」

ホバート夫人は、チャリティに微笑みかけ、焜炉からブリキ製のコーヒーポットを取った。「まあ、かなりひどい恰好をしているわね」と思いやりを込めて言った。

チャリティは赤くなりながら、テーブルについた。またも完全なる受け身の気持ちに襲われていて、意識できたのは、暖かいところで休息できる、という心地よい動物的感覚だけだった。

ホバート夫人は、パンとミルクをテーブルの上におくと、家を出ていった。裏庭を横切って、馬を納屋へ引いていくのが見えた。老女は戻ってこなかったので、ロイヤル氏とチャリティは湯気をたてているコーヒーをあいだに挟んで、ふたりだけでテーブルに座っていた。ロイヤル氏がカップにコーヒーを注ぎ、受け皿にパンをひと切れおいてくれたので、彼女は食べ始めた。

コーヒーの温かさが血管に流れわたるにつれて、思考が明晰《めいせき》になり、彼女はふたたび生きている人間のような心地がし始めた。だが、その生への帰還は非常な痛みを伴っていたので、食べ物が喉に詰まった。無言で苦悶《くもん》し、座ったままじっとテーブルを見つめていた。

しばらくすると、ロイヤル氏が椅子をうしろに押した。「さあ、それじゃ、行く気があるなら——」と言った。チャリティが動かなかったので、続けて、「お前がよければ、わしら、ネトルトン行きのお昼の汽車に乗れるけど」と言った。

この言葉で、血がどっと彼女の顔にのぼった。彼女は驚いて目をあげ、ロイヤル氏の目を見た。彼はテーブルの反対側に立って、優しく真面目な顔をして彼女を見つめていた。とつぜん彼女は、ロイヤル氏が何を言おうとしているのか理解した。彼女は鉛のような重りを唇に感じ、動かずにずっと座っていた。

「チャリティ、お前とわしはお互い若いときにはひどいことも言い合った。今これ以上話しても、何もいいことはないと思う。でも、お前については一つしか考えられない。もしよかったら、お昼の汽車に間に合うように馬車を走らせて、まっすぐ牧師の家に行こう。そして帰ってくるときは、ロイヤル夫人として帰ってくるんだ」

彼の声には、〈懐かしのふるさと週間祭〉の式典で聴衆を感動させた、説得力のある厳粛な響きがあった。彼女はその穏やかな口調の下に、もの悲しい忍耐力の深さを感じた。自分自身の弱さに恐怖を感じて、全身が震え始めた。

「そんな、あたし、できない――」と急に必死の声をあげた。

「できないって何を?」

彼女自身にもわからなかった。彼の申し出を拒絶しているのか、それとも、もはや持つ権利がないものを手に入れる誘惑とすでに闘い始めているのか、定かではなかった。彼女は当惑して震えながら立ちあがり、話し始めた。

「あなたに対して、あたしがずっと公正ではなかった、ということはわかっています。でも今はあたし……あなたにわかってもらいたいのは……あたしが望むのは……」声が出なくなり、彼女は話をやめた。

ロイヤル氏は壁に寄りかかっていた。いつもより顔色が悪かったが、落ち着いて優しい顔をしていた。チャリティが動揺しても、彼には狼狽する様子は見られなかった。

「いったい何を望んでいるっていうんだ?」彼女の話がとぎれると、ロイヤル氏は言った。「自分が何をほんとうに必要としているか、お前はわかっているのか? まあ、聞きなさい。お前は家に連れ帰ってもらって、面倒を見てもらわなければならないよ。言わなくちゃならないのは、それだけだと思うがね」

「いえ……それだけじゃないわ……」

「それだけじゃない?」彼は自分の時計を見た。「それじゃ、もう一つ言うよ。わし、わしが望むのは、わしと結婚してくれるかどうか、知りたいだけだ。もしほかに何かあるなら、そう言うよ。でもないんだ。わしの年になると、男は重要なものと、そうじゃないものがわかるんだ。それが、人生が我われに与えてくれる唯一のよいことだね」

その口調は力強く、固い決意が表われていたので、彼女はまるで力強い腕で抱かれたように感じた。彼が話すにつれて、彼女の抵抗感が消え失せ、力が抜けていくような感じだった。

「泣くな、チャリティ」震える声で彼が叫んだ。彼の感情の高ぶりに驚いて、チャリティが見あげると、ふたりの目があった。

「ねえ、いいかい」彼は優しく言った。「老いぼれダンが長い距離走ってきたから、このあとの道のりは、やつに楽をさせてやらなければならないからね」

ロイヤル氏は椅子にずりおちていたマントを拾いあげ、彼女の肩にかけた。チャリティは彼のうしろをついて家の外に出て、裏庭を横切って、馬がつながれていた納屋に歩いて行った。ロイヤル氏は馬にかけてあった毛布を外し、道に引いて行った。チャリティが馬車に乗り込むと、彼はひざ掛けを引っ張って、彼女にかけた。かけ声をひと声かけて、彼は手綱をふり、馬車を出した。村外れに着くと、彼は馬の頭をクレストンの方へ向けた。

第十八章

ふたりは、疲れ果てた老いぼれ馬ダンのペースで谷間への曲がりくねった道をゴトゴトくだり始めた。チャリティ自身は、さらなる疲労の谷底へ沈み込んでいくような気がしていた。ロイヤル氏と一緒に裸木の森のなかをくだっているとき、ものごとを正確に把握する感覚を失い、生い茂った夏の葉のアーチの下を恋人と一緒に馬車に乗っているように感じるときがあった。しかし、この幻想はぼんやりとしたもので、一時的なものに過ぎなかった。ほとんどは、抗しがたい滑らかな流れに滑り落ちていく、という混乱した感覚だけがあった。彼女は、考える苦痛から逃れてきた難民のような感覚に身を任せていた。

ロイヤル氏はめったに口を開かなかったが、黙ってそばにいるだけで、彼女は初めて、心穏やかな安らぎを感じた。彼がいる所が暖かく、休息でき、静かだということがわかっていたし、それこそが、目下の彼女に必要なものだった……

クレストンからネトルトンまでの短い汽車の旅では、暖かかったので意識が覚醒し、見知らぬ人たちに見られているという意識もあって、一時的に力が湧いていた。ロイヤル氏と向かい合って姿勢を正して座り、窓の外の丸裸にされた景色を見つめていた。四十八時間前、同じ一帯を旅したときには、多くの木々がまだその葉を残していたが、前日と前々日の二晩の強風で、残っていた葉が丸裸にされ、風景の輪郭は、十二月と同様の、繊細な鉛筆画のようになっていた。秋の冷気が一日、二日続いて、七月四日の独立記念日に通ったときの、豊かに実った畑や気怠そうに茂った木立は、跡形もなく消えていた。風景の活力が失われたのと一緒に、あの熱く燃えた時間も色褪せてきていた。彼女は、もはや自分があの燃えるような夏の時間を生きた当人だとは思うことはできなかった。何か抗しがたい修復不能なことに見舞われた、誰か別の人のようだった。その風景に通じる道の足跡も、ほとんど消えていた。

汽車がネトルトンに着き、ロイヤル氏と並んで駅前広場へ歩いて行くと、非現実感がさらに圧倒的なものとなった。日夜の身体的疲労で、心には新しい感覚を吸収する余地が残っていなかった。彼女は疲れた子どものように、おとなしくロイヤル氏のあとをついて行った。混乱した夢のなかにいるようだったが、ほどなくして我に返ると、彼女は心地よい部屋で、紅白のテーブルクロスがかけられたテーブルに、ロイヤル氏と一緒に座っていた。テーブルの上には、温かい食べ物と紅茶が並べられていて、ロイヤル氏が彼女のカップに紅茶を注ぎ、皿に食べ物をとった。彼女が目をあげるたびに、ロイヤル氏が穏やかで落ち着いたまなざしを自分に注いでいることに気づいた。それは、ホバート老夫人の台所で向かい合って座り、安心させ元気づけてくれたときと、まったく同じまなざしだった。彼女の意識のなかで、他のことすべてが次第にごちゃごちゃになって実体がなくなり、世界を分解して見えなくする、遍在する光のようになっていくにつれて、ロイヤル氏の存在が、岩のような確かさをもって、目下の捕らえどころのない状況から切り離され始めた。彼女はいつもロイヤル氏のことを——考えたときにはということだが——大嫌いで邪魔な人だと思ってきた。彼女がその気で頑張れば、出し抜き、優位に立てる相手だとも思ってきた。たった一度だけ、〈懐かしのふるさと週間〉の式典があった日、ロイヤル氏の演説の断片が彼女の混乱した脳裏に迷い込んできて、彼を別人のように思ったことがあった。その人物は、一緒に住んでいると思っていた頭の鈍い敵とはたいそう異なっていたので、彼女自身の燃えるような夢の靄のなかから見たにもかかわらず、はっとするほど突出して際立っていた。そのとき彼が言ったこと——彼がそのことを言うときの言い方に何かあって——なぜ彼のことをいつもそんなにも寂しそうな男だと思ってきたのか、つかの間であったが、その理由を理解した。だが、彼女が抱いていた数々の夢の靄がふたたび彼の本質を隠し去り、彼女は、その場かぎりのつかの間の印象を忘れてしまっていた。

ふたりでテーブルに座っていると、そのときの印象がまた戻ってきた。計り知れない惨めさを経験してきた彼女は、その印象がよみがえったことで、とつぜん自分とロイヤル氏とは互いに似た者同士だという感覚を抱いた。彼女が心のうちでめぐらしたこれらの思いはどれも、その弱りはてた体の灰色にぼやけた部分に、幾筋かの光をつかの間投げかけたに過ぎなかった。その光によって、彼女はロイヤル氏がやがて暖かい部屋のテーブルに座っている自分を残して立ち去り、しばらくして、駅からの馬車を手配して戻ってきたことを理解した――日に焼けたブルーシルクのブラインドがついている有蓋式の「貸馬車」だ――それに乗って、ある教会の隣の、カーペットのような芝生の前庭がある、ツタで覆われた家へ一緒に行った。ふたりはこの家で馬車を降りたが、馬車は、ふたりが小道を歩き、横羽目板張りのホールに入り、さらに本がたくさんある部屋に入るまで、停車していた。その本がある部屋で、チャリティがそれまで会ったことのない牧師が、愛想よく出迎えてくれた。牧師は立ち合い人を呼びに行っているので、座って少し待っているようにと言った。

チャリティは、言われるままに座り、ロイヤル氏は手をうしろで組んで、部屋をゆっくり行ったり来たりしていた。彼が振り返り、顔を合わせたとき、チャリティは、彼の唇が少しぴくぴくしているのに気づいた。だが、その目には、厳粛で落ち着いた様子が表われていた。一度、彼はチャリティの前で止まり、「髪がちょっと、風で乱れているね」とおずおずと言った。彼女は両手をあげ、編んだ髪からほつれ出ている髪を撫でつけようとした。壁には、彫細工を施した木枠入りの鏡がかけられてあったが、恥ずかしくて自分の姿を鏡で見ることはできなかった。牧師が戻って来るまで、彼女は両手をひざ上に重ねて座っていた。それからふたりは、またその部屋を出て、アーケードのようなものがついた通路を通って、低いアーチ状の天井のある部屋に入った。祭壇には十字架があり、長椅子が何列もつらなっていた。牧師はふたりを入口のところへ残して立ち去ったが、まもなくすると白い祭服姿で祭壇の前にふたたび姿を現わした。おそらくは牧師の妻だと思われる女性と、芝生の枯葉をかき集めていた青シャツの男が入ってきて、長椅子に座った。

牧師は聖書を開き、チャリティとロイヤル氏に前に出てくるように合図した。ロイヤル氏は二、三歩、前に進み出た。そして、チャリティは、ホバート夫人の台所から出て、ロイヤル氏のうしろについて馬車のところへ行ったときのように、彼のあとをついて行った。チャリティは、もしロイヤル氏のうしろにぴったりとついているのを止め、彼がしなさいと言うことをしなかったら、世界が自分の足元で崩れ落ちてしまうような気がしていた。

牧師が聖書を読み始めると、ぼうっとしたチャリティの心にマイルズ氏の記憶がよみがえってきた。前夜、〈山〉のあの荒れ果てた小屋に立ち、まったく同じ決定的な畏怖の響きをもつ、聖書の言葉を読みあげる姿だ……

「あなた方ふたりに指示し要求しますが、もしあなた方のどちらかが正式に結婚してはならない婚姻の障害を知っているならば、あらゆる心の秘密が暴かれる恐れ多き最後の審判の日にあなたが答えるように……」

チャリティが視線をあげると、ロイヤル氏の目と合った。彼の目はそれまでと同じようにチャリティを優しくしっかりと見つめていた。聞き洩らした言葉があったが、その後、少し間があって、彼が「誓います」と言うのが聞こえた。チャリティは、自分が何をするべきか、牧師が身振りで伝えようとしていることを理解しようと必死だったので、話されていたことはもはや耳に入ってこなかった。また少し間があって、長椅子に座っていた女性が立ちあがり、チャリティの手をとって、ロイヤル氏の手に重ねさせた。彼の強い手のひらに握られたまま、チャリティは、大きすぎる指輪が自分の細い指に滑り込んでいくのを感じた。そのとき、結婚したのだと思った……

その日の午後遅く、チャリティは高級ホテルの一室にひとりで座っていた。それは、七月四日の独立記念日の日に、ハーニーと一緒に食事できないかと甲斐《かい》なくも席を探したホテルだった。彼女は、これほど高価な調度品が設えられた部屋に入ったことがなかった。化粧台の上の鏡が、ダブルベッドの背の高い頭板《ヘッドボード》や、ひだ飾りのついた枕用クロス、ベッドカバーを映していた。ベッドカバーはしみ一つなく真っ白だったので、彼女は帽子やジャケットですら、その上におく気になれなかった。ぶんぶんうなっているラジエーターは眠気を誘う暖かい空気を放出し、半ば開いた扉の向こうには、二つの大理石の洗面器の上方にニッケル製の金具が光っているのが見えた。

しばらくすると、長かった一昼夜の混乱からしずかに解放され、彼女は目を閉じて座り、暖かさと静かさの魔力に身をゆだねていた。だが、この幸いなる無感情の状態は、ほどなく、病人が昏睡《こんすい》から覚めるときに見ることがあるような、出し抜けに飛び込んできた強烈な映像に取って代わった。目を開けると、視線はベッドの上方にかかっていた絵に注がれていた。それは、目の覚めるような白い余白のある大きな銅版画で、内側に金の渦巻の装飾がついた、バーズアイメープル材*の幅広の額縁に入れられていた。その銅版画は、木々が覆いかぶさる湖で、ボートに乗っている若い男性を描いたものだった。男性は、船尾でクッションに寄りかかっている軽装姿の若い娘に、睡蓮《すいれん》の花を取ってやろうと身を乗り出していた。その光景は、気だるい真夏の光に満ちていた。チャリティはその絵から目をそらすと、椅子から立ちあがり、落ち着きなく部屋を歩き始めた。

部屋は五階で、部屋の幅広いガラス窓は街の家々の屋根をはるかに臨んでいた。屋根の向こうには、樹木の茂った風景が広がっていて、燃えつきる直前の夕日が鋼のような輝きを際立たせていた。チャリティはその輝きにはっと驚き、じっと見つめていた。暮れゆく薄明かり越しでも、その周りの穏やかな丘の輪郭や、坂になってその際まで牧場が広がっている様子が見てとれた。彼女が見つめていたのは、ネトルトン湖だった。

彼女は窓際に立って、長いこと薄れゆく湖面をじっと見つめていた。湖の風景にかき立てられ、初めて、自分がしでかしたことを思い知った。手の指の指輪の感触でさえも、もう取り返しがつかないのだ、という気持ちをこれほど強烈に感じさせることはなかった。ほんのつかの間、いつもの逃亡本能が全身をさっとよぎった。けれど、折れた片翼が頭を持ちあげただけだった。背後で扉が開く音がして、ロイヤル氏が入ってきた。

彼は髭を剃ってもらいに床屋に行っていたのだが、ぼさぼさの白髪頭は整えられ、撫でつけられていた。気がついて欲しいといわんばかりに、肩をしゃんと張り、頭を高くあげて、力強くすばやく動いていた。

「暗がりで何をしているんだ?」と明るい声で話しかけてきた。チャリティは返事をしなかったが、彼は窓の方へ歩いて行って、ブラインドを引いた。それから指で壁を押して、中央のシャンデリアの燃えるような光で、部屋中をあふれんばかりにした。この馴染みのない照明のなかで、夫と妻はぎこちなく互いに少し見つめ合った。その後、ロイヤル氏が言った。「もしよければ、下へ降りて行って、夕飯を食べよう」

食べ物のことを考えると、チャリティは嫌な気持ちでいっぱいになった。しかし、そのことをあえて打ち明けずに、髪を撫でつけ、ロイヤル氏のあとをついて、エレベーターへと向かった。

一時間後、チャリティは、食堂のぎらぎらする明かりのなかから出てきて、大理石張りのホールで待っていた。ロイヤル氏は、隅にあるカウンターの真鍮の格子の前で、葉巻タバコを選び、夕刊を買っていた。男性客らは、まばゆいシャンデリアのもとで揺り椅子に座ってくつろぎ、旅行客が行き来し、ベルが鳴り、ポーターらが荷物を引きずって通り過ぎたりしていた。カウンターに寄りかかっているロイヤル氏の肩越しに、髪を高く盛りあげた若い娘が、ホールの反対側のフロントで鍵を受け取っている、小粋なセールスマンにニヤニヤ笑って、会釈していた。

チャリティは、これら人生が交差する流れの最中《さなか》に、あたかも大理石の床にねじで留められたテーブルであるかのように、生気なく、じっと立ちつくしていた。運命が迫っている、という一つの吐き気を催すような感覚に全魂が駆りたてられ、ロイヤル氏が次つぎと箱の葉巻タバコをつまんだり、夕刊を静かに手で広げたりするのを、金縛りにあったような恐怖を感じて見つめていた。

ほどなくすると、ロイヤル氏がくるりと向きを変え、彼女のところへやってきた。「上にあがって、寝ていて――わしはここに座って、葉巻を吸うから」と言った。互いの習慣に慣れている、長いこと連れ添った夫婦であるかのように、気軽で自然な話しぶりであったので、ぎゅっと収縮していた彼女の心臓が、安心して鼓動し始めた。ロイヤル氏のあとをついてエレベーターまで行くと、彼は乗せてくれて、髪を編み込んでいる制服姿の少年に、彼女を部屋に案内するよう申しつけた。

彼女は、手探りで部屋の暗がりを進んだ。どこに電気のスイッチがあるか忘れてしまったし、どのように操作するかもわからなかったからだ。秋の白い月が昇っていて、明るい空から青白い光が部屋に差し込んでいた。その光で、彼女は服を脱ぎ、ひだ飾りのついた枕用クロスを畳むと、しみ一つないベッドの上掛けの下におずおずと身を滑らせた。今までそんな滑らかなシーツや軽くて暖かな毛布に触ったことがなかったが、ベッドの柔らかさに慰められることはなかった。ベッドに横になりながら、恐怖が氷のように血管を走り、震えていた。「あたしは何をしたの？　ああ、あたしは何をしたの？」と身を震わせながら、枕にささやいていた。顔を枕に押しつけて窓の外の青白い風景を遮断し、闇のなかで耳をそばだて、足音が近づいてくるたびに身を震わせて横になっていた……

とつぜん彼女は起きあがり、恐怖に震えている心臓を両手で抑えた。かすかな音がして、誰かが部屋にいることがわかった。部屋に入ってくる人の物音を聞いていなかったので、しばらく眠っていたようだった。月は向かいの屋根のかなたに沈みかけていた。灰色の四角い窓を背景にその輪郭を際立たせて、暗闇のなかに揺り椅子に座っている姿が見えた。その姿は動かず、頭をさげて腕を組み、深く椅子に沈み込んでいた。そこに座っていたのはロイヤル氏だった。彼は服を脱いでいなかったが、ベッドの足元から毛布を取り出し、それをひざにかけていた。彼女は震えながら息を殺し、自分が動くことで起こしてしまうのではないかと思いつつ、その寝姿を見つめていた。しかし彼は動かず、眠っていると思って欲しいのだと判断した。

その寝姿をずっと見つめていると、緊張していた神経や疲れ果てた体が弛緩《しかん》して、言い表わせないような安堵感がゆっくりと身を包んだ。それじゃ、この人は知っていたんだ……この人はわかっていた……そのことをわかっていたから結婚したんだ。結婚したのは、そこにそうやって暗闇に座り、一緒にいれば安全だと見せることだって、わかっていたからだ。彼のことを考えて、それまで感じたことがないほどの何か深い感動が、疲れた脳裏をよぎった。それで彼女は、注意深く音を立てずに、枕に顔を埋めた……

目覚めると、部屋は朝日に満ちていた。一瞥してすぐに、部屋には自分しかいないということがわかった。彼女は起きて身づくろいをした。服のボタンをとめていると、扉が開き、ロイヤル氏が入ってきた。明るい日の光のなかでは老いて疲れているように見えたが、顔は〈山〉で再確認させてくれたときとまったく同じ、真面目な親しみやすさを湛えていた。まるで、悪い憑《つ》き物がことごとく抜け出てしまったかのような顔であった。

ふたりは朝食をとるために階下の食堂におりた。朝食のあと、ロイヤル氏は済ませなければならない保険関係の用事があると言った。「わしが用事をしているあいだ、出かけて行ってなんなりと必要なものを買うといいよ」彼はにっこり微笑み、照れくさそうに笑いながらつけ加えた。「わしは、お前には、ほかのどの娘も打ち負かして欲しいって、ずっと思っていたんだ」ポケットから何かを取り出すと、テーブルの上をさっと押してよこした。二十ドル紙幣を二枚くれたのだとわかった。「それで十分じゃなければ、金の出どころはもっとある——お前にやつらみんなを、こてんぱんに打ち負かして欲しいんだ」彼はまたも言った。

チャリティは赤くなった。どもりながらもお礼を言おうとしたが、彼は椅子を引き、食堂から出て行こうとしていた。ホールでちょっと立ち止まり、もし彼女がよければ、三時の汽車に乗ってノースドーマーに戻りたいと言った。それから、コート掛けからコートと帽子をとって出かけて行った。

数分後、チャリティも出かけた。ロイヤル氏がどっちの方向へ行くか、チャリティは注意して見ていた。それで自分は反対方向に進み、本通りをすばやく下って、レンガ造りの建物がある、レイク街の曲がり角まで歩いた。そこで立ちどまり、本通りの右左を注意深く見てから、真鍮で縁飾りをした階段をあがってマークル医師の診察室へと向かった。以前と同じ髪の毛がもじゃもじゃの混血《ムラトー》の女の子がチャリティを通してくれた。赤いプラッシュ張りの待合室で以前と同じくらい待たされたあと、彼女はもう一度マークル医師の診察室に招き入れられた。医師は驚きも見せずに迎え入れ、プラッシュ張りのソファの内なる聖域へと彼女を導いていった。

「戻ってくると思っていたけど、ちょっと来るのが早すぎたわね。いらいらしないで我慢してって、言ったでしょ」黙って鋭い目で精査したのち、女医は言った。

チャリティは胸元から例の札を取り出して、「青いブローチを返してもらいに来ました」と上気しながら言った。

「あなたのブローチ?」マークル医師は覚えていないようだった。「まあ、そうね——そういった類のもの、いろいろと預かるのでね。まあ、金庫からもってくるから、待っていて。そういう貴重品を新聞みたいにその辺においとかないのでね」

女医は少しその場を離れたが、捩《よじ》ったティッシュペーパーをもって戻り、それを開いてブローチを出した。

チャリティは、ブローチを見て、心に温かい衝動をずきんと感じた。喉から手が出るほどの気持ちで手を差し出した。

「おつりがありますか？」テーブルの上に二十ドル札を一枚おき、少し息を切らして、聞いた。

「おつりですって？　どうして、わたしがおつりを出さなくちゃならないの？　わたしには、二十ドル札が二枚見えるだけですけど」マークル医師は明るく答えた。

チャリティは動揺して、とぎれとぎれに言った。「あたし、思ってたんです……先生が一回の診察で五ドルだとおっしゃったって……」

「あなたに、親切のつもりでね――言いました。でも、責任についてはどうなさったの？――そい、れに保険については？　あなたはそういったことなんか、考えていないでしょ？　このブローチはゆうに百ドルの価値はあります。もし紛失したり、盗まれたら、あなたがやって来て欲しいと言ったとき、わたしはどこへ行ったらいいんでしょう？」

チャリティは、黙ったまま言葉が出なかった。医師の議論に当惑しつつも、半ば説得されてしまっていた。するとマークル医師は、すばやく勢いに乗じた。「ねえ、あなた、わたしは、あなたのブローチが欲しいなんて、言いませんでしたよ。こんな面倒なことに巻き込まれるより、みなさんが通常の医療費を払ってくれる方が、ずっといいですよ」

女医が話を中断したので、チャリティは、遮二無二《しゃにむに》に逃げ帰りたい気持ちになって立ちあがり、札を一枚差し出した。

「これを受け取ってくださいますか？」と聞いた。

「いいえ、それは受け取れないわ。でも、もう一枚と一緒にならいただくし、もしわたしを信用してくださらないなら、サイン入りの領収書をお渡しするわよ」

「ああ、でも、それはできません――あたしの全財産なんです」チャリティは大声で言った。マークル医師は、プラッシュ張りのソファからうれしそうにチャリティを見あげた。「あなた、昨日結婚したようね。あそこの監督教会で。牧師さんの雑用係から結婚式のことについてみんな聞いたわよ。あなたがここに未払いの借金があるってロイヤルさんに知られたら、残念なことよね。わたしはただ、ほんとうのお母さんのように、あなたに説明してあげたのよ」

チャリティは怒りがこみあげてきた。けれど、こんな邪悪な女のところに、マークル医師にやりたいようにやらせておくことも、しばし考えた。ブローチを捨て、マークル医師にやりたいようにやらせていくなんてできようか？　生まれてくる赤ん坊のために、その宝物が欲しかった。そのブローチは、ハーニーの子どもと、子どもの見知らぬ父親とを、何か神秘的な方法で結ぶ絆だと思っていた。ぶるぶる震え、自己嫌悪に陥りつつ、彼女はロイヤル氏のお金をテーブルの上においた。そしてブローチを摑むと、大急ぎでその診察室から、その医院から逃げ出した……

通りに出ると、チャリティは先ほどの予期せぬ体験に呆然となり、じっと立ちつくしていた。だが、例のブローチは、お守りのように胸にあって、心がひそかに軽くなったような気がした。そのブローチによって力が湧き、やがてゆっくりと郵便局の方向へ歩き続け、スウィングドアを通って郵便局に入っていった。窓口で、便箋と封筒、それに切手を買い、それからテーブルに座って、備え付けの錆びついたペンをインクに浸した。彼女はそこにやって来るまでずっと恐怖に取りつかれていた。ロイヤル氏の指輪を指にはめた感触を感じて以来、ずっとつきまとわれていた恐怖だった。

ハーニーが、結局は自由になって自分のところへ戻ってくるのではないか、という恐怖である。ハーニーの手紙を受け取ったあと、恐怖に慄いて過ごしていたときには、思いもしなかった可能性であった。決定的な手段をとったことで初めて、切望が不安に変わり、そんな不測の事態を心に抱くようになったようであった。彼女は宛名を封筒に書き、便箋には、「あたしはロイヤルさんと結婚しました。あなたのことはいつまでも忘れません。チャリティ」と書いた。

最後の一文は、まったく書くつもりではなかった。言葉が抗しがたくペンからすらすらと流れ出てきたのだ。彼女には、すべてを完全に犠牲にする強さはなかったが、結局、それがどうしたというのだ？ ハーニーと再会する機会はなくなったのだから、真実を言ったっていいじゃないか。

ハーニー宛の手紙をポストに入れると、彼女は太陽に照らされた賑やかな通りに出て行き、ホテルまで歩き始めた。デパートのショーウィンドウに、ドレスや布地がそそるように飾られているのが目にとまった。ハーニーと一緒にのぞき込んだ日に、いたく想像力をかき立てられたドレスや布地だった。それらを見て、外出して必要なものをみな買うようにという、ロイヤル氏の命令を思いだした。自分のみすぼらしい服を見おろし、ロイヤル氏に会ったら、手ぶらで帰ったことをなんと言おうかと考えた。ホテルに近づくと、彼が玄関前の階段で待っているのが見えた。心配で心臓がどきどきし始めた。

彼女が近づくと、ロイヤル氏はうなずき、手を振った。ふたりはホールを通って所持品を取りに部屋にあがった。昼食を食べにおりてくるときに、ロイヤル氏が鍵を返す手はずだった。部屋で、もってきたわずかばかりの品々をカバンに詰めていると、とつぜんロイヤル氏がじっと見つめていて、話しかけようとしていることに気づいた。彼女は、半ば畳んだ寝巻を手に持ち、やつれた頰をさっと紅潮させて、じっと立っていた。

「おや、しゅっと着飾ったのかい？　買物の荷物もみあたらないけど？」彼はおどけて言った。

「それより、アリィ・ホーズに好きなものをいくつか作ってもらう方がいいわ」彼女は答えた。

「そうなんだ？」彼は考え込んだ様子で少しチャリティを見つめていたが、しかめ面をして眉をつりあげた。それからまた、優しそうな顔に戻った。「まあ、誰よりもハイカラな格好して帰って欲しかったんだけど、お前が正しいと思うよ。お前は、いい娘だよ、チャリティ」

ふたりは目をあわせた。彼の目には、何かチャリティがそれまで見たことがなかったものが表われていた。彼女を恥ずかしく感じさせ、されど安心感をもたせてくれるまなざしだった。

「あなたもいい人だと思うわ」彼女は恥ずかしそうに、すばやく言った。彼はそれには返事をせず、微笑んだ。ふたりは部屋を一緒に出て、まばゆいばかりのエレベーターで、玄関ホールにおりた。

その夜遅く、冷たい秋の月明かりのなか、ふたりは赤い家の玄関へ馬車で乗りつけた。

◉訳注

【第一章】

＊**ニューイングランド**　アメリカ合衆国北東部の六州（メイン州、ニューハンプシャー州、ヴァーモント州、マサチューセッツ州、ロードアイランド州、コネチカット州）から成る地方。

＊**鴨池**　鴨など水鳥の生息のために設えた池。

＊**スプリングフィールド**　マサチューセッツ州西部に位置する工業都市。十九世紀から武器・軍需産業を中心に発達した。

＊**監督教会**　アメリカ合衆国監督教会、または米国聖公会。十八世紀にアメリカが英国から独立したことにともなって設立された。本書の作者ウォートンの一族がそうであったように、独立までにアメリカへ移り住んだ英国人の子孫で、とくにニューヨークやボストンなどの東海岸の大都市に住む上流階級層に信者が多い。

＊**ネトルトン**　架空の都市だが、マサチューセッツ州西部の都市、ピッツフィールドをモデルにしていると思われる。当時、七月四日の独立記念日には花火大会も行なわれていて、作者自身も見学したといわれる。

＊**ワシントン・アーヴィング**（一七八三―一八五九）　ニューヨーク生まれのアメリカの作家。英国など外国の作品が広く読まれていた十九世紀初頭のアメリカで、アーヴィングの短編・随筆集『スケッチ・ブック』（一八一九）は、スコットランドの作家ウォルター・スコットの歴史物語などと並んでベストセラー・リストに名を連ねている。アーヴィングはヨーロッパとアメリカの双方で有名になった初めてのアメリカ人作家とも言われている。

＊**フィッツ゠グリーン・ハレック**（一七九〇―一八六七）「アメリカのバイロン」とも呼ばれて十九世紀に人気を博した詩人。

＊**ミネルヴァ**　知恵・芸術・工芸・戦術を司るローマ神話の女神。

＊**『点灯夫』**（一八五四）　マリア・スザンナ・カミンズ（一八二七―六六）作のベストセラー小説。十九世紀中葉に広く読まれた「女性作家による、女性読者向けの、女性についての物語」の一つ。八週間で四万部売り尽くし、当時、『アンクル・トムの小屋』に次ぐヒットとなった。チャリティが図書館でばらばらになった『点灯夫』を製本し直しているところから、二十世紀になっても広く読まれていたことがうかがえる。

***プリマス**　ボストンの南東約六十キロにある町。信仰の自由を求めてプリグリム・ファーザーズ（英国分離派ピューリタン）がメイフラワー号で最初に入植した地で、「アメリカの故郷」と呼ばれている。

***セイラム**　ボストンの北約二十五キロにある町。古くから貿易港として栄え、魔女狩りがあったことでも知られる。

【第二章】

***『アンクル・トムの小屋』**（一八五二）　ハリエット・ビーチャー・ストー（一八一一―九六）による反奴隷制小説で、アメリカのみならず、多くの国で広く読まれたベストセラー小説。女性の政治的発言がタブー視されていた時代に、奴隷制反対を訴えて空前のヒットとなったこの小説は、南北戦争（一八六一―六五）への道を加速させたとも言われている。

***『栗の毬を剝く』**（一八七四）　牧師であり小説家でもあったエドワード・ペイソン・ロー（一八三三―八八）によるベストセラー小説。ローの小説は、説教的な内容が特徴とされているが、とくに中産階級層の支持を得て広く読まれた。一八七〇年代には、マーク・トウエイン（一八三五―一九一〇）の『トム・ソーヤーの冒険』（一八七六）などとともに、『栗の毬を剝く』を含む二作品がベストセラーになっている。

***ヘンリー・ワーズワス・ロングフェロー**（一八〇七―八二）　アメリカの詩人。代表作に「人生賛歌」（一八三九）など。

***スタークフィールド**　ニューイングランドを描いたウォートンによるもう一つの傑作『イーサン・フローム』（一九一一）でも言及されるマサチューセッツ州の架空の町。

***都市行政委員**　ニューイングランドのロードアイランド州を除く各州における任期三年の委員。

【第三章】

***ダニエル・ウェブスター**（一七八二―一八五二）　アメリカの政治家、雄弁家。生涯を通じて演説集を出版した。

***バンクロフトの『アメリカ合衆国史』**（一八三四―七九）　「アメリカ史の父」と呼ばれる、マサチューセッツ州出身の歴史家・政治家ジョージ・バンクロフト（一八〇〇―九一）による歴史書。

【第六章】

***《バーゴインの降伏》**　ジョン・バーゴイン（一七二二―九二）はアメリカ独立戦争時の英国の軍司令官で、一七七七年にニューヨーク州東部サラトガでアメリカ陸軍に降伏した。絵画としては、ジョン・トランブル（一七五六―一八四三）による《バーゴイン将軍の降伏》（一八二一）が有名。ロイヤル家に飾ってあるのは、彫版印刷で広く出まわったものと思われる。

【第七章】
＊バプティスト教会　英国国教会の分離派思想から発したプロテスタントの一派。
＊ソーダビスケット　重曹、サワーミルク、またはバターミルクで膨らませたビスケット。
＊ロチェスター製ランプ　ロチェスターランプ社は、チャールズ・スタンフォード・アプトン（一八四四―九七）が一八八四年に設立した会社。彼が住んでいたニューヨーク州ロチェスター市の名を冠したランプの開発と販売を勢力的に行なった。

【第九章】
＊少年禁酒団　一八四七年に英国の牧師によって提唱され、一八五五年に設立されたキリスト教禁酒団体で、若者にアルコールや薬物の脅威を啓発することを目的としている。
＊鬐甲　肩甲骨のあいだの隆起。
＊「陽気な未亡人《メリー・ウィドウ》」　フランツ・レハール（一八七〇―一九四八）作曲の同名のオペレッタ（一九〇五）の曲。一九〇七年にはブロードウェイでも上演されヒットした。
＊サルサパリラ炭酸水　サルサ根で味付けした炭酸水。
＊モブキャップ　耳まで隠れる室内帽。十八世紀末に流行。
＊ＹＭＣＡ　キリスト教青年会（Young Men's Christian Association）の略。キリスト教精神にもとづいて、教育活動、社会奉仕などを行なう超教派的な組織。一八四四年にロンドンで設立され、アメリカ最初のＹＭＣＡ活動は、一八五一年、ボストンのオールドサウス教会で始められた。ネトルトンのモデルと思われるマサチューセッツ州ピッツフィールドのＹＭＣＡは、一八八六年に正式に発足している。
＊ピシアスの騎士たち　一八六四年にワシントンＤＣで結成された秘密結社「ピシアス騎士団」の会員たち。

【第十章】
＊〈懐かしのふるさと週間〉　十九世紀後半のニューイングランドで始められた催しで、かつての住人がふるさとに戻って再会を楽しむもの。現在でもアメリカ各地で行なわれている。
＊「デラウェア川を渡るワシントン」　一七七六年十二月二十五日、ジョージ・ワシントン（一八三二―九九）将軍は、大陸軍を率いて大西洋沿岸のニュージャージーとその南西のペンシルベニアの州境あたりのデラウェア川を渡り、英国軍に急襲をかけて勝利した。ドイツ系アメリカ人画家エマヌエル・ロイツェ（一八一六―六八）は、一八五一年、

同名の油絵を描いている。

【第十二章】

＊トルコ赤　西洋アカネの根で木綿を染色して出す緋色。トルコやインド発祥であるが、ヨーロッパやアメリカでも、十八世紀、十九世紀に流行した。

【第十三章】

＊「楽しき我が家」　十九世紀、二十世紀に広く歌われた流行歌。元来は、オペレッタ『クラーリ――ミラノの乙女』（一八二三）の挿入歌。作詞ジョン・ハワード・ペイン（一七九一―一八五二）、作曲ヘンリー・ビショップ（一七八六―一八五五）。十九世紀末から二十世紀初頭にかけて、くり返しレコード化された。日本では、「埴生《はにゅう》の宿」として知られる。

＊古いオーク材のバケツ　マサチューセッツ州出身のサミュエル・ウッズワース（一七八四―一八四二）による詩「古いオーク材のバケツ」（一八一七）に、一八二六年メロディがつけられ、現在まで歌いつがれている。内容は、子ども時代の思い出を描いたものだが、一八九九年にレコード化され、ヒットした。

【第十四章】

＊愛餐会《ラヴフィースト》　キリスト教信者が互いの愛や友好の証として開いていた食事会（love feast）。

【第十五章】

＊ウスター　マサチューセッツ州中部、ボストンの西方約七十キロに位置する都市。

＊ポートランド　ボストンの北北東約百七十キロに位置するメイン州の港湾都市。

＊混血《ムラトー》　ヨーロッパ系白人とアフリカ系黒人の一代混血。スペイン語およびポルトガル語のラバ（馬とロバの交雑種、mula）から派生したとされ、きわめて差別的な語である。南北戦争を経て、奴隷制が廃止されたのちも、黒人差別にもとづく人種隔離政策や選挙権の制限などを規定する法律が二十世紀半ばの公民権運動の時代まで続いたために、このような差別語が使われた。

＊プラッシュ　ビロードに似た、やわらかく長い毛羽のある織物。フラシ天。

【第十八章】

＊バーズアイメープル材　北米に生育するサトウカエデに、小鳥の目のように渦巻状に現われる杢目《もくめ》。稀に表われることから非常に貴重で高価。鳥眼杢《ちょうがんもく》、または鳥目杢《とりめもく》とも呼ばれる。

イーディス・ウォートンと脱出を夢見る異端者たち
――『夏』を中心に[1]

1　ウォートンが描いた小説の世界

イーディス・ウォートン（一八六二―一九三七）の名前は、ニューヨークの貴族的上流社会と強く結びついている（山口〈1〉二三）。ニューヨークの名家ジョーンズ家の長女として生まれたウォートンは、幼少期よりヨーロッパ各地に居住して芸術や生活様式などについての理解を深めつつ、フランス語、ドイツ語、イタリア語などの語学をはじめ教養全般を家庭教師たちから学んだ（ルイス一七―一九）。社交界へデビューし、他の名門家庭の子息と結婚することをおもな目的として育てられた名家の娘として際立っていたことは、彼女が父親の多様な蔵書を読んで自らの文学的素養を養い（二八―二九）、十代から執筆・出版を始めたことであった。

女性初のピューリッツァー賞受賞作となった代表作『無垢の時代』（一九二〇）で、ウォートン自身が説明するところによれば、ニューヨークの貴族的上流社会とは、「財産を作るために植民地にやってきて、大成功をおさめたのでそのまま留まった」「オランダやイギリスの商人たち[2]」の子孫によって構成された社会である。ウォートンは、自らが生まれ育ったこの社会を内側から描いた作家であった。彼女自身、のちに自伝『振りかえりみれば』（一九三四）で、「もっとも身近でよく知っていた」（二〇六）ので書いたと述べている。

ウォートンが描いたのは、入植から数世代を経た、十九世紀後半から二十世紀初頭にかけてのニューヨークで、先祖が作った財産を管理して有閑《ゆうかん》生活を送る人びとの世界である。オペラやパーティに明け暮れる表面上の華やかな世界とは裏腹に、「新興成金」の快楽主義的な価値観が台頭するなかで、旧来の閉鎖的な社会的慣習にしばられて苦悩する人間の内的世界である。代表作の『歓楽の家』（一九〇五）や『無垢の時代』では、このような世界が鮮やかに描きだされている。先輩作家のヘンリー・ジェイムズ（一八四三—一九一六）が、ニューヨークを描くように助言したことはつとに有名であるが、これらの作品は、「じかに知っていることは貴重である」（二三六）と助言した彼の正しさを証明する出来栄えになっている。

ニューヨークの貴族的上流社会と結びついた強烈な印象にもかかわらず、ウォートンはその狭い世界だけを描いたのではない。中・長編小説二十二冊、短編小説集十一冊を執筆した彼女の小説の舞台は（『マウント』）、その行動の軌跡を示すように、アメリカ合衆国北東部のニューイングランド地方やヨーロッパへも広がっている。

ウォートンの作家生活の中期にあたる一九一〇年代には、特筆すべき二つの傑作がニューイングランドを舞台にして書かれている。厳しい冬の「蓄積された寒さ」のなかで「凍えた悲しみの化身」のように生きる貧しい農夫を描いた『イーサン・フローム』（一九一一）と、複雑な生い立ちをもつ若い娘のひと夏の恋を描いた『夏』（一九一七）である。ウォートンは、一九〇二年、ボストンの西方約二百三十キロに位置するバークシャー郡の丘陵地帯レノックスに邸宅「マウント」(3)を建てて移り住んでいるが、この二つの小説は、自伝によれば、彼女がこの丘陵地帯で「十年を過ごし」、地元の人たちの「特徴、方言、精神的・道徳的態度をよく理解した」（二九六）のちに書かれたものである。ウォートンは現地での生活をとおして、先輩女性作家のメアリ・ウィルキンズ（一八五二―一九三〇）やサラ・オウン・ジュエット（一八四九―一九〇九）が描いた「バラ色の」ニューイングランドではなく、「見捨てられた山間の村々の生活をありのままに書きたい」（二九三）と思うようになったという。

ウィルキンズやジュエットがおもに日々の生活に事欠くことのない人びとの地方風景を描いたとすれば、ウォートンのニューイングランドは厳しい。『イーサン・フローム』と『夏』は、いずれもマサチューセッツ州西部の寒村を背景とし、その閉塞的な環境のなかで苦闘する貧しい人びとを描いている。『歓楽の家』や『無垢の時代』の世界とは、きわめて異なる世界の人びとである。

ニューヨークの貴族的上流社会とニューイングランドの地方共同体という二つの異なる世界を描いたこれらの小説は、しかし、物語の展開において著しい類似点を示している。先述の四作品はいずれも、社会の価値観に圧迫されて苦悩する個人を描いている点で共通している。社会からの脱出を夢見る個人の願いは実現されず、死に向かうか、元の鞘《さや》に収まる、という結末を迎える点でも、同様のパターンを示している。ウォートンは、脱出できずに死に救済を求める姿や、苦しみを受容して元の社会で生活し続ける姿に、人間の倫理性を見ている。これらの作品の主要人物はみな、「生きながら墓に埋められている」と感じる人生を送りながらも、「正しいこと」「よいこと」をするために、自らのおかれた環境で「最善をつくす」努力をしている。

2　脱出の夢を抱く理由

規範をもった一つの社会から脱出を望むということは、その社会に適応しないという意味で、異端者であることの証となる（山口〈2〉四三）。ウォートンの小説では、脱出を望む理由にいくつかのパターンが見られ、その理由の違いが、異端者としての特徴の違いとなっている。

第一に、所属する社会が「小さく」、人物が「大きい」場合、脱出への希求は必然となる。人物の大きさの意味合いは、各人物によって異なるものの、四作品の主要人物は、基本的にはいずれも、社会よりも大物であるために適応できず、そこからの脱出を望んでいる。

『イーサン・フローム』に登場する村人のひとりは、ニューイングランドの寒村の厳しい生活環境を描写して、「頭のいいやつはたいてい逃げ出す」と言う。逃げ出す先は、個人の可能性を試す場所としての都会である。この作品の同名の主人公が、若き日に地方都市の工業大学で物理学の勉強に生き甲斐を見いだすように、都会は、小村では達成できない「大きな」人生を生きる希望を紡《つむ》ぐ場所となる。だが、ウォートンが描く世界は、地方に住む者が憧れる大都会にあっても「小さい」。ニューヨークでさえも、たとえば『無垢の時代』の主人公ニューランド・アーチャーの例が示すように、そこに住む大きな人物には、「ものすごく退屈で、個性も、特色も、多様性もない」と描写され、脱出の夢を抱く場所となる。

『歓楽の家』の主人公リリー・バートも、アーチャー同様、大都会からの脱出を願う「大きさ」をもつ。彼女は、自らが所属するニューヨーク上流社会からの脱出を願うのだが、その夢は、彼女が使っている手紙の封印に象徴されている。飛行船の下に「彼方へ！《ビヨンド》」と書かれた封印である。華やかな社交界の実相に「空虚さ」や「卑小さ」を見いだす彼女にとって、この「彼方へ！」の脱出がひそかな願望となる。「社会に超然とした態度」をとる青年ローレンス・セルデンが説く「精神の共和国」に惹かれるのも、この願望の表われである。だが、彼女が理想とする生活が、宝石のもつ絶妙な美が具現される生活であれば、物質的なものからの自由を謳《うた》う共和国への脱出には、現実感がない。共和国がセルデンにとって責任回避の方便であるように、彼女にとっても脱出願望の象徴でしかない。彼女は、社会から自由でありたいと望みながら、現実には、社会に封印され、その規範にしたがって奮闘することになる。

孤児で財産の少ないリリーがたどるのは、所属する社会が女性に与える唯一の金銭獲得手段である、性的魅力を駆使する道である。彼女はその道程で既婚男性とのうわさをたてられ、社会の規範を破った異端者として追放される。小さな間違いは犯しながらも、スキャンダルの原因となった嫌疑には無罪であるのだが、彼女は冤罪《えんざい》を晴らすことも、うわさをたてた人たちに復讐をすることもない。その姿は、彼女が社会の定める淑女の規範に縛られて、己を語る言葉を奪われていることを示している（ショウォールター　八八―八九）。だが、ウォートンは、弁明も復讐もせず、道義を貫くリリーに人間の大きさを認め、彼女を異端者として追放したニューヨーク上流社会の卑小さを糾弾《きゅうだん》している。

ウォートンの描いた人物が脱出を望むのは、第二に、社会への所属が不確かなためである。つまり、社会の大勢との違いが大きく、「正統的な」構成員になれないために、脱出を望むことになる。この場合、一つの社会を脱出しても、つぎの社会でさらに違いを際立たせて、異端者としての性格を強める結果となっている。

『無垢の時代』に登場するエレン・オレンスカは、この例にあてはまる。彼女は、ポーランド貴族との不幸な結婚から故郷のニューヨークへ脱出を果たした女性であり、彼女自身がその脱出願望を強く語ることはない。むしろ、「天国」だと信じて逃げ帰ってきた故郷のニューヨークで、さらに異端者として扱われ、耐える姿が中心となる。ひそかな恋の相手のアーチャーがニューヨークに「卑小さ」を見いだし、遠い外国への脱出の夢を募らせる姿を見て、現実的な視点を与える人物でもある。だが、彼女の人生は、いずれの社会にも所属できないために脱出する、というパターンをくり返している。

ニューヨークに住むアーチャーの意識が中心となるこの小説では、エレンがヨーロッパから脱出したいきさつは、間接的にしか知り得ない。彼女の脱出を助けた人物リヴィエールの証言によれば、彼女がヨーロッパで異端者であったことが脱出の大きな原因になっている。夫が「娼婦と暮らすこと」を、彼の世界の人たちのように「便利な妥協の一部」として認めることができなかった、ということである。リヴィエールがアーチャーに語る「彼女がアメリカ人だということです」という言葉には、ヨーロッパの貴族社会で異端者であり続けた彼女の姿が集約されている。

アメリカ人プロテスタントとしての「潔癖さ」ゆえに、夫の世界に所属できなかったエレンは、「自分の国の自分の町」ニューヨークに帰っても、居場所を見つけることができない。彼女にとっては「自主的な生き方」が、ニューヨークの上流社会の人びとにとっては、伝統に背《そむ》く生き方になるためである。「外国暮らしをしてきた風変わりな女」「黒い羊」として扱われ、その言動が批判の対象となる。アメリカ人として、ヨーロッパ的な考え方ができないために望む離婚が、ニューヨーク上流社会では認められず、彼女はさらに異端者となっている。

二つの社会から疎外されるエレンは、アメリカ国内の都市へ小さな脱出を試みるが、アーチャーが提案するふたりだけの愛の世界への脱出に乗じることはない。彼女の愛が、一つの認識の上に成立しているからである。アーチャーを愛することで彼女が到達した、「絶妙な喜びを得るには重い責任が伴う」という認識である。彼女は、「信頼してくれた人びとを裏切ってはならない、という決意に必死でしがみつき」「アーチャーを誘惑する女」になることもなく、彼女を外国人扱いする故郷のニューヨークをあとにする。だが、「自分自身に正直でありながら、他人に対して忠誠をつくす」彼女には、所属を拒否されたいずれの社会よりも、大きい人物である、というウォートンの賛辞が贈られている。

ウォートンの人物が脱出を望む理由として、第三には、社会への強い反抗心があげられる。体制への反感が強く、社会の規範を超える行動をとった場合に、脱出願望はより強くなる。（一）社会より人物が大きく、（二）社会への所属が危ういというだけでなく、さらに（三）社会に反抗し、社会の規範を破る、という能動的な行為によって、異端者としての性格を強め、脱出を強く望むことになる。

『夏』の主人公チャリティ・ロイヤルは、先の二つの理由に加えて、第三の理由もあわせもち、ウォートンの小説のなかでも、異端者としての性格が際立っている。リリーもエレンもニューヨークの上流社会では異端者扱いされ、「大胆な反抗児」とみなされるが、ふたりは、作品の中心となる恋愛において、チャリティが自然なことと見なして受容する基準を超えることはない。チャリティのように、性的欲望を主体的にとらえて、恋人と「底なしの深淵に吸い込まれる」ことはない。この意味で、チャリティは、とりわけ際立った異端者ということができる。

ウォートンの評伝を書いたR・W・B・ルイスは、作家自身の「内気で、激しく、誇り高く、孤独で、怯えていて、頑固な」性格が、チャリティ像に反映されていると見ている（三九七）。ニューイングランドの冬と夏を描いたウォートンの二作品を比較して、冬を描いた『イーサン・フローム』の方を評価する批評家や読者が多い一方で、作家本人は『夏』の方を好んでいたといわれる（ベンストック　三三七）。その理由の一つとして、ウォートンが、自身の所属する社会への反抗心をより強くチャリティ像に反映させて描いたゆえといえるかもしれない。

チャリティの反抗心は、「何もかもうんざり！」という発言に集約されている。これが作品における彼女の第一声であり、二度くり返されていることで、彼女の反抗心の強さが強調されている。彼女の異端者としての特徴は、この発言に込められた反抗心を分析することで、浮かびあがってくる。

チャリティが「何もかもうんざり！」と言って嫌うのは、まず、ニューイングランドの小村ノースドーマーの「ちっぽけさ」である。彼女は、ネトルトンという都市の魅力を体験することで、自分が住む村の「全容を見定める」大きさを獲得し、その小ささを嫌う。幼いときには、「ひとかどの所」

に思えた村が、耐えがたい場所となり、彼女は可能性に満ちた都市への脱出を夢見るようになる。彼女の夢は叶うことなく終わるが、ウォートンはその夢と挫折《ざせつ》に、若者の通過儀礼的な側面をもたせようとしている。物語は、六月の白昼、チャリティが家の玄関に立つところから始まり、秋の月の光のなか、家に帰り着くところで終わっている。

チャリティが、村の「ちっぽけさ」よりも嫌うのは、彼女を五歳のときから育ててきた養父のロイヤルである。十七歳のとき、この後見人に関係を迫られたことが、彼を忌み嫌う直接の原因である。だが、彼が「ノースドーマーいちばんの大物」であり、弁護士として村の規範を象徴する人物であることを考えると、彼に対する反抗は、彼女の村の規範への挑戦を意味することにもなる。彼女が「自分で生計を立てられるところ」への脱出を望み、その準備のために村の図書館で働き始めるとき、その仕事が後見人の援助なしには得られなかったとしても、彼女の脱出願望は、父権社会における女性の自立への挑戦となる。したがって、婚外の妊娠で村の規範を破った彼女が、最終的に後見人と結婚することは、彼女が村の規範のなかに引き戻されることであり、同時に父権社会の枠のなかに取り込まれることでもある。

チャリティがロイヤルに向ける反抗心は、自分自身への嫌悪感と無意識に結びついている。飲酒癖、放浪癖、そしてレイプ未遂事件に見られるように、自己抑制の効かない暴力的な性格など、欠点の多い彼の性格が、同じく欠点をもつ自分の性格と重なるために、チャリティはロイヤルを嫌い、反発する。彼は「自分を制御できない性癖」のために、都会でのキャリアを棒に振り、村で「あまりに大きすぎる」存在に甘んじている。チャリティも、嫉妬に狂って恋敵のブラウスを破り裂くシーンに表われているように、「子どもっぽい野蛮な行為」を制御することができない。ロイヤルとチャリティは、「欠点において双子」（ワーショーヴェン　五）であり、その意味からいえば、ふたりの結婚は似た者同士の結婚といえる。

チャリティが自分自身に向ける嫌悪感は、究極的には、村への帰属を危うくするその出自から生じている。ノースドーマーから二十五キロ近く（十五マイル）離れた〈山〉と呼ばれる特異な無法地帯の出身で、殺人者と「売春婦」の子どもである、という出自である。彼女は、「ジプシーのような人びと」と血縁関係にあるゆえの「浅黒い顔」の自分を嫌う。このことは、彼女が鏡に自分の姿を映して、青い目が欲しいと「何度も願い」、自らの卑小さを呪うシーンが冒頭で描かれていることで確認できる。この劣等感ゆえに、彼女は、金髪碧眼《へきがん》の娘アナベル・バルチが象徴する都会の「正統的」文化にあこがれ、同時に〈山〉への脱出を願う。都会とは相容れないと思われる〈山〉への脱出願望は、村に所属できず、村の周縁的存在に甘んじている彼女が、帰属を求める結果でもある。「何もかもうんざり！」というチャリティの反抗心は、ニューヨークからやってきた建築家ルーシャス・ハーニー青年との恋愛に転化される。チャリティがハーニーに恋するのは、彼の存在自体が大都会と同一視されているばかりでなく、彼が〈山〉を「小さな独立王国」と理想化し、その出身者である彼女の「違い」を個性として賛美するからである。チャリティは、ハーニーの存在のなかに、自分が脱出したいと望む二つの場所の幻影を見ていることになる。ふたりがネトルトンという都会でデートし、〈山〉を臨む自然のなかの廃屋で結ばれるところに、「貧しく無知な」異端者である彼女の、複雑な脱出願望が昇華した姿を見ることができる。

チャリティの反抗心がたどり着く先は、皮肉ではあるが、あくまでも自分が所属できる場所である。子どもを身ごもり「村の厳しい規範」を破ったことを強く意識するとき、彼女が向かうのは〈山〉である。自分同様、社会の規範を破り、司法の及ばぬ〈山〉に登った実母を求めての脱出である。だが、チャリティが〈山〉で目撃する現実は、ハーニーが「独立王国」と呼んで理想化した姿とはほど遠く、彼女はそこでも異端者としての自分に直面する。自分を捨てた「人でなしの母親」の、「溝にはまって死んでいる犬のような」惨めな死体を目撃し、さらには、〈山〉の住民が貧困のカオスのなかで身を貶《おとし》めた「無差別混合社会（promiscuity）」を形成している姿に直面して、彼女はそこにも居場所を見いだすことはできない。

〈山〉は、ウォートンが住んでいたレノックスの隣町リーから二十五キロ（十五マイル）ほど離れたベア山がモデルといわれる（ルイス　三九七）。ウォートンは、レノックス監督教会の教区牧師から聞いた「山の葬式」の体験話をチャリティの母親の葬式シーンとして描いている（三九七）。作品に強烈なインパクトを与えるこの葬式の場で、チャリティは、兄とも妹とも思われる人たちにも会うのだが、彼女はそこでも異端者となる。『無垢の時代』のエレン同様、チャリティは、逃げ帰った生まれ故郷でも異端者となり、生き続けるためには、元の社会に戻らざるを得ない。

チャリティの脱出劇は、その反抗心が萎えたとき終息する。彼女は、〈山〉まで迎えに来たロイヤルの求婚を受け入れ、彼の妻になって村に帰る。それは寒さと飢えと疲労のなかで、彼女が「考える苦痛から逃れてきた難民」のように「完全なる受け身の気持ち」になったときの結論であるが、ウォートンは、それを「自分の運命を最大限に生かした」結論とみなしている。「正しいこと」「よいこと」をするために、自らくだした結論であるとして、それを「永遠に」価値あるものにすべきだと主張している。

3　脱出の夢と父権社会

ヨーロッパ、ニューヨーク、ニューイングランドのいずれの社会からも脱出を望む人物を描いているということは、ウォートンが個人と社会との軋轢《あつれき》を避けがたいものとしてとらえていた証である。事実、エレン、リリー、チャリティの脱出の夢とその挫折には、地域、階級、時代の差を超えて一つの共通点がみられる。エレンは一八七〇年代の大西洋両岸の社交界、リリーは二十世紀転換期のニューヨーク社交界にそれぞれ生き、チャリティは、一九一〇年代のニューイングランドの小村に住んでいるが、彼女たちの人生はみな父権社会のシステムに踏みにじられている。そして当然ながら、彼女たちの周囲には、そのシステムに同様に縛られて苦闘する男性たちがいる。

エレン、リリー、チャリティ三人の脱出の夢と挫折には、男性に経済依存をする結婚制度が大きく関わっている。彼女たちは、父権社会のなかで、そのような結婚をする以外、生きるすべを与えられていないために、社会からの脱出の夢を紡ぎ、そしてその夢を阻まれている。彼女たちの人生は、「女って、なんて惨めなんでしょう」というリリーの嘆きを、そのまま示すかたちとなる。

リリーが惨めなのは、自らが生涯かけて培《つちか》い、自身の最大の長所である審美眼を、男性の鑑賞に供する美貌を磨くことに使わなければならないことである。そうすることによって、「結婚市場で高値がつき」、高価な身なりをして夫の財産を「顕示する」（ヴェブレン　五八）「装飾的な任務《デコラティヴ・ミッション》を負う」

妻、「装飾品妻」の地位が確保されるためである。彼女は、このような社会の価値観にもとづいて「栽培された」「展示用の稀有《けう》な花」であり、その優れた審美眼を芸術の創造に結びつけることはできない。社会が異なれば、その長所を自立のための「天職」に結びつける能力を秘めながらも、彼女は男性の虚栄を満たす装飾品に自らがなる結婚を「天職」とするしかない。

リリーの悲劇は、「薄汚い」環境には生息できない花である彼女が、美の生活を保障する社交界の現実に、耐えがたい空虚さを感じることから生じている。彼女は、所属する社会の規範どおりに、美貌を駆使して結婚の機会を得るが、退屈な金持ちの装飾品妻になることができない。その「空っぽな日常生活」が「長い白い道」となって目の前に広がっているのを見たとき、彼女は「彼方へ！」の夢を抱きながら、スキャンダルへの迷い道に入り込んでしまう。社会の規範どおりの結婚を望みながら、そのような結婚ができない彼女は、自立への道を模索して、工場労働にも従事する。だが、それは「本来の生息地」を離れた花が、社会での有用性を模索する闘いであり、最初から敗北の見えている闘いでしかない。

女性を男性の「動産」（ヴェブレン　四〇）ととらえる社会は、エレンを異端者にする社会でもある。彼女は「惨めな結婚生活」に終止符を打とうとするが、そのために夫からは「囚人」のように扱われ、逃げ帰った故郷のニューヨークでは「罪人」のように扱われて「追放」される。この事実は、夫が属するヨーロッパの貴族社会も、故郷アメリカの貴族的上流社会も、妻を夫の「所有物」とみなしていることを示している。前者は、宗教上、後者は慣習上の理由によって離婚を認めないとしても、その根本にある共通項は、「若い女性の居るべき場所といえば、夫の屋根の下でしかない」という考えである。

エレンが惨めなのは、夫が「悪党」であるにもかかわらず、この考えを強要されることであり、その手段として、夫と実家の双方から経済的制裁を受けることである。離婚を阻止するために、夫はエレンの生活権を脅かし、実家は援助金を減額する。彼女は厳しい財政状態のなかで、自らの優れた芸術的資質を貧しい芸術家たちの世界で発揮するが、それが一族の者には、「ボヘミアンに成りさがった」と映る。ヨーロッパ仕込みの彼女の芸術的資質は、優れていることを自認するアーチャーを凌ぐものではあるのだが、「想像力に対して心を閉ざし、経験に対して感情を閉じてしまう無垢」を美徳する社会では、それが評価されることはない。エレンもリリー同様、社会が異なれば、自立のための天職に結びつく能力をもちながらも、男性がその経済力を盾に力をふるう結婚の枠に苦しめられ、その体面を保つことを「当を得た行為」とする社会の価値観に苦しめられている。

チャリティの惨めさは、人生の選択肢を与えられていないという意味で、リリーやエレンの惨めさを上回る。同じ孤児でも、リリーには少ないながらも残された遺産があり、独身のまま社会福祉の仕事をする友人のような人生の可能性が残されている。同じように故郷に逃げ帰っても、エレンには、「男勝り」の祖母がいて、彼女はその援助で、最終的には、夫から離れてパリでひとり暮らしができるようになる。だが、地域や階級の差は、残された可能性の差となり、チャリティには、リリーやエレンのような人生の選択肢が残されていない。

ふたりのように、社会が異なれば発揮できるかもしれない能力を陶冶《とうや》する機会も与えられずに育ち、身ごもった子どもの幸せのためには、「身の毛のよだつ老人」だと思っていたロイヤルの結婚の申し出を受け入れるしかない。ウォートンは、他人の子を身ごもっているチャリティを妻にするロイヤルに、慈悲の心を読み取ることを読者に期待している。だが、女性であることの惨めさを嘆くリリーの言葉は、チャリティにこそ、もっとも当てはまる。性暴力を加えようとした養父の後妻となり、文字どおり、父権の枠に取り込まれる以外、彼女には生活権が与えられていないからである。チャリティは、その限られた環境のなかで、主体的に自らの人生を築こうとする「新しい女性」である（渡辺　一一一）。積極的に自立のための職業を模索し、恋愛においては主体性を貫き、性愛を結婚で帰結することに固執せず、自分の行動に責任をもつ。時代や階級の差を考慮しなければならないとしても、彼女はこれらの要素をあわせもっているという意味で、リリーやエレンよりも新しい。その新しさは、十九世紀アメリカ小説の異端的女性の伝統を凌ぎ、出版当時のボストンにも衝撃を与えたといわれる（ホワイト　二二六）。未婚の若い女性として、性的に解放されている点では、たとえば、夫の行方不明中に他の男性の子どもを産む、ナサニエル・ホーソーン（一八〇四―六四）の代表作『緋文字』（一八五〇）のヘスター・プリンや、人が羨む富裕な夫や愛する子どもたちを捨てて自我を追求する、ケイト・ショパン（一八五一―一九〇四）の問題作『目覚め』（一八九九）のエドナ・ポンテリエなどより異端性は際立っている。

チャリティ像が与えた衝撃は、作品の舞台となったバークシャー郡の人びとにとってはさらに強く、ネトルトンのモデルと思われるピッツフィールドや、ウォートンが住んでいたレノックスの図書館では、『夏』は長いあいだ禁書扱いを受けて配架されなかったという（マクラーグ）。『夏』を出版した当時、ウォートンは、ボストンの名家出身の夫エドワード・R・ウォートン（一八五〇―

一九二八）との長い結婚生活に終止符を打ち、すでにフランスへ居を移していたが、レノックス在住時には当地の図書館で理事を務め、寄付もして多大な貢献をしていた。その多大なる貢献者の著書を「禁書」にするほど、『夏』のヒロインは、当時の地元の人びとには、衝撃的だったことになる。

だが、チャリティは、このような衝撃的「新しさ」にもかかわらず、経済的自立を果たせないために、男性の「所有物」にならざるを得ない。「教育と機会」に恵まれずに育った彼女には、「売春婦」になるか、村の女性たち同様に、「外で働く」男性に頼って「決まりきった家事をだらだらとこなす」かの選択肢しかない。ロイヤルが妻となったチャリティに洋服代を渡し、他の娘たちより美しく着飾るよう「法的命令（injunction）」を出すとき、彼女は着衣で夫の経済力を顕示する装飾品妻になったことを示している。

「新しい女」のチャリティが「惨めな」決断をしなければならない背景として、ウォートンは、過酷な人生を強いられる女性たちを次つぎと登場させている。『夏』に登場する女性たちは、ロイヤル家に無給の「賄《まかな》い婦」として救貧院からやってくる、「よぼよぼでやる気のない」耳の不自由な老女ヴェリーナから、洋裁上手ではあるが足が不自由で「村でいちばん貧しい」アリィ、その姉で、恋に破れ妊娠した子どもを堕胎したのち売春婦になるジュリア、夫が村唯一の店を経営し、村の男たちにたまり場を提供しながらも、自身は大家族を抱えながら体が麻痺しているキャリック・フライの妻まで、ことごとく「惨め」である。その惨めさは、〈山〉で「溝にはまった犬」のように死ぬチャリティの母親を頂点としつつ、登場人物の多くに及んでいる。自立する機会も心身の健康ももてず、身近な男性に頼らざるを得ない寒村に住む女性たちの「惨めさ」は、『イーサン・フローム』

に登場するイーサンの「病弱な」妻ズィーナや、親戚の家の家事を手伝う以外、生きるすべがない若い娘マティにも共通している。

ウィルキンズの代表的短編「ニューイングランドの尼僧」（一八九七）では、十五年の婚約期間ののち、「清潔で整然とした」ひとり住まいの生活を芸術の域まで高めることに心の平安を見いだして、結婚しない選択をする女性が描かれている。また、ジュエットの『田舎医者』（一八八四）では、「神から与えられた才能」をもって「キリストが彼の仕事に就いたように」医者をキャリアとして生きる女性が描かれる。一方、ウォートンが『イーサン・フローム』と『夏』で描くニューイングランドの女性たちはみな貧しく、可能性を試し、能力を伸ばす「機会や教育」にも恵まれていない。彼女たちには、もとより生きるための選択肢が与えられていない。

だが問題は、父権社会のシステムが女性を惨めにするだけでなく、男性をも惨めにしていることである。イーサンとロイヤルは、村には「大きすぎる」存在ではありながら、寒村での生活を余儀なくされている。イーサンは、父親が倒れると母親の面倒をみるために物理学の勉強を中断して村に引き戻され、冬の寂しさに耐えられず結婚した「病気がち」な妻には、都会への脱出の機会を阻まれている。

同様に、ロイヤルも、「悲しげで、おどおどしていて、気の弱い」妻のために、都会での生活を畳んで生まれ故郷の小村に戻っている。妻がそのように望んだ理由が、ロイヤルの飲酒癖や暴力などにあったとしても、彼は妻に「強いられて」村に戻っている。村では自分を生かす仕事の機会は皆無に等しいが、「男らしい独立心」を要求する社会の価値観に縛られ、その威厳を保つための金策に腐心している。そして、イーサンは、ロイヤルよりさらに惨めで、家事手伝いのマティの若さに心惹かれ、行く場所もなく生きるすべもない彼女との死に救いを求めるが、大けがをして共に生き残り、不自由な体で木を伐採し農地を耕して、妻とマティの生活を支え続けなければならない。『歓楽の家』のリリーの父親はニューヨーク上流社会の一員であり、イーサンやロイヤルより格段に豊かではあるが、同様に惨めである。彼はつねに仕事に疲れ、寡黙で、ぼやけた存在として娘の記憶に残り、父権制がいかに上流階級の男性をも不幸にするか、という際立った例を示している。男性だけに過剰な経済的負担を課す、結婚制度の被害者であるという意味においてである。彼は、夫の経済力を誇示する装飾品に徹していた妻によって、家に金を運ぶ馬車馬として駆りたてられ、過労死に近い死に方をしている。夫を駆りたてた妻は、父権社会の礎を支える妻の一つの典型例を示し、夫の惨めさに追い打ちをかけている。夫の経済力をカサに家庭内で権力を握り、夫が破産すれば、即座に彼を見捨て、娘の美貌を「一家に残った最後の資産」ととらえて、その結婚相手に一家の依存先を鞍替《くらが》えしようとするからである。

セルデンは、惨めと言うよりも、父権社会のなかで、男性としての特権を享受している。だが、そのシステムに縛られているために、リリーを追い込む一因を作り、自らも幸せを手に入れることができない。人妻との情事を楽しみながら、リリーには「純潔」を要求し、仕事と社交の快適な生活を確保しながら、彼女を美しい装飾品にするだけの経済力がないという理由で、彼女への責任を回避するからである（山口〈3〉一七八―一八九）。

チャリティが恋する建築家のルーシャス・ハーニーは、情熱的な女性に応える「力量が足りない」

という点で、セルデンに通じる男性である。批評家エドモンド・ウィルソンは、一九〇五年から二〇年までのウォートンの小説に登場する典型的な男性像について、「教育、知性、感情面では隣人たちより優れているが、人のところへ押しかけて行ったり、立ち去ったりする強さや勇気に欠けている」（二六―二七）と評している。ハーニーは、優秀でありながら、強さや勇気に欠け、ウォートンの描いた「典型的男性」のひとりである。チャリティ自身、「強さ」という点では、ハーニーよりも自分の方が勝っているとさえ感じている。彼は、婚約者がいながら、正反対の魅力をもつチャリティの虜になり、彼女との逢瀬を楽しんだ翌朝には、婚約者と肩を並べて馬車に乗り、村人の前に姿を見せるという身勝手さも見せる。そして、「教育と機会」に恵まれた身でありながら、そのようなものとは無縁に育ったチャリティに、アナベルと婚約しているならば「正しいことをして欲しい」と言われる「小ささ」も示している。

ルーシャス（Lucius）という名は、「光をもたらす者」という意味の悪魔ルシファー（Lucifer）に通じ、ハーニー（Harney）という姓は「好色である」ことを意味する語（horny）を思わせる（カミンズ 一八）。ハーニーは、チャリティにしばし新しい光をもたらすが、結局は、「誘惑して捨てる」だけである。ウォートンは、セルデン同様、ハーニーにも寛容的であるが、彼は都会的なスマートさをもった、女性への理解が深い「新しい男」のような風情を醸しながら、そのような「新しい男」にはなれない男性である。

そしてアーチャーは、セルデンやハーニーが逃れた責任を全《まっと》うするために、脱出の夢を断念せざるを得ない。彼は、大胆で自由なエレンを愛することで、無垢な妻を「所有して」喜びを味わう存在から、その無垢を生み出す社会の欺瞞《ぎまん》を見いだすまでに成長する。だが、そのような社会からの脱出の夢は、彼を愛することで同じく成長を遂げたエレンの拒絶によって閉ざされる。彼女の愛の神髄は、皮肉にも、家長の義務をも果たす彼の倫理観にこそ、存在しているからである。そして、この倫理観は、貧しい農夫のイーサンに、自分につながる女性たちすべての生活負担を強いて寒村に閉じ込めるものであり、さらには、彼を「寡黙で憂鬱な風景の一部」のようにし、その人生を生きながら「死んで、地獄にいる」ようにしてしまうものでもある。

ウォートンは、父権社会に生きる男女の惨めさを描き、その社会のシステムを批判しながらも、その惨めさのなかで、いかに個人の人生を完成させるか、ということに、より強い関心を示している。ロイヤルの諦観《ていかん》というかたちで示されているように、ウォートンは、たとえ個人が社会の軋轢で惨めな運命を余儀なくされても、その運命を自分の意志で選び取る覚悟で、「最大限に生かし」「よいもの」「永遠なもの」にするところに、人生の意義があると考えていたのである（大野　五―六）。ウォートンのこの主張は、『夏』の〈懐かしのふるさと週間〉の式典におけるロイヤルによるスピーチによく表われている。

4　ウォートン作品の人種と階級

ウォートンの異端者たちは、脱出できない運命を受容して人生を完結させようとするが、この筋書きには一つの疑問が残る。そのような人生を「正しい」とみなすウォートンの価値観のなかに、彼女が所属していた社会の価値観を反映しているともいえる、白人優越意識が潜在していないか、という疑問である。アングロサクソンの「白さ」を象徴するリリーには、ユダヤ人の「新興成金」と結婚するより破滅への道を選んだ方が「よい」ことになり、「ジプシーのような人びと」と縁続きの「浅黒い」チャリティにとっては、白人の老人ロイヤルと結婚することがよいことなのか、という疑問である（アモンズ　七〇―七一）。

この疑問は、『夏』の結末におけるロイヤルとチャリティの結婚を、カタルシスを経た大人同士の結婚ととらえれば（ワーショーヴェン　九―一〇）、多少薄れるかもしれない。感情に支配されて社会の規範を逸脱してきたロイヤルとチャリティが、互いに「よい人」「よい娘」になって結婚すると考えれば、ふたりは似た者同士といえるからである。ふたりが似た者同士であることは、チャリティ自身がロイヤルと対峙したときに、性格の類似性を感じ、ロイヤルの血液が自分の血管を流れているような感覚さえ抱いている。だが、どこにも居場所を見いだせないチャリティが、「疲れた子どものように従順に」監督教会で結婚式を挙げ、ロイヤルに「よい娘」と呼ばれて家路につく結末は、ふたりの結婚生活における力関係を明確に示している。ふたりは決して同等ではなく、チャリティがロイヤルに庇護《ひご》されて、彼の文化に同化する関係にある。

この同化がとくに問題になるのは、「よい」「悪い」という語が対照をなして頻出するこの作品において、前者が白いイメージで監督教会の文化と、後者が黒いイメージで〈山〉の「野蛮さ」とそれぞれ結びついているためである。前者の「確立された秩序」に入ることで、チャリティが「文明化されて」「よい娘」になり、それが彼女にとっての最善の選択と読めるためである。ロイヤルの場合、激高するときの顔の「浅黒さ」や「土気色」が結婚して「悪い憑き物がことごとく抜け出て」消えたとすれば、監督派の白い教会に属する彼には文字どおりよい変化となる。だが、チャリティが反抗心を失い、ロイヤルに言われるままに従順にその教会で結婚式を挙げることを、よい変化ととらえるには疑問が残る。「ジプシー」の浅黒さが、アングロサクソンの白さに「監督される」ことがよい、という意味にもとれるからである。

チャリティは、母性への目覚めをきっかけに「よい娘」に変化している。彼女は、〈山〉の「未開の悲惨さ」を見て、幼い自分をロイヤルに託した実母の真意を理解し、その悲惨さに自分の子どもを加えることを拒否する。胎児とのあいだに命の連帯感を感じ、母親としての責任感に目覚めることが、人生の断崖に立ちながらも、チャリティの生きる原動力となる。チャリティが身ごもった子どもとのあいだに感じるこの連帯感は、『歓楽の家』では、「生の連帯感」や「命の連続性」と説明され、子どものいないリリーでさえも、他人の子どもを介して経験している。それらは、「断崖の縁に作られた鳥の巣のように、脆弱《ぜいじゃく》ながら図太い耐久度を備えて」いて、「ひと握りの雑草や藁に過ぎなくても、一緒にまとめあげられると、それに託した生命は深淵の上にいても安全にぶら下がっていられるもの」と説明されている。

だが、なぜウォートンは、チャリティが立つ断崖に現われるロイヤルとは結婚をさせ、リリーが立つ断崖に現われる新興成金のユダヤ人、サイモン・ローズデイルとは結婚させないのか、という疑問は残る。「結婚相手を探す交配本能のしゃにむな挙動」に生の連帯感への予感があったと絶望の淵でリリーに述懐させ、ウォートンがその連帯感の重要さを訴えていることを思えば、疑問はなお深まる。だが、作家が当時の白人優越主義的意識から完全に自由ではなかった、と考えればこの問題は解決される。ウォートンが描く異端者の肌の色と運命には微妙な関連が見られ、彼女は、異端者としての特徴が際立ち、性的奔放さが増すにつれて、肌の色の濃い異教者的な人物として描いている。さらには、その恋の行方にも、肌の色を介入させている。

ウォートンがニューヨーク社交界の真の貴婦人として描くリリーは、邪悪なうわさによって社交界から追放されながらも、けっして「汚れる」ことはない。リリーという名前が示唆するとおりの「白さ」や「純粋さ」が強調され、他人種はおろか、同人種の誰とも交わることはない。血筋的には、リリーと同じではあるが、外国育ちで、不倫愛の「薄汚さ」も知っているエレンは、黒髪に褐色の肌をして、その雰囲気は「オリエンタル」に統一されている。彼女は、ニューヨーク上流社会の「無垢」に欺瞞を見いだすアーチャーの心をとらえるが、その「正統的な」紳士である彼とは、結ばれることはない。

未婚のまま妊娠するチャリティは、「ジプシーのような人びと」の血を引く「浅黒い」娘として描かれ、監督教会の価値観を象徴する金髪碧眼の娘アナベルの「白さ」と対照をなしている。チャリティの浅黒さは、「異教者が群れる」〈山〉の色と一致し、彼女の性的欲望は、夏の自然や動物的カオスを呈す〈山〉の未分化なエネルギーと呼応している。彼女は、アナベルの婚約者と社会から離れた果樹園で結ばれるが、その「罪」はひとりで背負わなければならず、十七歳の彼女をレイプしようとした王《ロイヤル》に忠誠を誓うことで慈悲《チャリティ》を施され、監督教会の世界に引き入れられている。

チャリティの情念が燃え立つときには、つねにもつれた髪の様子が描写されるが、ロイヤルへの忠誠の誓いは、彼女が、その黒いもつれ髪を、結婚式前にロイヤルにうながされて直し、その「動物的な」性的欲望を抑えるかたちで示されている。この儀式の意味合いは、「性的に見境のない」無差別混合社会を形成している〈山〉の人たちが、男女とも「もじゃもじゃ髪」であり、チャリティが診察を受ける堕胎医(4)のところにも、「もじゃもじゃ髪の混血娘《ムラトー》」がいることを思えば、いっそう強調される。

このような異端者の扱いからして、ウォートンがその白人優越意識において、その時代と階級の価値観から自由でなかったことは否定できない。この事実は、彼女の数多くの私信にも証明されているが、彼女が不倫相手に宛てた手紙には、自分たちを白人の賢い貿易商と「単純な先住民」との関係に見立て、自分の性的欲望を後者のそれにたとえているものさえある（『手紙』一三五、アモンズ 六九）。

5 新時代の異端者

『無垢の時代』の結末では、二十六年の時を経て、エレンを追放した価値観が、新しい世代のなかで変化する様子が描かれている。アーチャーの息子の結婚をとおして、かつてエレンを異端者にした慣習が緩和され、異質な新興勢力が社会に許容されていく姿が描かれている。慣習的社会の閉鎖性を嘆いたウォートンであれば、その変化は喜びをもって描かれるはずであるが、彼女はそこに倫理観の変化も重ねている。エレンとアーチャーの、愛の世界への脱出を阻んだ倫理観である。文明の利器とともに歩む新しい世代は、「運命を主人でなく平等とみなす器用さと自信をもっている」と説明され、義務よりも欲望を優先させる世代として描かれている。「すべての社会的原子が、同じ平面で回転している巨大な万華鏡的世界」のなかでは、ウォートンが脱出できない人物をとおして訴えた、悲惨な運命を受容する人間の美学が、旧世代のものであることが示されている。

時代の変化に対する懐疑的な態度は、『歓楽の家』でも貫かれている。ウォートンは、幾層にもわたる新興成金の勢力を描きながら、その快楽主義的な姿勢に「東洋的な怠惰と無秩序」を重ねてもいる。新興勢力にそれなりの長所を認めながらも、ウォートンは、その目覚ましい台頭に、旧ニューヨークに属する人間としての保守的な態度を示している。この保守性は、究極的には、「東洋的な怠惰」という表現や、ユダヤ人の新興成金ローズデイルの扱いなどにも表われる、彼女のアングロサクソンとしての白人優越意識につながっているものと思われる。

ウォートンは、運命を平等とみなす世界の女性像を『国の慣習』(一九一三)のアンダイン・スプラッグをとおして描いている。中西部カンザス州出身のこの女性は、リリーができなかったような結婚と、エレンができなかった離婚を何度もくり返し、十代のチャリティを小村に閉じ込めた母性にはとらわれずに、脱出をはかる。彼女の上昇を願うエネルギーが故郷の町には「大きすぎる」ためである。ビジネスで成功した父親の金を元手に、彼女はニューヨークの社交界やヨーロッパの貴族社会に挑戦し、そのいずれにおいても成功をおさめている。

アンダインは、快楽を追求することを第一義として、望む社会への脱出を果たし、ウォートンの世界では異端的ヒロインであるが、その異端者が、新しい世代の典型的なアメリカ人として描かれていることが皮肉になっている。倫理観も芸術的資質もないヒロインに作者の共感はないが、美貌を駆使し、社会が女性に課す役割をよりよく演ずることで成功をおさめるアンダインは、ウォートンが創造せずにはいられなかった女性ともいえる。

●注

（1）本解説は、『神奈川大学人文学研究所報』第三二号（一九九九年）に掲載した拙稿「イーディス・ウォートンの異端者たち――『歓楽の家』『無垢の時代』『夏』を中心に」を大幅に加筆訂正したものである。

（2）引用部分の日本語訳は、引用文献に記したものをすべて参照させていただいたが、文脈上等の理由により、多少の変更を施している。翻訳がないものについては拙訳。引用箇所の頁数については、批評書、論文等からは原文の頁数を記載し、小説からの引用頁については省略した。また、差別語などについては、初出時に「 」を入れて記し、その後は作者の表記どおりに使用した。

（3）「マウント」は、ウォートンのデザイン哲学が表現されたもので、建物は、英国東部リンカンシャーにある十七世紀風カントリーハウス、ベルトン邸をモデルにしている（『マウント』）。インテリアは、古典的イタリア、フランス様式の影響を受けたもので、ウォートンと建築家オグデン・コッドマンの共著『室内装飾』（*The Decoration of Houses*, 1897）にもとづいている。「マウント」という呼称は、ニューヨーク州南東部ロングアイランドにあった、ウォートンの曽祖父の邸宅に因んで名づけられた。敷地内には、子どもの頃から無類の犬好きであったウォートンの愛犬の墓もある。「マウント」は一般公開されており、ウォートン学会をはじめ、各種催しも開かれている。

（4）一九一〇年までには、アメリカのすべての州で、母体の健康を守る必要がある特別の場合を除いて中絶は法的に禁止されたが、その判断をする医者の九十五パーセントは男性だった（「中絶法の歴史」）。女性が自らの身体について主体的に決断することが難しかったわけだが、そのような時代背景のなかで、『夏』に登場する女性医師が、金儲け主義の堕胎医として描かれているのは皮肉である。

●引用文献

Ammons, Elizabeth. "Edith Wharton and the Issue of Race." *The Cambridge Companion to Edith Wharton*, edited by Millicent Bell, Cambridge UP, 1996, pp. 68–86.

Benstock, Shari. *No Gifts from Chance: A Biography of Edith Wharton*. Charles Scribner's Sons, 1994.

Comins, Barbara. "'Pecking at the Host': Transgressive Wharton." *Edith Wharton Review*, vol. 14, no. 1, 1997, pp. 18–21.

"Historical Abortion Law: Timeline." *Planned Parenthood*. https://www.plannedparenthoodaction.org/issues/abortion/abortion-central-history-reproductive-health-care-america/historical-abortion-law-timeline-1850-today. Accessed 8 Sept. 2022.

James, Henry. *Henry James: Letters*. Edited by Leon Edel, vol. 4. Belknap Press of Harvard UP, 1984.

Jewett, Sarah Orne. *A Country Doctor*. Houghton Mifflin, 1884.

Lewis, R. W. B. *Edith Wharton: A Biography*. Constable, 1975.

McClurg, Jocelyn. "Wharton's '*Summer*' of Discontent." *Hartford Courant,* 5 July 1999. https://www.courant.com/news/connecticut/hc-xpm-1999-07-05-9907050484-story.html. Accessed 2 Apr. 2021.

The Mount: Edith Wharton's Home. https://www.edithwharton.org. Accessed 2 Apr. 2021.

Showalter, Elaine. *Sister's Choice: Tradition and Change in American Women's Writing*. Oxford UP, 1994.『姉妹の選択――アメリカ女性文学の伝統と変化』佐藤宏子訳、みすず書房、一九九六年

Veblen, Thorstein. *The Theory of the Leisure Class: An Economic Study of Institutions*. 1899. Edited by Marth Banta. Oxford UP, 2007.

Wershoven, Carol. "The Divide Conflict of Edith Wharton's *Summer*." *Colby Literary Quarterly*, vol. 21, 1985, pp. 5–10.

Wharton, Edith. *The Age of Innocence*. 1920. Charles Scribner's Sons, 1970.『エイジ・オブ・イノセンス　汚れなき情事』大社淑子訳、新潮社、一九九三年／『無垢の時代』佐藤宏子訳、荒地出版社、一九九五年

——. *A Backward Glance*. 1934. Charles Scribner's Sons, 1964.

——. *The Custom of the Country*. Charles Scribner's Sons, 1913.

——. *Ethan Frome*. 1911. Charles Scribner's Sons, 1970.『イーサン・フローム』宮本陽吉・貝瀬知花・小沢円訳、荒地出版社、一九九五年
——. *The House of Mirth*. 1905. Charles Scribner's Sons, 1914.『歓楽の家』佐々木みよ子・山口ヨシ子訳、荒地出版社、一九九五年
——. *The Letters of Edith Wharton*. Edited by R. W. B. Lewis and Nancy Lewis. Charles Scribner's Sons, 1988.
——. *Summer*. MacMillan, 1917.
White, Barbara A. "Edith Wharton's *Summer* and 'Women's Fiction.'" *Essays in Literature*, vol. 11, 1984, pp. 223–35.
Wilkins, Mary E. *A New England Nun and Other Stories*. Harper, 1891.
Wilson, Edmond. "Justice of Edith Wharton." *Edih Wharton*, edited by Irving Howe, Prentice Hall. 1962, pp. 19–31.
大野祥子「Edith Whartonのサンクチュアリ——倫理と貞潔の意味」『アメリカ文学』五七号、一九九六年、一—六頁
山口ヨシ子〈1〉「イーディス・ウォートンの異端者たち——『歓楽の家』『無垢の時代』『夏』を中心に」『神奈川大学人文学研究所報』第三二号、一九九九年、二三—三一頁
——〈2〉「慣習の彼方へ——ウォートン『歓楽の家』『無垢の時代』『夏』」『ヒロインから読むアメリカ文学』板橋好枝編著、勁草書房、一九九九年、四一—六〇頁
——〈3〉「ネガティブ・ヒーローの恋愛作法——ウォートン『歓楽の家』」佐々木みよ子編著『ヒーローから読み直すアメリカ文学』勁草書房、二〇〇一年、一六九—九一頁
渡辺和子「『イーサン・フロム』と『夏』——セクシュアリティ・欲望・物語」『イーディス・ウォートンの世界』別府恵子編著、鷹書房弓プレス、一九九七年、九九—一一三頁

訳者あとがき

本書は、イーディス・ウォートンによる小説『夏』の全訳である。テキストとしては、ロンドン・マクミラン社によって一九一七年に出版された初版（Wharton, Edith. *Summer: A Novel*. Macmillan, 1917.）を使用した。

この作品は、当初、アメリカの人気月刊誌『マクルアーズ』に掲載された。一九一七年二月号から八月号まで、「イーディス・ウォートン夫人の連載であった。同誌一月号には、「イーディス・ウォートンによる偉大なるニューイングランド小説」と銘打っての小説」という広告も出されている。この企画は、マクルアーズ社がウォートンに七千ドルという破格の原稿料（スクリブナーズ社が『イーサン・フローム』に支払った連載料の約三倍）を支払い、雑誌一部の価格を十セントから十五セントに値上げして実現されたものであった。そして、連載終了後の同年七月に、ニューヨークのアプルトン社から単行本『夏』として出版されている。

だが、ウォートンはこのアプルトン社版に満足せず、約五十か所の修正を加え、それを校正中であった英国マクミラン社版に反映している。修正は、短文の加筆のほか、段落の区切り、語彙《ごい》、句読点の変更などで、いずれも小説の内容自体に大きく影響を与えるものではない。読者としては、訂正前の方が理解しやすいと思われる箇所もあるのだが、作者自身は、英国版の方がアメリカ版より「ずっとよい」と考え、前者を友人たちに献本している。『夏』は、現在でもアメリカ版、英国版の二つの版が入手可能であるが、このような背景から、訳出にあたっては英国版を使用した。

『夏』では、ヒロインが映画を観るシーンが描かれ、二十世紀初頭のアメリカで映画がどのように鑑賞されていたかを窺《うかが》い知ることができる。『夏』自体は、一九八一年、デジュー・マグヤー監督、チャールズ・ゲインズ脚色で映像化され、PBSテレビで放映されている。ウォートン作品はサイレント時代から映画化されているが、二十世紀後半にフェミニズム批評等の高まりで再評価が進むにつれて、代表作品が次つぎと映像化された。一九九〇年の『子どもたち』(*The Children*, 1928)をはじめ、一九九三年の『無垢の時代』(マーティン・スコセッシ監督、邦題『エイジ・オブ・イノセンス　汚れなき情事』)や『イーサン・フローム』(ジョン・マッデン監督、邦題『哀愁のメモワール』)、一九九五年の『バッカニアーズ(海賊たち)』(*The Buccaneers*, 1938)、一九九九年の『リーフ(砂州)』(*The Reef*, 1912)、二〇〇〇年の『歓楽の家』などである。『夏』は二十世紀後半のウォートン・ブームのなか、いち早く映像化されたと言えるが、原作を読んでから映像作品を観ることをお勧めしたい。

本書の訳出は、長いあいだ終わらせることができなかった宿題に取り組む気持ちで臨んだ。大学院で共に学んだ友人の石井幸子と、約二十年前に分担して訳し始めたのがそもそもの始まりであった。ちょうど半ばまで進んだところで、彼女が闘病生活に入り、二〇〇五年に帰らぬ人となったために、そのままになっていた。当初より、完成させ、出版したい、という思いがなかったわけではないが、長い道のりゆえに、ふたりとも、まずは翻訳する楽しみを味わいたいと思っていたように思う。最初の二章を分担して訳して持ち寄り、温泉宿で一泊二日の合宿を行なったこともあった。その楽しいディスカッションは、今でも忘れることのできない大切な思い出となっている。彼女が元気であったならば、その後何度も続いたはずの合宿であった。

今回、彼女が残していった数章を含めて出版することができ、ほっとしている。彼女の言葉の息吹はたしかに残っているが、最初から全体をとおして見直し、変更を施しているため、すべての責任は私にある。彼女からの意見がさまざまに聞こえそうな気もするが、それは再会できたときに聞きたいと思う。ご遺族の石井淳さんには、今回の出版を快くご承諾いただき、心よりお礼を申しあげたい。

難解な用語等の解釈については、「ブルーリッジ俳句クラブ」のみなさんにご援助いただいた。ヴァージニア在住のみなさんは、調べてもたどり着くことができなかった古い専門用語など、現地のネットワークを駆使して、ご協力くださった。また、同窓の友人たちにもいくつかの質問に答えていただいた。心より感謝を申しあげる。

入手困難な資料の収集にあたっては、今回も神奈川大学図書館のみなさんにご協力いただいた。とくに司書の伊藤さやかさんには、一方ならぬお世話になった。そのプロフェッショナリズムに心より敬意を表し、厚くお礼を申しあげる。

第十六章の葬式シーンにおける聖書からの引用は、日本聖書協会による新共同訳を借用した。ただし、表記や句読点などについては、本文との統一を図るため多少の変更を施してもいる。

本書の出版にあたり、彩流社編集部の真鍋知子さんには、たいへんお世話になった。拙稿を丁寧にお読みいただき、じつに貴重なご指摘やご助言を賜った。このようなかたちで本書を出版できたのは、真鍋さんの真摯で緻密な編集のお陰である。改めて、深い感謝の意を表したい。

山口 ヨシ子

二〇二二年九月

◉訳者紹介◉

山口 ヨシ子（やまぐち・よしこ） 神奈川大学名誉教授

著書：『女詐欺師たちのアメリカ――十九世紀女性作家とジャーナリズム』（彩流社、2006）、『ダイムノヴェルのアメリカ――大衆小説の文化史』（彩流社、2013）、『ワーキングガールのアメリカ――大衆恋愛小説の文化学』（彩流社、2015）、『異性装の冒険者――アメリカ大衆小説にみるスーパーウーマンの系譜』（彩流社、2020）など。

訳書：イーディス・ウォートン『歓楽の家』（共訳、荒地出版社、1995）

石井 幸子（いしい・さちこ） 元調布学園短期大学准教授

著書：『E. A. ポーの迷宮探索』（共著、津田塾大学言語文化研究所「E. A. ポー研究会」、1996）、『E. A. ポーの短編を読む――多面性の文学』（共著、勁草書房、1999）、『ヒロインから読むアメリカ文学』（共著、勁草書房、1999）、『ヒーローから読み直すアメリカ文学』（共著、勁草書房、2001）、散文集『炎の花咲く街　香港』（信山社、1996）、いしいさちこ詩集『おじいさんのうた』（書肆青樹社、2003）、詩集 『山』（書肆青樹社、2005）など。

◉著者紹介◉

イーディス・ウォートン（Edith Wharton, 1862–1937）

20世紀初頭に活躍したアメリカの女性作家。ニューヨークの名家に生まれ、幼少時よりヨーロッパ各地に居住。10代から執筆を始め、中・長編小説22冊、短編小説集11冊に加えて、詩集、室内装飾本、紀行文、文学論、伝記なども出版。ニューヨークでの社交生活を経て、1902年マサチューセッツ州西部バークシャー郡に移り住み、当地での経験をもとに『イーサン・フローム』（1911）や『夏』（1917）などを執筆。代表作は、これらの作品とともに、ニューヨーク上流社会の人間模様を描いた『歓楽の家』（1905）や『無垢の時代』（1920）など。1921年、『無垢の時代』によって女性初のピューリッツァー賞を受賞。1923年には、イェール大学より名誉文学博士号を授与され、1929年には、アメリカ芸術文学協会よりゴールド・メダルが授与された。後年はフランスに住み、当地にて病死。

夏《なつ》

2022年10月25日 初版第1刷発行　　定価はカバーに表示してあります

著　者　イーディス・ウォートン
訳　者　山口ヨシ子／石井幸子
発行者　河野和憲

発行所　株式会社 彩流社

〒101-0051 東京都千代田区神田神保町3-10 大行ビル6階
電話 03-3234-5931 FAX 03-3234-5932
http://www.sairyusha.co.jp
sairyusha@sairyusha.co.jp

印刷　モリモト印刷㈱
製本　㈱難波製本
装幀　仁川 範子

落丁本・乱丁本はお取り替えいたします

ISBN978-4-7791-2857-8 C0097